En ce sang versé

Du même auteur

La Bostonienne, Éditions du Masque, 1991.
Elle qui chante quand la mort vient, Éditions du Masque, 1993.
La Petite Fille au chien jaune, Éditions du Masque, 1993.
Meurtres sur le réseau, Éditions du Masque, 1994.
La Femelle de l'espèce, Éditions du Masque, 1996 ; Le Livre de poche, 1997.
La Parabole du tueur, Éditions du Masque, 1996.
Le Sacrifice du papillon, Éditions du Masque, 1997 ; Le Livre de poche, 1999.
Autopsie d'un petit singe, Éditions du Masque, 1998.
Histoires masquées : Alien Base, Hachette jeunesse, 1998.
Le Septième Cercle, Flammarion, 1998 ; J'ai lu, 1999.
Dans l'œil de l'ange, Éditions du Masque, 1998.
Délires en noir (avec Thierry Hoquet et Romain Mason), Éditions du Masque, 1998.
La Voyageuse, Flammarion, 1999 ; J'ai lu, 2001.
La Raison des femmes, Éditions du Masque, 1999.
Entretiens avec une tueuse, Éditions du Masque, 1999 ; Le Livre de poche, 2001.
Le Silence des survivants, Éditions du Masque, 1999 ; Le Livre de poche, 1999.
Intégrale, Volume I, Éditions du Masque, 2000.
Et le désert..., Flammarion, 2000 ; J'ai lu, 2002.
Petits meurtres entre femmes, inédit, J'ai lu, 2001.
Le Ventre des lucioles, Flammarion, 2001 ; J'ai lu, 2002.
De l'autre, le chasseur, Éditions du Masque, 2002.
La Dormeuse en rouge et autres nouvelles, J'ai lu, coll. « Librio noir », 2002.
Portrait de femmes de tueur (avec Katou), EP Éditions, 2002.
Le Denier de chair, Flammarion, 2002 ; J'ai lu, 2004.
Contes d'amour et de rage, Éditions du Masque, 2002.
Un violent désir de paix, Éditions du Masque, 2003 ; Le Livre de poche, 2006.
Le Syndrome de Münchhausen (avec Katou), EP Éditions, 2003.
La Saison barbare, Flammarion, 2003 ; J'ai lu, 2005.
Enfin un long voyage paisible, Flammarion, 2005.

Suite en page 363

Andrea H. Japp

En ce sang versé

Les Enquêtes de M. de Mortagne, bourreau

Flammarion

ISBN : 978-2-0812-5665-1

« Personne ne sait combien de temps peut durer une seconde de souffrance. »

Graham Greene

« C'est la pratique de la torture qui permet de distinguer à coup sûr l'homme de l'animal. »

Pierre Desproges

Note à mes lecteurs

Chères lectrices et chers lecteurs,

Une petite minorité d'entre vous regrette parfois mes notes de bas de page. Que mon excuse auprès d'eux soit ma passion pour les mots et leur étymologie et pour ce foisonnant Moyen Âge qui nous réserve souvent de savoureuses ou d'inquiétantes surprises. Je découvre moi-même toujours tant de détails fascinants que les faire partager me comble.

Liste des personnages principaux

À Mortagne-au-Perche :
Hardouin cadet-Venelle, dit M. Justice de Mortagne : bourreau.
Bernadine : sa servante, veuve de bourreau.
Arnaud de Tisans : sous-bailli de Mortagne.
Adelin d'Estrevers : grand bailli d'épée du Perche.
Clotilde : jeune mendiante devenue servante chez cadet Venelle.

À Nogent-le-Rotrou ou alentours :
Antoine Méchaud : mire de la ville.
Blanche : sa belle-fille, veuve.
Maîtresse Hase : aubergiste de la Hase Guindée.
Guy de Trais : bailli de Nogent-le-Rotrou.
Énora : son épouse.
Sylvine : une mendiante.

Béatrice de Vigonrin : baronne mère.
Mahaut de Vigonrin : née Leu de Cérainville, sa belle-fille, baronne.
Agnès de Malegneux : fille de Béatrice.
Eustache de Malegneux : mari d'Agnès.

MARTINE : la vieille servante de Béatrice de Vigonrin.

En l'abbaye des Clairets :
CONSTANCE DE GAUSBERT : mère abbesse, tante de Mahaut de Vigonrin et de Marie de Salvin.
BLANDINE CREUSOT : sa secrétaire.

Personnages historiques :
PHILIPPE LE BEL, CLÉMENT V, GUILLAUME DE NOGARET, CATHERINE DE COURTENAY, ISABELLE DE VALOIS, CHARLES DE VALOIS, ARTHUR II DE BRETAGNE, LE FUTUR JEAN III DE BRETAGNE.

Prologue

Alentours de Mortagne-au-Perche[1], *novembre 1305*

Chevauchant son étalon bai, Adelin d'Estrevers, grand bailli d'épée[2] du comté du Perche, remâchait son exécrable humeur. Des sots, des incompétents, voilà qui l'entourait ! Pis que cela ! Des abrutis qui s'imaginaient qu'un homme de son rang et de son importance se préoccupait de viles histoires de caniveau, de gueux ou d'enfants de gueux. Ils mouraient ? La belle affaire[3]. Si Arnaud de Tisans, sous-bailli de Mortagne, et son exécuteur des hautes œuvres, M. Justice de même ville, n'avaient découvert si vite l'identité du tourmenteur

1. La ville se nommait à l'époque Mortaigne. L'origine de ce nom pourrait être *Comitis Mauritaniae*, un lieu de stationnement d'une unité maure de l'armée romaine, bien que cette hypothèse fasse débat. En revanche, une présence mérovingienne est attestée dès le Ve siècle. Mortagne fut ensuite un fort qui permit de freiner les invasions normandes. En 1226, lorsque la lignée des Rotrou s'éteignit, Mortagne et le comté du Perche furent rattachés à la couronne de France.

2. Les comtés du Perche et d'Alençon étaient sous le contrôle d'un grand bailli d'épée, aidé d'un bailli (ou lieutenant) de robe courte. Les châtellenies, telle celle de Mortagne, étaient en général des sous-bailliages.

3. *Les Enquêtes de M. de Mortagne, bourreau*, tome I, *Le Brasier de Justice*, Flammarion, 2011.

et tueur des petits miséreux de Nogent-le-Rotrou, il n'en serait pas là ! Enfin, passe encore que cette brute de bourreau, dont il ignorait le véritable nom, n'ait compris goutte à la délicatesse de l'affaire, mais Tisans aurait dû sentir l'ampleur politique du complot et que tous se moquaient du sort de galopins [1] ! Quant au reste, Dieu du ciel, il était bien à plaindre puisque, outre les épais de cervelle censés le bien servir et qui s'acharnaient à lui gâter l'existence, le sort s'en était également mêlé. Cette buse de Jean II, duc de Bretagne* avait eu l'indécence de décéder à Lyon quelques jours plus tôt [2], écrasé par un mur, alors qu'il menait la mule du pape Clément V* venu se faire sacrer en l'ancienne capitale des Gaules. Sans cette stupide malemort [3], le maître d'Estrevers, monseigneur Charles de Valois*, seul frère germain du roi Philippe le Bel*, aurait patienté encore un peu. Le grand bailli d'épée lui aurait alors apporté sur un plateau la mort du tueur d'enfants nogentais, Maurice Desprès, premier lieutenant du bailli de la ville, Guy de Trais. L'arrogant mais benêt de Trais aurait été accusé de complicité ou, à tout le moins, de coupable complaisance doublée de scandaleuse incurie. La riche seigneurie de Nogent-le-Rotrou – qui faisait saliver de convoitise Charles de Valois depuis des années – serait enfin tombée dans son giron, et le tour était joué ! Bien sûr, Estrevers aurait été grassement récompensé par moult honneurs et avantages. La peste fût des imbéciles ! Au lieu de cela, une douzaine d'enfants des rues avait été massacrée pour rien, non que leur épouvantable fin troublât Estrevers. De toute façon, ces petits

1. Petits garçons que l'on employait pour les commissions. Au figuré, assez méprisant : enfant mal tenu, mal élevé, quelconque.

2. Le 16 novembre 1305.

3. Mort funeste et affreuse.

saute-ruisseau [1] seraient morts bien vite, de faim, de maladie, ou d'un mauvais coup. Aussi Estrevers ne se sentait-il guère coupable d'avoir rémunéré Maurice Desprès pour qu'il expédie au plus preste, vers un monde sans doute meilleur, ces va-nu-pieds et les mutile d'horrible manière. De toute façon, ils enlaidissaient les ruelles de leur saleté, de leur vulgarité et grouillaient telle la vermine qu'ils étaient.

Tout à son acrimonie, à son indignation, Adelin d'Estrevers ne remarqua pas la nervosité soudaine de sa monture, ses mouvements de crinière, son souffle heurté, ses oreilles rabattues vers l'arrière. Au contraire, sentant que l'animal ralentissait, il le pressa de coups de talons hargneux.

Le cheval déboucha après un tournant du chemin de terre qui traversait le bois de Malétable. Dix toises* devant lui, en travers de la voie, se dressait un étalon noir de nuit, très haut de garrot. Le bai hennit, donnant du col. Estrevers comprit enfin l'appréhension de sa monture.

✠

Hardouin cadet-Venelle flatta Fringant, murmurant d'une voix apaisante à son oreille :

— Tout doux, compagnon. Nous demeurons là, en tranquillité.

Adelin d'Estrevers, encore davantage exaspéré par la présence du cavalier, tira brutalement sur les rênes, pour contrôler son cheval, ajoutant à sa nervosité. L'animal tenta de reculer, puis partit au trot et pila, ne sachant quelle

1. En référence à la rigole centrale des rues par laquelle s'écoulaient les déjections. D'enfants des rues, le terme désigna ensuite ceux auxquels on donnait la pièce pour porter des missives.

attitude adopter face à cet autre mâle entier, qui ne bougeait pas.

Plus loin, Fringant tourna la tête vers lui, rasséréné par la pression amicale mais ferme des mollets de son cavalier contre ses flancs, par sa main gantée qui caressait son épaule. Hardouin n'éprouvait aucune crainte, l'étalon le sentait.

En dépit de l'allure saccadée et incertaine de son bai, Adelin d'Estrevers se rapprocha et cria :

— Holà, l'homme ! Écarte-toi de mon chemin, à l'instant.

Hardouin lui jeta un regard amusé, sans daigner répondre, ni réagir.

L'espace d'un instant, le grand bailli d'épée songea qu'il avait déjà rencontré ces yeux gris pâle, déroutants. Pourtant, il ne connaissait pas cet homme, qui paraissait très grand, d'une belle minceur musclée. Il remarqua les cheveux très bruns, mi-longs et ondulés. Le vif agacement qu'il ressentait l'empêcha de fouiller plus avant ses souvenirs, d'autant que son cheval, de plus en plus inquiet, menaçait de s'emballer.

— Ôte-toi de mon passage, te dis-je ! C'est un ordre ! Sais-tu qui je suis ?

— Certes, car je m'en voudrais d'une bévue. Adelin d'Estrevers, n'est-ce pas ?

Un peu surpris, le bailli d'épée approuva avec arrogance :

— Si fait. Seigneur grand bailli d'épée ! Tu comprends donc que mieux vaut ne pas me chauffer la bile, pesta-t-il.

Hardouin se pencha à l'oreille de Fringant, murmurant à nouveau :

— Ne bouge pas, mon tout beau. Empêche ton congénère d'avancer.

D'un mouvement souple et puissant, il démonta et s'approcha de l'autre cavalier, un large sourire aux lèvres.

Le cheval bai donnait de la crinière, soufflant et piaffant d'incertitude.

Hardouin attrapa sa bride et tapa sèchement du plat de son autre main contre son poitrail, l'ordre claquant :

— En garde !

Un cri de guerre, de combat que l'animal reconnut. Un cri de massacre, de sang. Le cheval se cabra en hennissant d'affolement. Adelin d'Estrevers chut en poussant un juron sonore.

Un sifflet d'Hardouin indiqua à Fringant de libérer le chemin. L'imposant étalon noir trottina vers un talus herbeux. Le cheval bai fonça droit devant.

Hardouin s'approcha du grand bailli d'épée, humilié, furieux, qui tentait de se relever, empêtré dans son mantel[1] doublé de zibeline[2]. Il lui évoquait un gros scarabée malhabile.

— Tu vas me le payer au centuple, feula Estrevers, rouge d'humiliation.

— J'en doute, murmura l'exécuteur des hautes œuvres. C'est toi qui vas nettoyer ton ardoise[3], vil scélérat. Debout et en garde !

L'incompréhension se lut dans le regard bleu qui le fixait. Estrevers parvint à se redresser, essuyant dans un geste machinal son haut-de-chausses[4] maculé de poussière grisâtre.

— Mais de quoi parles-tu l'homme ? Que veux-tu ?

---

1. Sorte de longue cape.

2. Les fourrures marquaient l'appartenance sociale. La zibeline, le lynx et le vair étaient réservés aux nobles. Les autres se contentaient du lapin ou du mouton, voire de la loutre pour les bourgeois.

3. En raison de la cherté du papier à l'époque, l'usage de l'ardoise et de la craie était répandu chez les commerçants, puisqu'on pouvait effacer les comptes.

4. Culotte ou pantalon court que commencent à porter les hommes fortunés à l'époque, retenant le plus souvent les bottes à l'aide de rubans.

— Ta vie, certes pas grand-chose. Inutile donc de s'appesantir là-dessus. En garde, intima à nouveau Hardouin, en tirant son épée du fourreau. Adelin d'Estrevers, je t'accuse d'avoir commandité les tourments, viols et meurtres de moult enfants. Je te condamne à mort. Monsieur Justice de Mortagne, moi-même, a la charge de t'ôter la vie. Je ne t'en demande point le pardon devant Dieu puisque tu n'es plus mon frère en Jésus-Christ. Tu as bafoué le Divin Agneau en expédiant à son Père treize de Ses innocentes créatures qu'Il ne réclamait pas.

Le grand bailli d'épée se souvint enfin de ce regard gris. Il se souvint également de la réputation d'excellence que s'était taillée le bourreau [1]* dans son art de souffrances et de mort. Il déglutit avec peine, toute insolence disparue.

— Il s'agissait de politique ! tenta-t-il d'argumenter.

— Est-ce ainsi que l'on nomme des meurtres abjects dans ton monde ? ironisa Hardouin. Diantre ! Bah, je ne suis qu'un simple bourreau, trop obtus pour comprendre les finasseries des grands. En garde, coquin [2], vaurien. Ta mort ne sera pas douce.

— Je suis fort riche, proposa le grand bailli que l'affolement gagnait.

— Et moi, plus encore. Allons, l'homme, en garde te dis-je ! L'impatience me gagne. Es-tu bien lâche en plus du reste ? Puisque tu es condamné à mort, t'occire alors que tu refuses de te battre ne serait point déchoir.

D'un geste mal assuré, Adelin d'Estrevers tira son épée du fourreau et se défit de son mantel qui glissa au sol. En dépit du froid de cette matinée hivernale, il transpirait. Soudain, il s'élança, lame brandie. Hardouin esquiva d'un

1. Ou bourrel, de « bourrer » : maltraiter. A donné « bourrèlement » : souffrance torturante.

2. Homme bas, lâche, fourbe, paresseux. L'injure était très forte au Moyen Âge.

saut léger et se tourna, la pointe de son épée filant vers son adversaire. Le grand bailli d'épée hurla en palpant son visage. Une longue balafre avait tranché sa peau de la tempe à la ligne de son maxillaire. Interdit, il regarda le sang goutter rapidement, rougir le cendal[1] safran de son gipon[2].

— Une chair bien tendre que la joue, commenta cadet-Venelle d'un air détaché, se fendant à nouveau.

Sa lame transperça le genou gauche d'Estrevers, juste sous la rotule, lui arrachant un autre cri de douleur. Il se recula en claudiquant, abaissant sa lame.

— Douloureux, mais moins que cela, n'est-ce pas ? s'amusa Hardouin.

— Grâce, messire... j'implore grâce !

— Au nom de quoi, de qui ? s'étonna le bourreau. De Dieu que tu as bafoué ? Bouffon, en plus du reste !

En deux bonds, Hardouin fut sur lui et la pointe de la lame se ficha le long de son cou, évitant soigneusement les artères.

Adelin d'Estervers lâcha son épée et s'écroula assis, sanglotant, le sang ruisselant sur ses cuisses.

— Pitié... pitié... pour l'amour de...

— Tais-toi ! ordonna Hardouin cinglant. Tu n'as plus le droit de prononcer le nom divin et encore moins d'invoquer Son amour ! Paltoquet[3], pleutre, lamentable immondice !

— Je... me repens, je me re... pens, je le jure... supplia Adelin d'Estrevers, la voix hachée, en joignant les mains en prière.

— Qu'elle est plaisante, celle-là ! Sais-tu, au fond, ce qui nous sépare céans[4], en cet instant ? Tu fais ce que tu peux et je fais ce que je dois.

1. Soie de belle qualité.
2. Sorte de pourpoint lacé sur le côté.
3. Homme sans valeur, vulgaire, ne méritant aucune considération.
4. Ici, dedans.

Hardouin rengaina son épée et tira sa dague effilée. Il passa derrière Estrevers et d'un geste brutal lui releva la tête vers le ciel. Un mouvement fluide, précis, circulaire. Le grand bailli d'épée gémit :

— Non… non…

— Chut, plus que quelques minutes. Vois ces enfants assassinés. Vois-les !

Le sang dévala de la plaie précise qui encerclait la gorge du grand bailli d'épée. Hardouin leva le visage et ferma les paupières, adressant une muette prière aux âmes des petits martyrisés.

Justice leur était rendue. Ils pouvaient enfin reposer.

✠

Hardouin cadet-Venelle relâcha le front de l'homme lorsqu'il sentit son corps s'alourdir et partir vers l'avant.

Il le retourna, tira les bottes de feu le grand bailli d'épée, ses bagues, trancha les cordons de sa bourse de ceinture et récupéra son épée et son mantel doublé de zibeline. Il les jetterait en chemin pour le bonheur de celui qui trouverait cet inespéré butin.

Un sifflet doux et bas. Fringant trotta à sa rencontre.

Cadet-Venelle avait hâte de partir, de quitter cette forêt, d'oublier ce cadavre ensanglanté, non que sa vue le troublât le moins du monde. Le scélérat avait payé, alors que personne n'aurait eu le pouvoir, ou l'envie, de l'incriminer.

Toutefois, Hardouin ne rêvait que d'une chose, penser encore et toujours à l'invraisemblable revenue de Marie de Salvin.

✠

Marie de Salvin, l'innocente agnelle qu'il avait poussée vers un brasier de justice. Celle qui ne lui avait plus quitté le cœur et l'âme, hantant ses jours et ses nuits. Marie de Salvin qu'il avait vue, tel un mirage, traînée par deux gens d'armes à cheval du bailli de Nogent-le-Rotrou. Marie entravée, accusée d'il ne savait trop quoi.

La jeune baronne de Vigonrin, une ignoble enherbeuse[1] *qui a failli pousser son fils à trépas*, avait lâché la tavernière de la Hase Guindée où Hardouin logeait lorsqu'il séjournait à Nogent-le-Rotrou.

Mais non, cette sidérante, bouleversante apparition n'était ni baronne, ni Vigonrin. Allons, il s'agissait de Marie, Marie de Salvin que l'amour d'Hardouin et ses incessantes prières avaient tirée du trépas. Il venait de retrouver Marie, par-delà la mort. La mort venait de la libérer. Jamais plus il ne la laisserait partir.

La prophétie de la mendiante, cette vieille femme inquiétante au regard bleu glacé, qu'il avait croisée à plusieurs reprises en ville comme si elle s'était attachée à ses pas, prenait tout son sens.

Tu crois et tu te trompes. Tu ne sais mais tu trouveras ce que tu ne cherchais pas.

Il devait revoir la vieillarde, lui extirper le reste, exiger qu'elle lui transmette ce qu'elle savait. Il devait apprendre la raison de l'arrestation brutale de Marie.

Le fil de ses pensées se brisa net. Perdait-il le sens ? Marie était morte : il l'avait brûlée vive. Assez avec ces fables ineptes et ces contes à dormir debout. Qu'avait-il à faire de la vieille trucheuse[2] en hardes et de ses charades

1. Empoisonneuse. L'enherbement était le crime le plus sévèrement puni au Moyen Âge, sans doute en raison de sa sournoiserie et parce qu'il n'existait aucun antidote à l'époque.

2. Qui mendie par paresse. Injurieux.

avinées, dont le seul objet était de soutirer quelque argent aux benêts tels lui, assez fols pour lui prêter attention !

Qui était cette femme, cette Marie de Salvin qui ne pouvait être Marie ? Un délire, un message occulte, une punition, une vision ? Une mission ? Une mission envoyée d'un autre monde par la véritable et défunte Marie de Salvin ?

✠

L'étalon bai de messire Adelin d'Estrevers déboula en galopant dans la rue principale de Malétable, le col maculé d'une sueur d'effort, blanchâtre telle une écume et le regard fou comme s'il avait tous les diables de l'enfer à ses sabots. Trois hommes durent unir leurs forces afin de l'immobiliser par les rênes et de l'apaiser.

En dépit du peu d'enthousiasme des villageois, qui ne souhaitaient pas se mêler d'une affaire concernant leur déplaisant grand bailli d'épée, une battue dans les bois et champs voisins fut décidée ou plutôt exigée par le vieux prêtre du village, qui redoutait que messire d'Estrevers ait été jeté à bas de sa monture et ne soit blessé. Il parvint à réunir une poignée d'hommes, pour le moins rétifs, à l'excellente raison que l'ire du grand bailli d'épée risquait de rejaillir sur tout le village si on ne lui prêtait pas secours.

Ils découvrirent la dépouille d'Adelin d'Estrevers, fort malmené et égorgé, à un quart de lieue* du village, allongé au beau milieu d'un chemin forestier. Toutes ses possessions de valeur avaient disparu. Il fut bien vite conclu qu'il avait fait regrettable rencontre avec des brigands de chemin.

Au soulagement de tous qui pouvaient rentrer plus vite chez eux, hormis peut-être celui du prêtre, qui, embêté, récita quelques prières en marmonnant :

— Oh, quelle malemort ! Certes, il n'était guère avenant, paix à son âme, mais mourir de la sorte…

Mais après tout, il s'agissait d'un homme de Dieu ! Tant d'eux voudraient qu'un odieux vif fasse un saint mort, songèrent les villageois.

I

Forêt de Masle[1], *novembre 1305*

Après un large détour afin d'éviter routes et chemins, protégés par la haute futaie, par ces troncs épais qui se succédaient pour former un écran propice à la fuite, les deux chevaux avançaient à pas lent. Le bel hongre[2] de Perche, à la robe d'un soyeux gris pommelé, d'humeur paisible à l'instar de la plupart de ses semblables, avait réglé son pas sur celui de la jument, dressée à marcher à l'amble, une contrainte de jambes dont l'objet consistait à ralentir et à minimiser les sursauts de nature à désarçonner une cavalière. Les nouvelles selles destinées aux dames[3], équipées d'un unique étrier gauche, n'étaient guère plus appropriées que l'ancienne sambue, confortable fauteuil posé sur l'arrière-main du cheval ne permettant

1. Aujourd'hui « Mâle ».

2. On trouve le terme dès le premier millénaire. Il fait bien sûr référence à la Hongrie d'où vient l'usage de castrer les chevaux de monte pour les rendre plus dociles.

3. Il s'agissait d'un siège à pommeau surélevé, qui contraignait l'écuyère à mener sa monture grâce à sa seule jambe gauche. Les cornes, ou fourches, que nous connaissons maintenant et qui permettent à la cavalière d'affirmer son équilibre ne furent inventées qu'au XVIe siècle par Catherine de Médicis, émérite amazone.

pas à la cavalière de diriger l'animal sans l'aide d'un domestique à pied.

Les bruits nocturnes de la forêt les environnaient, rassurant accompagnement dans lequel les familiers des bois traduisaient l'approche d'une famille de loups ou d'un ours solitaire, la fuite de petites proies dont la survie ne tenait qu'à leur rapidité ou à leur ruse. Ce soir, tout était paisible. Les créatures sylvestres suivaient du regard, de l'ouïe ou du flair le convoi qui progressait.

La nuit tombait déjà et une pénombre complice estompait leurs silhouettes. La lune ne tarderait pas, précieux acolyte éclairant leur prochain retour. La jument, alourdie d'un faix [1] enveloppé d'une couverture pouilleuse qui lui battait le ventre et les jambes, s'arrêtait parfois, pour reprendre sa route à regret, après une tension de rênes.

✠

Enfin, après des heures de marche, ils parvinrent à leur destination. La forme humaine, emmitouflée dans un mantel de bure à large capuche rabattue sur le front, se laissa glisser contre l'épaule du grand hongre. Le cavalier, dont nul n'aurait pu préciser à dix pieds* s'il appartenait à la forte ou à la douce gent, s'approcha de la jument, banda ses muscles et tira sans ménagement le faix qui chut dans un écho sourd sur la terre froide et dure. Soufflant, il récupéra la couverture.

La jument, surprise par la claque sèche qui s'abattait sur sa croupe, trottina pour s'immobiliser quelques toises* plus loin.

1. Lourd fardeau. A donné « portefaix ».

Le cavalier s'approcha du faix jeté à terre et le considéra. Il se laissa tomber à genoux et un long soupir, presque un râle, s'échappa de sa gorge. Un ineffable soulagement. Un parfait bien-être.

Le cavalier contempla quelques instants le cadavre. Pour sa plus grande satisfaction, la femme au visage bleui avait rendu l'âme.

II

Mortagne-au-Perche, novembre 1305

Hardouin cadet-Venelle tournait tel un lion en cage depuis son retour de Nogent-le-Rotrou à la nuit. Rien ne l'avait déridé. Ni la sensation d'avoir fait justice en navrant[1] Adelin d'Estrevers, ni la fête de joie que lui avait réservée le chien Aeneas, qu'il avait soustrait à la brutalité d'un ancien maréchal-ferrant, ni l'accueil, plus réservé mais tout aussi satisfait de Bernadine, une bourrelle[2] veuve encore jeune. Bernadine n'aurait pu trouver de travail ailleurs, sauf à mentir sur l'occupation de feu son époux, un bourreau dont elle affirmait que « ceux autres qui griffaient à la porte des enfers avaient peu à peu rongé sa vie ». Or, jamais Bernadine n'aurait accepté de taire la vérité sur son défunt mari à l'honorable raison que :

— L'était un homme bon, pieux, honnête et travailleur. Pas d'sa faute s'il a récupéré contraint et forcé la charge de son père et d'son grand-père avant lui !

1. Transpercer gravement.
2. En général « femme du bourreau », bien que des « bourrelles » aient été chargées de l'exécution de certaines peines infligées aux femmes, comme la fustigation.

✣

On les détestait, on les méprisait, tout en les craignant, eux dont le métier consistait à tourmenter[1] et à tuer sur ordre de justice. Leurs enfants étaient exclus de partout et ils n'avaient pas le droit de pénétrer dans les auberges, ni de vivre en ville, hormis sur la place où se dressait le chafaud[2]. Ils avaient obligation de porter une pièce de tissu cousue à leur manche, figurant un baston[3], afin que tous les reconnaissent et s'écartent d'eux. Et pourtant, on les cageolait[4] aussi, doublant souvent leur droit de havage[5] et les émoluments perçus en fonction des tourments dispensés[6]. L'Église leur accordait des dérogations de mariage, qu'elle aurait refusées à quiconque, consciente qu'ils ne pouvaient se marier qu'entre eux, puisqu'aucune fille, même de bas[7], n'aurait accepté de prendre un bourreau pour époux sachant que ses enfants et les enfants de ses enfants seraient à jamais marqués, repoussés. Chaque bailli ou prévôt vivant dans l'inquiétude que son exécuteur, lassé, ne le quitte, lui concédait moult petits

---

1. Le terme était alors très fort, synonyme de torturer.

2. Plateforme montée sur de hauts tréteaux, dans ce sens. A donné « échafaud ».

3. Cette pièce, de couleur et de forme variable en fonction des régions, était souvent un bâton, symbolisant la potence. Elle permettait aussitôt de reconnaître les bourreaux et de leur faire subir des humiliations constantes.

4. De l'ancien français *cageoler*, chanter comme un oiseau en cage afin de charmer, d'attendrir. A donné « cajoler ».

5. Droit qui permettait à un bourreau de prendre gratuitement chez les commerçants tout ce qu'il pouvait « saisir entre ses mains ».

6. Il existait une méticuleuse comptabilité en fonction des tortures et des mises à mort. Le bourreau touchait autant pour trancher un poing ou la langue, mais deux fois plus s'il étranglait.

7. Abréviation de « bas lignage ».

avantages. À la vérité, les candidats pour cet office ne se pressaient guère.

Écœurés de devoir eux-mêmes appliquer les sentences qu'ils avaient décidées, les juges, les seigneurs mais également les simples gens, notamment les derniers mariés de la ville à qui revenait l'exécrable tâche de torturer et d'occire à l'ordre, avaient exigé que soit créée la seule charge non-honorifique du royaume : exécuteur des hautes œuvres ou Maître de Haute Justice. En bref, ainsi qu'on continuait à les nommer en discrétion afin de ne pas les ulcérer [1] : bourreau, Brise-Garrot, Jean-Cadavre, ou Jean-Cassebras. En dessous de tout, donc au-dessus de tous, le bourreau n'avait pas à se découvrir devant un puissant, pas même le roi, preuve de son inexistence, de sa condition de non-humain. Son pain était cuit à part chez les fourniers [2] et posé à l'envers [3] chez les boulangers afin que nul ne puisse s'y tromper. Le pain du sang et de la mort. Étrange incohérence dont cadet-Venelle ne s'offusquait même pas, pas plus que son père avant lui.

Leur dynastie de bourreaux, à l'instar d'autres, était née avec son arrière-grand-père, un fieffé vaurien, brigand de chemin, assassin. Capturé et condamné à la pendaison, on lui avait proposé la vie sauve contre cet office [4]. Il avait sauté sur l'occasion. La famille Venelle, dont Hardouin demeurait l'unique descendant en droite ligne, n'était plus

1. Les bourreaux détestaient cette appellation et parvinrent à obtenir que son usage soit condamné par de lourdes amendes.

2. Qui cuisaient le pain pour les boulangers, lesquels n'étaient en général que des revendeurs.

3. Ce qui explique qu'on ne supportait pas, jusque très récemment, le pain posé à l'envers.

4. On a souvent recruté les bourreaux parmi les assassins condamnés à mort, en échange de leur grâce. En effet, ce métier tant méprisé, bien que craint, subissant l'ostracisme de tous, ne suscitait pas beaucoup de candidatures.

qualifiée de bingres[1] puisque leur charge, de fait héréditaire, datait de plus d'un siècle.

Hardouin était âgé d'à peine quatorze ans[2] lorsqu'il avait abattu l'épée pour la première fois sur le col d'un nobliau qui avait étranglé son épouse et étouffé sa fille nouvelle-née, sans doute dans un accès de démence, puisqu'il avait été incapable d'expliquer son geste. Un de ses rares souvenirs d'exécution, lui qui parvenait si aisément à les oublier, grâce à l'enseignement de son père. Des créatures de Dieu fautaient, parfois gravement. Quelqu'un, eux, devait se charger d'épargner aux bons chrétiens le péché de tuer et de souiller leurs mains de sang. Les bourreaux ne condamnaient pas, ne décidaient pas du supplice ou de la mort d'autrui, se contentant de rester les instruments d'une justice rendue par d'autres[3].

Certes, jamais le cadet de la famille Venelle n'avait songé qu'il devrait un jour remplacer son père. Jusqu'au décès de son aîné, censé reprendre la charge. La mort était alors devenue le métier d'Hardouin, ses métiers. En effet, les bourreaux exerçaient d'autres professions : équarrisseurs, étrangleurs de chiens errants, ramasseurs de nouveau-nés jetés dans les rivières ou les putels[4], fossoyeurs pour les excommuniés, voire chirurgiens[5] ou rebouteux, puisqu'on

---

1. Jargon de bourreau, signifiant selon les régions : bourreau occasionnel ou « dynastie » de bourreaux de moins d'un siècle.

2. Charles Sausson hérita en 1726 de la charge de bourreau de son père alors qu'il était âgé de sept ans.

3. Ce déni psychologique existait chez nombre d'exécuteurs, même modernes.

4. Fosse septique à ciel ouvert ou encore « merderon ».

5. La chirurgie, très méprisée à l'époque, était souvent confiée aux barbiers et plus rarement aux bourreaux, qu'on créditait, sans doute à raison, de bonnes connaissances en anatomie. Étrangement, alors même que la médecine balbutiait, la chirurgie fit d'indiscutables progrès. On réduisait les fractures, on trépanait, excisait les tumeurs, etc.

leur prêtait le pouvoir de guérir les rhumatismes. Hardouin se souvenait que son père revendait aussi l'« onguent du bourreau », de la graisse humaine réputée souveraine contre les douleurs. En d'autres termes, des métiers de souffrances, d'agonie, de mort, de sang et de charogne.

Fort heureusement, une étrange rencontre lui avait évité de s'abaisser à ce genre de commerce, peu lucratif par ailleurs. Un vieux mercier[1] très fortuné, veuf, sans descendance, et que la mort courtisait avec assiduité, l'avait fait mander au soir échu. Hardouin avait excisé l'énorme tumeur qui enflait son cou, lui redonnant quelques belles années de vie. Sans devenir amis – nul ne se souhaitant trop visible familiarité avec un bourreau – ils s'étaient revus, buvant quelques bons gorgeons en cordialité. Quatre ans plus tard, quelle n'avait pas été la surprise de cadet-Venelle lorsque le vieux bonhomme insolent et drôle lui avait légué sa colossale fortune.

Hardouin avait récupéré la vaste et luxueuse demeure du mercier, située à une petite lieue de Mortagne. Il avait investi, achetant des étaux[2] de boucher, un placement prisé des bourgeois qui les faisaient tenir par des valets, des participations dans des moulins, des mines de fer, et avait ouvert plusieurs louages de chevaux et d'attelages qui ponctuaient les deux voies principales du comté, l'une menant à Chartres puis à Paris, l'autre à la mer.

Le jeune bourreau aurait pu, aurait sans doute dû, abandonner alors sa sinistre charge, partir où on ne le connaissait pas, construire une autre vie. Étrangement, l'envie lui en avait fait défaut. Autant l'admettre, l'infamie involontaire dont il avait hérité, cette solitude d'exclu, mais aussi et bizarrement sa certitude d'être parfaitement libre le

---

1. Une corporation très riche et très respectée qui rejoignit vite la bourgeoisie.
2. À l'époque, le pluriel d'étal.

grisaient. De fait, tant de réglementations et d'us brimaient les bourreaux mais il suffisait qu'Hardouin refuse de s'y plier, suggérant qu'il pourrait rendre sa charge, pour que tous, même le sous-bailli de Mortagne, messire Arnaud de Tisans, s'inclinent. Certes de mauvaise grâce.

S'ajoutait à cet état d'esprit une sorte d'intuition, si puissante qu'il eût été coupable, selon Hardouin, de ne pas s'y soumettre. Le destin. Le destin lui ouvrait des portes, en fermant d'autres. Aucune importance, il avançait sans jamais s'interroger sur les raisons pour lesquelles un sort lui était échu. Sans doute parce que sa vie ne recelait qu'une piètre importance à ses yeux. Ici, ailleurs, maintenant, plus tard ou jamais, peu lui en chalait [1]. Au fond, il s'en rendait compte aujourd'hui, il n'avait été que le spectateur de sa vie. Non que cette constatation l'attristât.

✠

Jusqu'à Marie. La vie, sa vie, s'était imposée à lui avec la violence d'une gifle. Une gifle bienvenue et qu'il chérissait. Il se souvenait, ressassant les bribes du flou passé qui le liaient à Marie de Salvin et comptaient maintenant bien davantage que le reste de son existence.

Trois mois plus tôt, Marie de Salvin, magnifique créature à la chevelure couleur de blé mûr, à la peau pâle, presque translucide, dont le maintien évoquait sa naissance de haut, âgée d'à peine vingt-cinq ans, avait juré devant Dieu qu'un certain Jacques de Faussay, petit noble, avait requis hospitalité pour la nuit lors d'une absence de son

1. Du verbe « chaloir » (importer) dont nous n'avons gardé que « peu m'en chaut » (peu m'importe).

époux, Charles de Salvin, les deux hommes chassant parfois ensemble. Elle avait affirmé que Jacques de Faussay avait fait irruption dans sa chambre, au plein de la nuit, et l'avait violée d'ignoble manière [1], la frappant et exigeant d'elle des actes bordeleux. Faussay, la petite trentaine, avait protesté de son innocence, allant même jusqu'à suggérer que Mme de Salvin avait paru grisée par sa virilité. Un duel judiciaire [2] avait été exigé par Charles de Salvin, contre le conseil d'Arnaud de Tisans qui savait Faussay fine lame et doutait que l'époux trop âgé et trop lent lui résiste longtemps.

Le duel à outrance n'avait duré que quelques instants, Salvin esquivant avec peine les feintes de Faussay. Sa lame d'habile bretteur avait filé vers la gorge du mari trop raide qui s'était écroulé, mort. Le jugement de Dieu venait de trancher : Marie de Salvin avait donc menti, ternissant d'inacceptable façon la réputation de Faussay et faisant occire son mari, assez crédule pour la croire. Refusant de se repentir et de prononcer des excuses publiques, persistant dans ses déclarations, la décapitation à l'épée, réservée aux nobles, lui avait été refusée. Pourtant, nul ne savait décoller [3] avec autant d'adresse que M. de Mortagne, aidé de son épée à feuille [4], l'imparable *Enecatrix*, « celle qui donne la mort ». Au point qu'on le faisait mander de

1. Le viol était puni de mort au Moyen Âge, même celui des prostituées. Encore fallait-il qu'il soit prouvé !

2. Le duel judiciaire faisait partie de l'ordalie ou jugement de Dieu. Celui qui s'en sortait indemne était jugé innocent. L'ordalie sortit d'usage au XIe siècle pour être condamnée par le concile de Latran IV en 1215. Toutefois, le dernier duel judiciaire eut lieu en 1386, sous le règne de Charles VI. En revanche, les duels d'honneur persistèrent jusqu'au XXe siècle, de façon plus ou moins « clandestine ».

3. Trancher le col, le cou.

4. Épée à deux mains, avec une lame mince et large, réservée aux décapitations.

royaumes voisins lorsqu'un condamné de haut avait obtenu privilège de trépasser vite. Marie de Salvin avait été condamnée au bûcher de justice.

Depuis, Hardouin la revoyait chaque nuit. Les pieds nus, vêtue de la robe de burel [1] beige des suppliciés, trempée dans le soufre afin que le feu prît plus vite, les cheveux coupés à la hâte, il l'avait conduite en haut du bûcher afin de la ligoter au poteau.

Le ravissant visage, les yeux bleu marine étirés en amande, le haut front, jadis épilé [2], ne quittait que très occasionnellement l'esprit de M. Justice de Mortagne.

Alors qu'il lui proposait le bandeau d'yeux, ultime courtoisie de messire Arnaud de Tisans qui souhaitait éviter à une femme la vision terrorisante des flammes rugissantes, elle avait articulé d'un ton plat, méprisant :

— Je tiens à vous voir jusqu'à la dernière seconde. Vous, ce prêtre et cette foule. Vous serez le visage de l'ignominie, celui que j'emporte dans la tombe.

Cadet-Venelle se détestait de n'avoir jamais douté, pas un instant, de sa culpabilité. Au demeurant, remettre en doute un duel judiciaire, donc le jugement de Dieu, ne l'avait pas effleuré. À cet instant, elle n'avait été qu'une condamnée parmi tant d'autres. Pourtant, cette femme seule n'avait jamais failli, jamais choisi de mentir afin de s'épargner l'horreur des flammes. Elle avait tenu tête face à une foule humaine joviale, assemblée sur la place publique de Mortagne, qui réclamait sa mort en échangeant des plaisanteries douteuses. Elle avait tenu tête haute face à la peur abjecte, lorsque les flammes avaient léché le bas de sa robe. Elle avait préféré une mort épouvantable

1. Devenu « bure ». Tissu de laine de mauvaise qualité.

2. Le front très haut était un critère de beauté féminine au Moyen Âge. Aussi les dames avaient-elles souvent recours à l'épilation afin de le prolonger.

pour clamer son innocence, son honneur et celui de son défunt époux alors que Tisans, toujours plus conciliant avec la douce gent, était prêt à lui offrir une rapide décapitation en échange d'une confession, même fausse.

Le doux, terrible et précieux harcèlement d'Hardouin par le fantôme de Marie avait commencé dès qu'il avait quitté Mortagne, juste après l'exécution. Avant même qu'il n'entende, dans une auberge, un Jacques de Faussay enivré se vanter du viol de Marie, affirmant qu'en dépit des protestations de la jeune femme « qu'il avait troussée à la manière d'une puterelle [1] », elle avait dû y prendre plaisir.

Une sorte de voile, dont il ignorait jusqu'à l'existence, s'était déchiré dans l'esprit de l'exécuteur. Une sorte d'urgence s'était imposée à lui. Le devoir de rendre à Dieu ce qui Lui revenait : décider seul quand une âme devait Lui être renvoyée.

Cadet-Venelle avait donc accepté d'aider un trouble Arnaud de Tisans, tenaillé entre son sens de la justice et son obéissance aux puissants, dans deux enquêtes, l'une concernant l'accusation pour meurtre de la simple Évangeline Caquet, et les meurtres de petits miséreux de Nogent-le-Rotrou. En échange de la vie de Jacques de Faussay et de l'honneur restitué publiquement à Marie de Salvin, ainsi que de son inhumation en terre consacrée, aux côtés de son époux. En échange également d'informations confidentielles sur certains procès. Certes, messire de Tisans avait renâclé, mais sa marge de manœuvre vis-à-vis d'Hardouin était presque inexistante. Le bourreau, très riche, ne dépendait de personne. Le sous-bailli de Mortagne avait donc fini par céder, d'assez mauvaise grâce. Au fond, bien lui en avait pris. Adelin d'Estrevers, pour plaire à monseigneur Charles de Valois, avait entraîné

1. Prostituée.

Arnaud de Tisans dans une monstrueuse affaire de meurtres d'enfants, lui laissant accroire qu'ils poursuivaient un odieux criminel, alors même que le grand bailli d'épée rémunérait ledit criminel, à seule fin de faire tomber le bailli de Nogent-le-Rotrou et donc son maître, monseigneur Jean II de Bretagne, dont Nogent était un des fiefs. Une répugnante machination qui avait avorté dès après le décès accidentel du duc de Bretagne.

Que n'aurait fait Charles de Valois, qui dépensait sans compter son argent et celui des autres, sans oublier le Trésor royal, pour récupérer la prospère Nogent dans son escarcelle, cette enclave gênante au milieu de ses terres du Perche, gênante mais très riche ! Cela étant, et d'après ce qu'avait conté à mi-mot Guillaume de Nogaret*, conseiller très écouté de Philippe le Bel, à Arnaud de Tisans, Valois ignorait tout des agissements de maudit de son grand bailli d'épée.

Quoi qu'il en fût, Tisans était devenu le débiteur d'Hardouin lorsqu'il avait découvert l'identité du tueur d'enfants pour lui ôter définitivement le goût du meurtre ou même du lucre. Cadet-Venelle ne doutait pas qu'Adelin d'Estrevers aurait accusé le sous-bailli des pires méfaits pour l'envoyer au chafaud à sa place, le cas échéant. Certes, jamais il n'admettrait devant le sous-bailli de Mortagne avoir occis Adelin d'Estrevers, bien que certain que Tisans en serait soulagé. Il est des comptes qui se règlent d'homme à homme et avec Dieu pour unique juge.

✠

Cette nuit, passée dans la belle demeure trop calme héritée du vieux mercier, n'avait apporté à Hardouin aucun apaisement. Il avait espéré que ce retour chez lui, dans son élégante tanière, lui permettrait d'ordonner son esprit au point qu'une solution en naîtrait. Au lieu de cela, une sorte de bouleversement de nerfs l'habitait et il ne parvenait à se décider : rester ou repartir vers Nogent-le-Rotrou.

Exaspéré, il ne savait de quoi, il descendit vers la cuisine après ses ablutions devant la table de toilette de sa chambre.

Bernadine s'affairait à la préparation des saucisses de sang[1], aidée d'une Clotilde à l'habitude absente et la mine renfrognée.

La servante-confidente leva la tête à son entrée et lui sourit. Clotilde daigna à peine lui jeter un regard.

— Vous voilà éveillé d'une bonne nuit, j'espère, s'exclama Bernadine en s'essuyant les mains à son tablier. Assoyez-vous, mon maître, j'm'en va vous servir.

Il obtempéra, se posant pour la centième fois la même question : pourquoi avait-il abordé Clotilde, jeune mendiante revêche assise au porche principal de l'église de Mortagne ? Pourquoi avait-il éprouvé le besoin de lui parler et de l'embaucher, pour le plus grand déplaisir de Bernadine ? Certes, la très jeune fille l'avait ému en lui narrant d'un ton sec et plat le décès de sa mère qui passait de couche en couche, le plus souvent ivre. De son aveu, Clotilde, sans le sou pour rémunérer le prêtre, l'avait enterrée à la nuit, seule et en cachette. Un détail avait étrangement bouleversé Hardouin : Clotilde avait été tremper une touaille[2] dans l'eau bénite de l'église afin de l'enrouler autour du cou de la dépouille maternelle pour que Dieu puisse la reconnaître en terre non consacrée.

L'exécuteur regrettait un peu sa générosité impulsive, puisque Bernadine vitupérait, répétant à l'envi que la jeune

1. Boudin.
2. Torchon, linge.

fille « ne savait pas r'connaître sa tête d'son cul[1] ». À sa décharge, le comportement de Clotilde. Hardouin ne savait toujours pas si la jeune fille était, en effet, simple ou si le monde qui l'environnait l'indifférait profondément, à l'exception du chien Aeneas pour qui elle avait formé une tendresse, tendresse réciproque. Et pourtant, une intuition diffuse lui disait que son geste avait été aussi inspiré, de bien occulte manière, par autre chose qu'une bonté naturelle.

Regardant les trois carnets relatant le procès et les tourments infligés à Évangeline Caquet, Clotilde n'avait-elle pas répété : « C't'important. C'qu'y a là-dedans, c't'important. » Néanmoins, lorsqu'il l'avait interrogée, la jeune fille n'avait fait montre d'aucun intérêt pour cette autre simple qui, poussée à bout, avait tailladé à coups de hachette une maîtresse odieuse, jouissant des privations, des mauvais traitements qu'elle dispensait avec libéralité[2].

Bras ballants, Clotilde contemplait d'un air vide Bernadine qui s'affairait, versait un gobelet de cidre tiède, tranchait une bonne part de pain, puis de lard.

La servante souffla d'exaspération, jetant d'un ton aigre :

— C't'une perle que vous nous avez ramenée, mon maître. Mais r'gardez donc c'te jeune taure[3] abrutie ! Et elle s'bougera pas !

— Ce n'est guère aimable, reprocha Hardouin.

— P'têt ben, mais c'est de juste. Elle vaut pas c'qu'elle mange, parce l'est p'têt maigrelette, mais ça engouffre, m'en croyez !

---

1. Tout comme « pisse » et « merde », « cul » n'était pas grossier à l'époque, signifiant juste « derrière ».

2. *Les Enquêtes de M. de Mortagne, bourreau*, tome I, *Le Brasier de Justice*, Flammarion, 2011.

3. Génisse.

Les pesteries de Bernadine ne provoquèrent pas la moindre réaction chez la jeune fille, en effet maigre et pourtant d'allure lourde.

— Mais va donc ébouillanter la saucisse de sang au lieu d'gober les mouches ! s'énerva la servante. L'cochon, ça doit être préparé du jour ou du lendemain d'la tuaille [1]. Et prends garde de bien la r'tourner sur toutes ses faces.

Clotilde s'exécuta sans proférer un mot. Elle enroula autour de son avant-bras le long boyau rempli de sang coagulé, assaisonné d'épices et de sel, et s'avança en traînant des pieds vers le chaudron suspendu dans l'âtre.

Bernadine, toute à sa tâche, déclara d'une voix satisfaite :

— Ça c't'une chance ! Enfin… sûr qu'il l'a pas raté mais, du coup, nous aurons de la bonne saucisse de sang avant les grands froids d'janvier !

— Que dis-tu ? intervint Hardouin qui peinait à suivre son gentil bavardage.

— Vous saviez pas ? Le vieux Piéplu s'est fait embrocher de vilain par un d'ses cochons. Une sacrée plaie à la cuisse. Pour sûr, y en a voulu. Ça, l'pourceau a pas traîné ! Piéplu était fort marri [2] quand même, vu qu'le porc [3] en question avait pas sa paire pour protéger les truies et les gorets des chiens errants et même des loups. Elle détailla Hardouin quelques instants et pouffa : J'vous saoule les oreilles avec mes histoires de cochons, pas vrai ?

1. Ou « tuée ». Le cochon était abattu au cours des mois froids, de novembre à février, et tout devait être salé, fumé, cuit ou mangé en 48 heures afin d'éviter que la viande ou les abats ne s'altèrent.

2. Triste, fâché, embêté.

3. Rappelons que les cochons d'aujourd'hui n'ont plus grand-chose à voir avec leurs ancêtres du Moyen Âge, beaucoup plus proches du sanglier et armés d'impressionnantes défenses au point que même les loups s'en méfiaient. Ceci explique, pour une part, la liberté dont jouissaient ces animaux, véritables chiens de garde, qui allaient et venaient dans les villages.

— Non pas, sourit Hardouin. D'autant que j'aime plus que tout ta saucisse de sang.

Elle secoua la tête, amusée mais peu convaincue par la flatterie, et rejoignit une Clotilde muette qui s'activait, accroupie à côté du chaudron.

— Ben moi, j'aime point l'boyau d'sang, lâcha soudain celle-ci.

La réplique de Bernadine cingla :

— On te d'mande ton avis ? Tu veux du gravé d'oiselets [1] ou d'la tourte de brochet à chaque repas ? Vous leur donnez l'doigt et y vous gobent le bras ! Belle reconnaissance, ma fille, en vérité ! fulmina-t-elle.

D'inattendue manière, Clotilde se releva d'un élan brutal et la toisa, balançant, hargneuse :

— J'ai rin d'mandé ! Pas même l'aumône. Désignant Hardouin d'un geste hargneux de menton, elle siffla : C'est lui qui m'a ram'née ! J'ai rin d'mandé ! Y m'a point dit quoi qu'y faisait ! J'voulions point vivre chez l'Brise-Garrot, ça m'donne envie d'dégorger tout l'jour ! Quand que j'sors maintenant, on m'renifle à cinq pas comme si qu'j'puais la charogne !

Elle cracha au sol et sortit à grands pas de la cuisine. Folle de rage et d'humiliation, Bernadine, main levée, s'apprêtait à la poursuivre pour lui asséner une gifle. L'ordre claqua, calme :

— Demeure ! Laisse-la.

Un silence pesant succéda à l'éclat de la jeune fille. Perdu dans ses pensées, l'exécuteur fixait son gobelet de terre cuite sans même le voir. Un reniflement lui fit lever la tête. Livide, lèvres crispées sur son chagrin, Bernadine pleurait.

1. Il s'agissait d'un plat recherché, confectionné avec des oiseaux de petite taille comme les grives ou les cailles, revenus puis cuits dans un bouillon d'épices et d'un peu de pain pour épaissir légèrement la sauce.

Hardouin se leva et se précipita vers elle pour la prendre entre ses bras, murmurant à son oreille :

— Non, non, ma bonne… Sèche ces pleurs. Il faut réserver ses peines à qui les mérite. Il tapa dans ses mains et lança : Allez, sers-nous un beau verre [1] de vin. Trinquons à l'imbécillité du monde. Nous pourrions nous enivrer jusqu'au demain sans jamais en faire le tour !

Il éclata de rire, s'exclamant :

— Ah foutre [2], quel camouflet !

La porte d'entrée principale claqua avec violence. Clotilde était partie, emmenant son maigre frusquin [3] : le change de vêtements offert par le maître des hautes œuvres.

Bernadine fonça en rugissant :

— Ah non ! Halte-là, verrue, vaurienne ! Ouvre ta bougette [4], à l'instant ! Et si tu nous as volés, gare aux beignes [5] !

Hardouin se réinstalla, attendant, certain que Clotilde n'avait rien subtilisé.

✣

Banale ou étrange aventure que sa brève cohabitation avec la simple ou supposée telle ? Le destin ou une

---

1. Le verre était rare et fort dispendieux. Les objets de ce matériau étaient encore réservés aux plus riches.

2. Jugé très grossier à l'époque, le terme (mêlé à « fiche ») a donné « fichtre ».

3. Tout ce que l'on possède : argent, vêtements, petits objets. A donné « saint-frusquin ».

4. Sac, souvent en cuir et porté en bandoulière, qui faisait office de petit sac de voyage.

5. Le terme est probablement d'origine celtique et signifiait « bosse ».

coïncidence ? Il devait se garder de chercher des signes partout. En dépit de cette prudente décision, il ne put s'empêcher de réfléchir. Et si… Et si Clotilde avait été une sorte d'incitation ? Elle l'avait dérouté en insistant sur l'importance des carnets de procès relatant le meurtre de la femme Muriette Lafoi par Évangeline Caquet, au point qu'il avait accédé, presque forcé, à la requête pressante, quoique menteuse d'Arnaud de Tisans. M. Justice avait donc enquêté à Nogent-le-Rotrou sur les meurtres d'enfants, Nogent où il avait retrouvé Marie de Salvin, ou du moins une autre Marie. Clotilde en instrument du destin ?

Cesse avec ces divagations ! s'admonesta-t-il. Ne croirait-on pas une jeune donzelle [1] exaltée !

Le retour de Bernadine, pas lourd, mâchoires serrées, joues enflammées et mèches de cheveux échappées de son bonnet de linon empesé lui offrit un dérivatif.

— J'espère que tu ne l'as point frappée.

— Non, mais la main m'démangeait. L'avait rin pris. Qu'elle s'avise pas d'revenir céans ! Ça, elle peut crever la gueule ouverte, c'te… !

— Paix, Bernadine, paix ! Elle ne vaut pas que ta bile s'échauffe. De grâce, sers-nous donc ce verre de vin. Buvons à la chance que nous avons et oublions les tristes créatures qui se rongent la rate de mauvaiseté. Elles ne méritent même pas notre courroux.

— Z'êtes trop bon. Un jour vous vous f'rez plumer telle une oie d'Noël !

— Que nenni, rit-il, car, contrairement à une volaille, j'ai belle lame et robustes poings !

1. À l'origine femme ou jeune fille de qualité.

III

Alentours de Nogent-le-Rotrou, novembre 1305

La baronne mère, Béatrice de Vigonrin, n'avait pas fermé l'œil de la nuit. Elle avait arpenté sa chambre, lançant elle-même des bûches dans la cheminée, hésitant à déranger un souillon [1] de crainte que son insomnie ne soit interprétée en indice de maladie ou d'ennuis par la domesticité, ce qu'elle était. Elle avait longuement prié, suppliant François, feu son doux époux, son magnifique amant, de la seconder dans la tourmente. François, qui la nommait « sa caille » ou « sa valeureuse donzelle », selon qu'elle se lovait contre lui en soupirant, attendant ses caresses nocturnes ou qu'elle tenait tête, son joli nez froncé d'obstination.

Béatrice en était bien consciente : elle avait reçu tant de dons. Elle avait épousé où son cœur la portait, une inestimable chance pour une femme. Elle se souvenait en souriant de sa terreur lors de cette première nuit. Certes, sa vieille nourrice lui avait maintes fois expliqué ce que son époux attendrait d'elle. La description, loin d'être engageante, lui avait fait redouter ce moment, alors même

1. Serviteur auquel étaient confiées les tâches les plus dures et salissantes.

que François avait conquis son amour durant leurs fiançailles. Lorsqu'il avait délacé son chainse de nuit, bordé de dentelle, elle grelottait d'appréhension. Elle venait d'avoir seize ans. Tournaient dans son esprit les vagues allusions de sa mère, les conseils de la nourrice et cette scène de copulation de chiens qu'elle avait vue. « Il s'agit du premier devoir d'épouse, avec l'obéissance, ma fille. » « Certes, la défloration est douloureuse, tu saigneras sans doute. Rassure-toi, la suite est en général moins désagréable et puis tu n'as qu'à penser à autre chose. » Lorsque son chainse avait chu à ses pieds, la nausée lui remontait dans la gorge. François, dépucelé depuis fort longtemps par expertes en l'art d'amour, l'avait aussitôt senti. Pouffant, il avait murmuré à son oreille :

— Nous ne sommes point pressés, ma mie [1], la nuit est jeune. Venez, amusons-nous, ma caille. Je sais des choses que vous aurez plaisir à découvrir.

Il l'avait tant caressée, tant baisée que, n'y tenant plus, elle l'avait enveloppé entre ses jambes. Dieu qu'ils avaient ri au matin, lorsque, épuisée, courbatue de partout, elle lui avait confié les paroles de sa mère et de sa nourrice.

Le manque de François la blessait toujours cruellement, au point qu'elle en suffoquait parfois. Oh certes, elle connaissait maintenant assez la vie pour n'ignorer pas qu'elle avait eu une chance de femme et de mère que peu de ses congénères connaîtraient jamais. Cependant, aujourd'hui, elle se trouvait seule, effroyablement seule, avec pour unique arme et soutien le souvenir constant de la grande ombre protectrice de son époux. Supputer, pis, être certaine, que Mahaut, leur fille d'alliance, l'avait occis

1. Utilisé au féminin ou au masculin, le terme à l'époque s'adressait aussi bien à des amis qu'à des amants. Il n'a pris sa signification strictement amoureuse que plus tard.

donnait des envies de meurtres à Béatrice. Elle la voulait traînée en place publique, hurlante, poussée sur le bûcher de justice. Elle voulait graver chaque seconde du supplice de la démone dans son esprit. Elle voulait lire une terreur abjecte sur son visage lorsque les flammes terrestres rugiraient, avant celles de l'enfer.

La même lancinante question, épouvantable charade, tournait en boucle dans son esprit : pourquoi, mais enfin pourquoi Mahaut avait-elle enherbé son beau-père, son mari et feint de trucider son fils, le petit Guillaume, âgé de cinq ans [1] ? L'argent, le titre, le domaine ? Cela n'avait aucun sens. François père serait décédé un jour ou l'autre. François fils, mari de Mahaut, hoir mâle, héritait de la majeure partie, hormis un douaire confortable légué à sa mère et une rente à sa sœur, Agnès, épouse d'Eustache de Malegneux lui-même fort riche, son unique qualité aux yeux de Béatrice, sa belle-mère. Mais peut-être Mahaut voulait-elle et l'argent et la liberté que conférait le statut de veuve avec enfant, expliquant que nombre de dames de noblesse et de bourgeoisie fuient le remariage. À l'instar de Béatrice, à ceci près que la baronne mère n'avait qu'un cœur de femme et que François le lui avait ravi pour toujours, dès leur nuit de noces.

L'effarante idée d'avoir côtoyé toutes ces années un serpent de la plus venimeuse espèce lui donnait envie de dégorger. Elle détestait Mahaut au-delà du descriptible. Elle aurait aimé l'étrangler de ses mains. Les pires tourments du bourreau seraient encore trop doux pour elle !

— François, mon cher mi François, mes chers François… cette vipère que vous aimiez, dont vous

---

1. *Les Enquêtes de M. de Mortagne, bourreau*, tome I, *Le Brasier de Justice*, Flammarion, 2011.

célébriez la bonté, la piété, la douceur d'humeur vous a occis froidement et en sournoiserie. Je la hais, je la HAIS ! Qu'elle soit damnée et rôtisse en enfer pour l'éternité.

Elle avait récupéré en haut du cabinet[1] en bois de rose incrusté d'opale, de turquoise et d'améthyste la miniature peinte sur nacre représentant son époux. Elle avait follement baisé le portrait et s'était écroulée au sol, sur le large tapis de son antichambre douillette, terrassée par une crise de sanglots.

✣

Lorsque Martine pénétra au tôt matin dans la chambre de sa maîtresse, elle commenta, désolée :

— Oh, madame, de vous voir ainsi le cœur me saigne. Doux Jésus, que d'injustice envers vous. Cette infâme, cette... pourriture à qui l'on aurait donné le paradis sans confession... mais... mais qu'elle crève en souffrant mille morts !

Martine chérissait véritablement la baronne mère qu'elle servait depuis des lustres. Elle se savait aussi beaucoup trop âgée pour retrouver besogne ailleurs, surtout avec ses mains raidies de vieillerie et sa vue basse. Consciente de la faiblesse de son service, puisqu'elle ne pouvait plus guère aider Mme Béatrice qu'à sa toilette ou sa coiffure, elle s'efforçait de la distraire et de veiller sur elle, mêlant conseils de bon sens, ragots amusants et quelques habiles flatteries. Après tout, la baronne mère l'avait toujours traitée avec égards et lui garantissait bons gîte et couvert, en plus d'un petit salaire. Et puis, madame mère était femme

1. Armoire montée sur quatre pieds et fermée de deux vantaux, dont l'intérieur était équipé de multiples tiroirs, dont certains secrets.

d'honneur et de reconnaissance, et Martine se savait bénéficiaire d'une rente, modeste mais suffisante, après son décès. Madrée par nécessité et sans méchanceté, Martine jouait donc de sa pétulance toujours vivace et égratignait les uns et les autres d'une langue acerbe et fort drôle, s'improvisant confidente et dame d'entourage. Toutefois, aujourd'hui, les yeux bouffis de larmes de sa maîtresse la bouleversaient.

— Oh, madame, que puis-je faire pour vous adoucir un peu l'humeur ?

— Rien, ma bonne, on ne peut revenir en arrière. J'ai la sensation d'être captive d'un affreux songe dont je ne parviendrais pas à m'éveiller. Mais tout est véritable. Qu'a-t-on dit au petit Guillaume ?

— Il réclamait sa mère, bien sûr. Madame Agnès lui a expliqué qu'épuisée par sa récente maladie, elle se reposait chez une amie de longue date. Madame Agnès a fait preuve d'une délicatesse et d'une tendresse d'aimante tante.

— Et Eustache ?

Connaissant le peu d'estime et d'affection de la baronne mère pour son fils d'alliance, Martine ne résista pas à la pesterie qui lui montait aux lèvres, espérant qu'elle dériderait un peu la baronne :

— Eh bien… Monsieur Eustache… reste monsieur Eustache !

En effet, un mince sourire étira les lèvres de Béatrice de Vigonrin. Son autre sujet de vive préoccupation lui revint en mémoire.

— Martine… te souvient-il quand ce fieffé coquin de fermier, Firmin Huard, a tenté de me gruger, me prenant pour une bécasse à plumer ?

— Oui-da, la grêle du mois de mars qui avait couché votre blé, expliquant le piètre argent qu'il vous en donnait. Ah ça, vous lui avez rondement claqué le bec à ce brigand, encore pis que son père qui n'était déjà pas une affaire ! Votre cotte[1] bleue, madame ? Quelle housse[2] ?

— Choisis pour moi, ma bonne, je n'ai guère le goût de la parure.

Martine la prit gentiment par la main et la mena vers une des chaises qui entouraient le large guéridon de l'antichambre, lui conseillant :

— Assoyez-vous, chère dame, je m'occupe de tout.

Elle se rapprocha de la cheminée et se baissa en dissimulant une grimace d'inconfort. Elle jeta deux belles bûches dans l'âtre, déclarant :

— Je vais tancer le souillon. Votre provision s'amenuise. Il faut tout leur seriner jusqu'au tournis. Paresseux jusqu'à la moelle. Ah ça, pour bayer aux corneilles, se remplir la panse ou courir la gueuse, ils ne sont point fatigués !

— Ne le gronde pas, j'étais glacée jusqu'aux os.

— Vous évoquiez ce vilain chancre de Huard ?

— En effet, en dépit de ses incessantes menteries et roueries, il a lâché un détail fort préoccupant, puisque je jurerais qu'il s'agissait de la seule vérité sortie de sa bouche. Eustache aurait logement en Nogent-le-Rotrou « pour conduire ses affaires », au bout de la rue de la Ronne.

— En a-t-il jamais fait mention ? Ou madame Agnès ?

— Non pas, et je parierais que ma fille n'est pas informée, aussi n'ai-je pas voulu lui en parler.

— Oooohhhh !

La baronne mère approuva l'interjection soupçonneuse de Martine :

— Nous en pensons donc de même, puisque les affaires de mon fils d'alliance se traitent à Paris, parfois au Mans ou à Rennes.

---

1. Robe.
2. Sorte de long manteau sans manche, porté indifféremment à l'intérieur ou à l'extérieur.

— Une gredine installée ? Ou des catins d'occasion ?

— Je l'ignore mais il me faut l'apprendre. Imagine... que la puterelle en question soit avec enfant ! Tout benêt et fort peu affriolant[1] qu'il est, Eustache constitue une proie juteuse pour une manigancière. Or son argent revient à ma fille et à son fils. À nulle autre.

— S'expliquent donc ses petites visites en Nogent, dont je pensais qu'elles n'étaient motivées que par son goût pour les gorgeons et l'ambiance facile des tavernes, avec tout mon respect, madame.

— Tu ne m'offenses certes pas puisque j'en étais rendu à la même conclusion. Si je n'avais craint d'être reconnue ou de me retrouver nez à nez avec lui...

— Oh que nenni, je vous arrête ! Vous, en sycophante[2], jamais ! J'y vais... je fouinerai, bavarderai ci et là, afin que nous en ayons le cœur net. Ah ça, cocufier madame Agnès, ce gros avachi[3] qui possède la conversation d'une mule de bât ! Il ne connaît pas sa chance, l'animal, vitupéra Martine pour la plus grande satisfaction de la baronne qui lui saisit la main de gratitude.

— Martine, tu m'es si précieuse. Que ferais-je sans toi ?

— Sans doute parce que vous m'êtes encore plus précieuse, madame. Que deviendrais-je sans vous ? Je n'ose y songer.

Pour une fois parfaitement sincère, elle murmura :

— Je suis vieillarde, madame, sans le sou, sans famille autre que vous. Oh, je sais que je vous suis de piètre service. Vous êtes une belle personne, une femme de fidélité. D'autres m'auraient congédiée, sans un remords, sans une

1. De l'ancien français, *frioler* (frire), c'est-à-dire, au sens propre, des mets qui excitaient les papilles pour désigner au figuré une personne ou une situation suscitant l'envie ou le désir.

2. Espion, délateur.

3. Du francique. Venant de « vache », le terme était particulièrement injurieux lorsqu'il était destiné à un être humain.

pensée et j'aurais été tendre la main aux caquetoires[1] des églises. Ne croyez surtout pas que je l'ignore.

— Ma bonne, ma bonne… hormis ma fille, je ne puis compter que sur toi. Cela non plus, ne crois pas que je l'ignore. Donne ordre au palefrenier[2] de préparer le chariot léger. Nogent se trouve à une bonne lieue*[3]. Tu prétexteras des emplettes par moi exigées. D'ailleurs, tu achèteras quelques baboles[4], à ton envie, afin de décourager les curiosités. Prends une dizaine de deniers d'argent dans la boîte de la table d'atours. Ainsi, tu rinceras les gosiers des clients d'auberges que fréquente cet imbécile d'Eustache. Décidément, il m'a toujours insupportée, ce crétin de fat ! Ah, s'il n'avait eu tant d'argent… ma pauvre Agnès, contrainte de supporter ce… ce… cette larve, même à la couche !

— Je vous vêts et me presse.

Une inquiétude retint la baronne mère :

— Mais si Eustache te reconnaissait, si d'aventure il te croisait en Nogent-le-Rotrou ?

Un sourire futé lui répondit :

— Monsieur Eustache ? C'est faire beaucoup d'honneur à son esprit que l'en croire capable. J'existe moins qu'un meuble pour lui !

— Martine… le merci, mille fois. Cela étant, patientons un peu. Attendons d'être certaines qu'Eustache se trouve céant afin de te libérer la voie.

Il ne vint même pas à l'esprit de la baronne mère de lui recommander la plus extrême discrétion. Martine ne parlerait que sous la torture.

---

1. Porche principal où les commères bavardaient après la messe.
2. Le terme, très ancien, vient de *palefroi*, un cheval de promenade et de voyage, voire de parade.
3. Environ 4 kilomètres.
4. Babioles.

IV

Citadelle du Louvre, novembre 1305

En ce matin gris et bruineux, la citadelle du Louvre, la « grosse tour », semblait encore plus sinistre qu'à l'accoutumée. Elle se dressait, massive et dissuasive, derrière la frontière de Paris, à proximité du pont aux Meuniers. Les pouvoirs de l'État, notamment la chancellerie, les comptes et le Trésor s'y concentraient toujours, en dépit du projet de saint Louis [1] de créer un palais de gouvernement dans l'île de la Cité. Le rêve du défunt roi avait été de remplacer le donjon noirâtre, aux murs suintant d'humidité en toute saison, bâti par Philippe II Auguste, son grand-père. Travaux sans cesse repoussés, faute d'argent.

Pourtant, messire Guillaume de Nogaret*, conseiller du roi Philippe le Bel, s'y sentait en aise. La grosse tour devenait son domaine. Il y vivait comme dans une tanière rassurante. Cependant, que voyait de son environnement le « triste mulot [2] », vilain sobriquet que lui avaient attribué ses nombreux détracteurs de derrière la main [3] ? Seuls le

1. Louis IX (1214-1270).
2. Mot tiré du hollandais *mol* qui signifiait « taupe ».
3. En cachette.

roi, l'État et l'Église importaient à l'ancien légiste qui, au fond, dirigeait le royaume de France depuis son vaste bureau glacial et peu confortable. Peu lui chalait les proches du roi ou les courtisans qui s'agitaient, ourdissaient de piteux stratagèmes afin d'accaparer un bout du gâteau France, une terre, une charge, une influence. Ceux-là auraient baissé leurs hauts-de-chausses devant quiconque leur offrait le moindre privilège. Qu'ils s'enivrent de leurs manigances. Menu fretin [1], en vérité, même si Nogaret les tenait à l'œil. Il s'inquiétait bien davantage des mouvements d'humeur du souverain ou des calculs de ses grands barons, et notamment de monseigneur Charles de Valois, unique frère germain du roi, qui lui montrait une tendresse excessive au goût de Guillaume de Nogaret.

Valois représentait tout ce que Nogaret méprisait. Ses exigences financières n'auraient jamais de cesse, puisqu'il confondait allègrement le Trésor royal exsangue avec ses poches sans fond. Le conseiller ne comptait plus les ponctions, ou plutôt les hémorragies en livres [2], destinées à financer les rêves de grandeur de M. de Valois ou de ses armées.

De fait, il n'aimait pas le frère du roi, un fat incompétent, sans doute valeureux au combat, quoiqu'ayant essuyé de cinglantes défaites. Charles, à l'instar des autres grands barons, menait grand train et dilapidait l'argent de ceux qui s'échinaient courbés vers la terre. D'autant que Nogaret n'ignorait rien des émeutes de famine qui commençaient à soulever les campagnes. Bah ! L'essentiel aux yeux de M. de Nogaret se limitait à la fidélité de Valois envers son frère. Quelques complots en moins à déjouer !

1. Le fretin était une pièce de très faible valeur.
2. Monnaie d'unité de compte.

✠

Le conseiller passa ses longs doigts osseux sur son visage émacié. Il paraissait centenaire, bien qu'âgé de trente-cinq ans [1]. D'allure frêle, petit, à la peau sèche et jaunâtre, messire de Nogaret impressionnait pourtant. S'ajoutait à son immense pouvoir ce que l'on savait ou pressentait de sa vaste et retorse intelligence, de ce gouffre de secrets peu glorieux, mais très dangereux, qui se dissimulait derrière son front bombé, barré d'une ride profonde. Nogaret, lorsqu'il se sentait en aise avec un interlocuteur, très rarement, se plaisait à répéter :

— Mon cher, la politique est à l'image d'un bon plat de tripes. Ça doit un peu puer la merde. Trop, cela devient immangeable ! Mon rôle consiste à rectifier l'assaisonnement.

Difficile acrobatie avec monseigneur de Valois. En dépit d'énormes revenus, Charles de Valois était endetté par-dessus tête. Il empruntait ci ce qu'il devait rembourser là. Grâce à l'un des innombrables espions qu'il employait, Nogaret avait appris que le frère du roi devait une véritable fortune aux chevaliers du Christ [2], fortune déjà évanouie. Le conseiller, dont l'absolue fidélité à Philippe le Bel ne connaissait aucune faille, pas même les démêlés du souverain avec le pape Clément V, hésitait encore sur la façon d'utiliser cette information. Faire broncher [3] Charles de Valois dans l'estime du roi son frère en provoquant l'ire de ce dernier ? Ou alors se servir de cette colossale dette

1. On ignore sa date de naissance précise, vers 1270.
2. Expliquant peut-être que, bien que ne les chargeant pas durant le procès, Charles de Valois ne vola pas non plus à leur secours. Dans ce dernier cas, il aurait risqué la mauvaise humeur de Philippe le Bel.
3. Trébucher.

pour alimenter les arguments du souverain contre l'ordre du Temple*, quitte à lancer la rumeur d'un vaste chantage ? M. de Nogaret n'en était pas à une fourberie près pour toujours bien servir son maître.

Guillaume de Nogaret se félicitait en secret du trépas de la reine Jeanne de Navarre [1] quelques mois plus tôt. Une redoutable ennemie de moins. Certes, le roi en avait conçu un terrible chagrin, perdant une aimée et une conseillère. De bien mauvais jugement, selon Nogaret. La reine Jeanne avait toujours prêté oreille complaisante aux flagorneries de ses courtisans favoris, dont Enguerran de Marigny [2], le plus arrogant et dangereux de tous, sans même évoquer sa cupidité, selon Nogaret. Car, si lui s'était enrichi grâce à sa charge, jamais il n'avait détourné d'argent de la couronne. Mais Mme de Navarre aimait l'esprit, l'élégance de discours, les bonnes phrases et les pirouettes de rhétorique, toutes choses disqualifiant Nogaret le taciturne, le besogneux, le trop sérieux. Ne se gaussait-elle pas en public de son « attristante roideur », lui préférant de beaucoup le cynisme pédant mais flamboyant d'un Marigny qui, de plus, savait la caresser dans le sens du poil. Or, Nogaret se sentait mal à l'aise avec les femmes, surtout les reines.

Assis à sa table de travail croulant sous les registres et rouleaux de missives, écritoires et cornes à encre réservés à ses secrétaires, messire de Nogaret détailla la vaste salle d'étude où il passait ses jours et une bonne part de ses

1. Le 4 avril 1305. Elle forma un couple très uni avec Philippe le Bel qui d'ailleurs ne se remaria pas après son décès. L'entourage de Jeanne de Navarre joua un rôle politique très important et notamment Enguerran de Marigny, ancien panetier de la reine.

2. Vers 1275-1315. Il supplantera Nogaret en 1311, bien que commençant à prendre une grande importance dans les affaires du royaume dès 1305.

nuits. Il sourit au dorsal[1] tendu derrière lui : une Vierge diaphane présentant au monde un enfant Jésus au regard étonné et pourtant déjà millénaire. Il y voyait un miracle d'une infinie puissance, d'une absolue plénitude. Bref, le rêve d'un monde impossible. Néanmoins, en dépit de la boue humaine dans laquelle il pataugeait chaque jour, en dépit du titre confidentiel et grinçant qu'il s'était attribué, « conseiller ès-merderons[2] », Nogaret savait que la force qui le tenait en vie naissait de sa foi absolue en l'Agneau Sauveur.

Un coup frappé à sa porte le redressa sur sa forme[3].

✠

Un huissier chargé d'un plateau pénétra à son ordre en murmurant, tête baissée :

— Votre souper, monseigneur. Je n'osais vous déranger mais…

— Pose-le sur le manteau de la cheminée. Mon… invitée s'est-elle annoncée ?

— Non pas, messire. Je vous en préviendrai aussitôt.

— Bien, laisse-moi. Sitôt son arrivée, conduis-la dans l'antichambre *in opaco*[4]. Que nul ne la voie. Tu m'en répondrais.

— Il en sera fait à votre ordre, monseigneur.

Nogaret se leva peu après son départ et s'avança dans le gémissement âcre de sa robe sombre et démodée de

1. Grandes tapisseries que l'on tendait aux murs afin de se protéger du froid et de l'humidité, ou, parfois afin de dissimuler une niche ou un couloir secret.

2. Ou putels, fosses septiques.

3. Siège d'honneur, réservé à une personne de haut rang, le plus souvent surélevé et richement sculpté.

4. À l'ombre, obscur.

légiste, surmontée d'une housse qui lui tombait aux pieds, seulement ornée d'un pourfil[1] de vair ou de loutre, selon les saisons. Son dédain pour les riches parures orfraisées[2], et les hauts-de-chausses enrubannés si prisés par les courtisans, tenait de la stratégie. Se vêtir d'un blanchet[3] brodé d'or ou d'un jupet[4] d'un vert[5] lumineux aurait donné à croire aux autres qu'il appartenait à leur monde, en plus du fait que sa maigreur l'eût rendu ridicule dans cette nouvelle mode imposant des vêtements courts et ajustés. Messire de Nogaret tenait absolument à ce que leur différence fût éclatante. Il était le pouvoir absolu après le roi et la crainte qu'inspirait son regard aux paupières dépourvues de cils et presque translucides le servait. Que nul ne l'oublie jamais ! La peur est une arme imparable pour qui sait la manier.

En effet, une bénédiction, un précieux répit que la mort de Jeanne de Navarre, devenue une oppressante menace en dépit de ses amabilités de parade. Elle manigançait depuis des mois pour l'évincer du rôle de conseiller privilégié du roi afin de mettre à sa place Enguerran de Marigny.

✣

Calculateur, habile en escobarderies[6], mais terriblement lucide, nul ne pouvait bailler le lièvre par l'oreille[7] à

1. Bande de fourrure utilisée pour border ourlets et ouvertures des vêtements luxueux.

2. Brodées de fil d'or et d'argent.

3. Qui remplaça le doublet, plus long.

4. Sorte de justaucorps entaillé au bas, devant et derrière.

5. Souvent terne, un beau vert était une des couleurs les plus difficiles à obtenir en teinture. À ce titre, il était très recherché.

6. Paroles destinées à tromper.

7. Faire de fausses promesses.

messire de Nogaret. Sa brûlante foi en Dieu ne connaissait qu'une brèche : le roi, son maître. Au demeurant, Philippe n'était pas véritablement un homme aux yeux du conseiller, mais une sorte de métaphore du royaume de France. Il partageait la vision du souverain, héritage de Philippe II Auguste : créer un État souverain, en unissant, si besoin par la coercition, tous ces barons et comtes qui grenouillaient, tirant à hue et à dia la couverture à eux, sans se préoccuper un instant de l'avenir du royaume ou des menaces qui s'amoncelaient à tous les points cardinaux. Seuls leur enrichissement personnel, leurs guerres et leurs aigreurs les captivaient. Aussi Nogaret s'était-il accommodé des deux exigences du monarque : mater l'ordre du Temple afin de réunir les ordres soldats, véritable meute de garde du pape, sous la bannière de son fils Philippe de Poitiers, et obtenir de Clément V un procès posthume contre la mémoire de Boniface VIII, ancien saint-père et ennemi juré de Philippe, en dépit de la mort du souverain pontife trois ans plus tôt. Nogaret ne doutait pas que cette anguille de Clément V, dont la très récente élection [1] devait beaucoup à la générosité du roi de France, ferait la sourde oreille tant qu'il le pourrait. Nogaret louvoyait donc, ménageant la chèvre et le chou, tentant pardessus tout d'éviter un divorce entre l'Église et sa fille aînée, la France, divorce que pourrait prononcer Philippe dans un accès de colère.

L'affaire du Temple rassurait davantage Nogaret, tant elle semblait à sa portée afin de satisfaire Philippe le Bel. Après la débâcle de Saint-Jean-d'Acre [2], les moines-soldats s'étaient repliés en Occident et notamment en France. Une menace aux yeux du monarque. Nogaret avait usé à leur

1. En juin 1305.
2. En 1291.

encontre de deux armes d'une redoutable efficacité : la jalousie et cette propension de l'espèce humaine à en vouloir à ceux envers qui elle est redevable. Effacés leur pureté, leur abnégation, les glorieux faits d'armes, les milliers de templiers morts afin de protéger la chrétienté. Envolés leurs sacrifices sur les champs de bataille, leurs affreuses agonies dans les geôles sarrasines. Ne resterait bientôt que leur insolente richesse qui attisait tous les fiels, en plus de la perte d'Acre. Nogaret avait redouté la réaction de l'ordre de l'Hôpital, aussi riche que le Temple. Mais les hospitaliers tenaient souple échine, ayant compris que leur salut en dépendait. Ils avaient élu grand-maître un politique avisé, sachant naviguer à vue dans les labyrinthes du pouvoir. En revanche, le courageux mais arrogant Jacques de Molay, grand-maître du Temple, insupportait le roi. Fallait-il être bien fol pour engager un bras de fer avec Philippe, surtout lorsque l'on surestimait grandement ses soutiens ? Molay s'était convaincu que Clément V l'aiderait : grave bévue. Le pape biaisait avec Philippe. Il ne romprait jamais en visière[1], d'autant que le souverain pontife redoutait de rejoindre Rome, insistant pour demeurer en Avignon. Sa principale préoccupation consistait donc à tirer son épingle du jeu[2] sans trop de dommages pour lui. Bah, Clément se montrait là fin diplomate à son habitude. À ses yeux, Jacques de Molay, en s'accrochant déraisonnablement à son titre de grand-maître et aux privilèges qui allaient avec, commençait à représenter un encombre majeur. Quant à ses frères d'ordre, hobereaux ou paysans cossus, tant pis pour eux : le vent tournait et il ne leur était pas propice. Ceux qui seraient assez vifs d'esprit pour

1. Attaquer de face.
2. L'expression est très ancienne et viendrait d'un jeu de filles qui consistait à placer des épingles dans un cercle et à tenter de les récupérer à l'aide d'une petite balle.

abandonner le navire qui coulait seraient sauvés. Les autres ? Ma foi, les autres seraient anéantis !

Nogaret lutta contre le chagrin que lui causait cette inéluctable fin. Tant d'hommes valeureux, désintéressés, qui avaient porté haut la Croix, mourant pour Elle sans l'ombre d'une hésitation. Trop tard. Les dés étaient pipés, mais seuls lui, le roi et le pape le savaient. Assez avec cela !

✠

Il huma la soupe fumante et attrapa le généreux morceau de pain de froment[1]. Il mordit dedans, remerciant Dieu de Ses bienfaits. La frugalité de messire de Nogaret était notoire. Charles de Valois fit une nouvelle incursion dans son esprit. Charles qui s'empiffrait tel un pourceau à l'engrais[2], se levait en rotant pour aller soulager sa vessie trop pleine de vin, et finissait par s'échouer sur un lit pour y ronfler une bonne partie du jour.

Pourquoi Dieu, dans Son infinie sagesse, avait-Il jugé bon de doter le roi, si honorable, inflexible et contenu de cette insupportable verrue de frère ? La réponse fusa dans son esprit : Charles était le cadet et ne deviendrait jamais roi, grâce aux trois fils de Philippe et aux enfants qu'ils produiraient à leur tour. Piètre consolation, puisque, hormis Philippe de Poitiers, les deux autres, dont l'aîné Louis dit le Hutin[3], surnom pleinement mérité, feraient de lamentables souverains.

1. Blé. Un pain de « riches » à l'époque.
2. À l'origine, le terme était réservé aux animaux que l'on engraissait.
3. Le futur Louis X (1298-1316) qui devint roi en 1314. « Le hutin » signifiait « le querelleur ».

Que faire de Charles, qu'en faire, en vérité ? Nogaret savait fort bien que Valois l'exécrait, ne serait-ce que parce qu'il parvenait à limiter ses ponctions dans le Trésor royal et à dissuader parfois le roi, en prenant moult précautions, de lui concéder d'autres rémunérateurs privilèges. Privilèges dont Valois se montrait indigne selon messire de Nogaret.

La tactique de ce dernier consistait donc à accumuler tout ce qu'il pouvait contre Charles de Valois afin d'obvier[1] à un vil coup de l'âne de celui-ci. Dossier qui pouvait également le servir dans d'autres occurrences.

✣

Il dégusta la soupe à petites gorgées et termina le morceau de pain avant d'avaler quelques prunes sèches[2]. Il contempla son verre de vin, se demandant si le boire ne s'apparentait pas à une faiblesse. La phrase de saint Benoît lui revint : « Mieux vaut boire du vin en modération que de l'eau en excès. » Soulagé par cette caution, il avala une longue gorgée.

Un nouveau coup contre la haute porte de son bureau. L'huissier annonça :

— Monseigneur, votre invitée patiente dans l'antichambre *in opaco*. J'y avais posé, en évidence sur le guéridon, la bourse par vous remise.

— Introduis-la.

1. Parer à.
2. Pruneaux.

V

Mortagne-au-Perche, novembre 1305

Hardouin cadet-Venelle avait confié Fringant au valet qui tenait l'un de ses louages de chevaux et d'attelages, situé à l'entrée de la ville. À son habitude, il n'arborait pas le baston sur sa manche de jaque [1]. S'ajoutait aujourd'hui à son insolite [2] mais coutumière rébellion, la certitude qu'il devait passer le plus inaperçu possible. Ce qui, jusque-là, n'avait été qu'une envie de calme, de paix, adoptait une allure de stratégie. Hardouin s'était protégé grâce à une discrétion qui confinait à la clandestinité afin de se défaire parfois de la pesanteur suffocante engendrée par la souffrance et la mort qui accompagnaient chacune de ses journées. Il ne s'agissait point tant du mélange de crainte, de dégoût, de mépris qu'il lisait dans les regards des autres, mais plutôt d'une distance qu'il s'imposait à lui-même afin de vivre en mitoyenneté avec son existence de bourreau. Un autre lui-même qu'il ne fréquentait que contraint par les besoins de sa charge.

---

1. Sorte de veste longue arrivant aux cuisses.

2. De la même famille qu'« insolent », le terme désignait à l'époque un procédé, un événement ou une personne étrange dans un sens désagréable voire blâmable.

Le visage dissimulé derrière le masque de cuir noir qui lui descendait jusqu'à la gorge lors des exécutions, fort peu connaissaient ses traits. Il avait pu ainsi aborder en aise des témoins, ou ses malfaisantes proies. Étrange incohérence que cette précaution dont le but avoué était de s'assurer que les proches d'un condamné n'oindraient pas la paume [1] du bourreau pour abréger les souffrances ou l'agonie d'un être aimé, puisque, dans le même temps, on leur imposait le port du baston afin de les désigner à tous. Bah, si les hommes faisaient preuve de cohérence, cela se saurait depuis belle heurette [2] !

✠

Il suivit la rue Saint-Jean, le long de laquelle s'élevaient de robustes maisons cossues, souvent à double solier [3], des hauteurs assez rares qui trahissaient l'opulence de leurs propriétaires, tout autant que leurs toits d'ardoises de Loire [4], très prisées pour leur teinte et leur longévité. Les autres demeures, plus modestes, étaient couvertes de tuiles ou de bardeaux de châtaignier que l'on tentait d'interdire dans les villes en raison des risques de propagation d'incendies.

L'hôtel qu'occupait messire Arnaud de Tisans lorsqu'il avait affaire en Mortagne était situé en bout de rue. Hardouin pénétra dans l'ouvroir [5], s'étonnant de ne voir aucun

1. Graisser la patte.
2. A donné « belle lurette ».
3. Étage.
4. Ce qui est aujourd'hui le Maine-et-Loire, une provenance d'ardoises très appréciée.
5. Première pièce, en général de petite superficie, donnant sur l'extérieur.

garde en faction. En revanche, lorsqu'il grimpa les marches de bois presque noir conduisant à l'étage, l'affairement, pour ne pas dire l'affolement, qu'il découvrit le stupéfia. Un ballet chaotique et presque muet de valets, de serviteurs et de secrétaires qui allaient, venaient, leurs mines concentrées, sévères, voire sinistres.

Il parvint à en immobiliser un en l'attrapant par la manche de sa livrée et s'enquit, d'un ton incertain :

— Messire de Tisans est-il céans ? Je requiers audience de lui.

L'autre lui destina un regard de fin du monde et murmura d'une voix chevrotante :

— Oh… messire, je ne crois pas que… Enfin…

— Que se passe-t-il ?

— Votre pardon, je ne puis… s'énerva le valet en se dégageant d'un mouvement brusque et en fonçant vers l'extrémité opposée du palier.

Dérouté, Hardouin se demanda s'il ne ferait pas mieux de revenir au demain. Toutefois, il devait impérativement obtenir une confirmation de ce que lui avait appris maîtresse Hase [1], l'aubergiste de la Hase [2] Guindée, un établissement de bonne tenue sis [3] rue des Poupardières dans lequel il avait logé durant son séjour à Nogent-le-Rotrou.

Tentant d'éviter les serviteurs qui lui évoquaient les hôtes d'un poulailler à l'approche du renard, tant ils s'agitaient en tous sens sans sembler vaquer à une tâche précise, il rasa le mur du large couloir dallé de pierres gris pâle et s'approcha du bureau du seigneur sous-bailli. La porte à double battant sculpté en était entrebâillée. Hardouin frappa et patienta. Nulle réponse. Il s'apprêtait à pénétrer

1. Il était de coutume de nommer les aubergistes d'après leur enseigne.

2. Femelle du lapin de garenne ou du lièvre.

3. Situé.

sans invite lorsqu'un vieux serviteur perclus de douleurs de vieillerie[1], celui qui leur avait porté des gobelets d'infusion quelque temps plus tôt, une éternité auparavant semblait-il, se planta devant lui, la mine défaite, les yeux humides.

— Avec tout mon respect, messire, n'entrez pas. J'ai cru comprendre que... mon maître vous tenait en belle estime... Il offre rarement un en-cas[2] de bouche à ses visiteurs...

— Mais que...

Le vieil homme hocha la tête, attristé, et l'exécuteur le sentit au bord des larmes. Pourtant, il se souvint avoir été agacé par le peu de civilité que lui avait manifestée Tisans lorsqu'il les avait servis.

Hardouin tenta de le repousser avec gentillesse, mais l'autre résista, balbutiant :

— Sa fille, son aînée... vient de trépasser.

— Quoi ? Ah quelle affreuse nouvelle ! Une fièvre ?

— Une malemort, chuchota le vieillard en baissant le regard. Je n'en sais guère davantage.

✣

Hardouin fouilla ses souvenirs. Arnaud de Tisans ne lui avait jamais fait de confidences. Après tout, pourquoi se serait-il épanché devant son bourreau, le plus indigne de ses serviteurs, quoique le plus précieux ? Cependant, les clabaudages et les indiscrétions allaient bon train dans les villes de moyenne importance, et tout le monde s'y connaissait. Aussi avait-il glané quelques informations au

1. Arthrose.

2. À l'origine, abréviation de « en cas de besoin ». Se déclinait en en-cas de bouche, en-cas de voyage, en-cas de nuit, etc.

sujet du sous-bailli. Tisans avait eu cinq enfants de deux lits. Sa dernière épouse, bien plus jeune que lui, était morte quelques années auparavant, en relevant de couches. Hardouin avait vaguement entendu parler de son aînée, à l'évidence sa préférée, devenue moniale aux Clairets, sans toutefois se souvenir de son prénom.

Il décida de passer outre le conseil du vieux serviteur et pénétra dans la salle d'étude d'Arnaud de Tisans.

Le sous-bailli se tenait debout, derrière sa table de travail, le regard vide, fixé droit devant lui, mais Hardouin ne fut pas certain qu'il l'eût vu. D'habitude d'une fringante cinquantaine, il semblait avoir vieilli de vingt ans en quelques jours. Les rides légères qui sillonnaient son visage s'étaient creusées et sa peau presque grise évoquait un masque mortuaire.

— Seigneur bailli… Je… Un serviteur…

— De grâce, l'interrompit Tisans d'un murmure à peine audible, semblant émerger d'un univers de cauchemar.

Il récupéra le court rouleau d'un message sur son bureau et le tendit à l'exécuteur des hautes œuvres d'une main tremblante. Celui-ci n'hésita qu'un bref instant avant d'en prendre connaissance.

Messire bailli,

Il est des missives qu'on prie pour ne jamais devoir écrire, telle celle-ci.

Faute de mots appropriés, je vous supplie de ne me pas détester pour l'effarante et terrible nouvelle dont je suis porteuse. Henriette de Tisans, votre fille, n'est plus. Elle repose en très grande paix aux côtés de son Créateur. Le cœur me saigne à vous devoir préciser que son trépas ne fut pas décidé par Dieu mais hâté par un maudit qui le paiera de sa vie puisque j'userai, sans trouble ni hésitation, de mon privilège de Haute Justice à son égard.*

Je requiers de vous forte-main afin que ce monstre me soit remis au plus preste.

Croyez, messire, que le chagrin que je vous cause est partagé par nous toutes. Henriette ne sera jamais oubliée céans. Elle sera portée en terre aux côtés de ses sœurs défuntes, au milieu des Sourires de la Terre[1], *mais demeurera vive dans notre esprit. Son âme vertueuse et bien trempée m'accompagnera jusqu'à ma propre nuit et au-delà, à Dieu plaise.*

Votre dévouée et affligée Constance de Gausbert,
mère abbesse des Clairets.

✣

Hardouin cadet-Venelle n'osait lever le regard vers le sous-bailli. Il reposa avec délicatesse le rouleau sur la table de travail. D'une voix d'outre-tombe, messire de Tisans déclara :

— Henriette est… était… mon aînée… ma… préférée, je l'avoue. Elle… fut un cadeau du ciel, dotée de tant de vertus… Je ne pense pas exagérer. Pieuse, gracieuse, d'esprit si vif que j'eus souvent le regret qu'elle ne fût pas un fils, belle et infatigable…

D'une voix heurtée au point qu'Hardouin redouta qu'il fonde en larmes, le sous-bailli poursuivit :

— Je… j'ai le sentiment d'une telle dévastation que je ne parviens plus à me souvenir que je vis encore. Pis, je ne suis pas certain de le souhaiter.

— Préférez-vous que je me retire ? suggéra le bourreau.

---

1. Le terme fut donné aux fleurs par saint Fiacre, noble d'origine irlandaise, qui partit pour la Gaule au début du VIIe siècle. Les fleurs n'étaient cultivées à l'époque que pour honorer la Vierge et fleurir les autels.

Il ne pouvait prétendre bien connaître le sous-bailli de Mortagne, toutefois il en percevait assez pour appréhender ce qui risquait de survenir. Parfois inflexible, sans doute un peu arrogant ainsi que le lui permettait son lignage, Tisans demeurait homme d'honneur et de fierté. Hardouin était familier de l'âme humaine et notamment de celle de la forte gent. Un homme, assommé de douleur ou de désespoir, se confiera à un étranger qui sortira aussitôt de sa vie, emmenant au loin son douloureux secret. En revanche, il malaimera l'involontaire spectateur de son terrible chagrin s'il le revoit au demain. L'exécuteur ne tenait donc pas à être témoin d'un accès de faiblesse du bailli, faiblesse que celui-ci se reprocherait avant, peut-être, de lui en tenir rigueur.

— Non pas, Venelle. Assoyons-nous.

Hardouin, mal à l'aise, obtempéra. Le sous-bailli se laissa choir sur son fauteuil à haut dossier sculpté, et frôla d'un geste inconscient les pommes de cristal taillé qui ornaient l'extrémité de chaque accoudoir, permettant de se rafraîchir les mains aux chaleurs.

Un silence pesant s'installa. Cadet-Venelle se souvint du motif de sa visite. En apprendre davantage sur la famille d'alliance de Marie de Salvin, à qui le sous-bailli avait fait porter une missive leur annonçant l'honneur restitué à Marie et son inhumation en terre consacrée, aux côtés de son époux occis par le coquin Jacques de Faussay. En toute décence, il ne pouvait questionner Tisans en ce jour funeste.

— Venelle, je me sens si las… pourriez-vous, de grâce, appeler au service ?

Le Maître de Haute Justice se leva et passa derrière le bureau afin de tirer un des deux larges cordons de passementerie qui pendaient au coin de la cheminée et alertaient un serviteur. Il se réinstalla, gêné par le silence qu'il ne savait comment rompre, silence seulement troublé par le faible ronronnement du feu agonisant qui rougeoyait dans l'âtre.

Un serviteur qu'Hardouin n'avait jamais vu pénétra telle une ombre.

— Qu'un souillon s'active, le feu meurt et ce froid humide me transperce jusqu'aux os. Monte-nous un verre d'hypocras[1]. Je n'ai plus goût aux infusions.

Le serviteur se retira après un profond salut, sans mot dire, jetant des regards furtifs et un peu apeurés à Tisans.

✣

Le pesant silence, encore. Hardouin, embarrassé, hésitait : devait-il intervenir, lancer une phrase presque au hasard, ou le sous-bailli avait-il besoin de ce désert de sons afin de se reprendre un peu ? Incapable de trouver quelques mots qui ne soient ni déplacés, ni stupides en pareille circonstance, il demeura coi. Soudain, Tisans demanda d'une voix tranchante :

— Avez-vous jamais eu la sensation d'atteindre le fond du désespoir ?

— Non, je pense n'avoir jamais assez aimé pour cela.

Tisans ferma les paupières et Hardouin redouta que les larmes qu'il retenait à grand-peine ne coulent. Au lieu de cela, le regard noisette le fixa à nouveau et un sourire infiniment triste effleura les lèvres du sous-bailli qui murmura :

— Hum… belle réponse. Belle et si juste. Selon vous, Maître de Haute Justice, quel est le meilleur remède au désespoir ?

— Je… la prière ?

---

1. On l'écrivait « ypocras » à l'époque. Vin rouge, parfois mélangé à du vin blanc, sucré de miel et parfumé à la cannelle et au gingembre. Il existait également une version entièrement au vin blanc.

— Non pas, la rage ! La prière ne vient qu'ensuite, pour excuser la rage.

— Peut-être. La rage exige, en effet, une passion, une vivacité qui fait reculer l'idée de la mort. Savez-vous, au juste, comment périt damoiselle Henriette ?

Arnaud de Tisans prit une inspiration avant de prononcer le mot terrible :

— Étranglée... d'après le messager qui m'a porté à l'aube la missive de la mère abbesse des Clairets.

— Morbleu[1], souffla Hardouin. Dans l'enceinte de l'abbaye ?

— Pas à ce que j'ai cru comprendre. Elle rentrait d'une tournée d'aumôneurs[2]. L'argent qu'elle transportait a disparu et l'on a retrouvé la haquenée[3] qu'elle montait à quelques toises de... sa dépouille.

— Le maudit n'a pas volé la monture ?

— Sans doute par crainte que l'on reconnaisse son marquage au fer, celui de l'abbaye.

— Ah !

L'entrée de deux hommes, dont le serviteur, les fit replonger dans le silence. Hardouin s'absorba dans la contemplation des gestes maladroits du souillon, un gamin d'une douzaine d'années, qui fit tomber une bûche, manqua d'enflammer le bas de sa manche de chainse en soufflant sur les braises et se cogna la tête au manteau de la cheminée en se relevant, un piètre sourire d'excuse aux lèvres.

✠

1. Contraction jugée acceptable de « par la mort de Dieu », blasphématoire. « Dieu » fut remplacé par « bleu » dans de nombreux jurons.

2. Personnes contraintes par la loi de donner de l'argent afin de racheter leurs fautes.

3. Cheval, le plus souvent une jument, très docile que montaient les femmes et que l'on dressait parfois à marcher à l'amble.

Lorsqu'ils furent à nouveau seuls, le sous-bailli lui tendit un gobelet d'hypocras.

— L'avez-vous occis ?

L'exécuteur n'eut pas besoin de précision.

— J'ai tué tant de gens, seigneur.

— Fort peu de grands baillis d'épée, toutefois, contra Tisans.

Hardouin avala une gorgée du vin parfumé d'épices et biaisa :

— La valeur d'un coq se jauge face au renard. Il leur est, hormis cela, aisé de bomber du torse devant poules et poussins !

— Amusante métaphore, mais…

— On ne juge véritablement un homme que lorsqu'il croit ou sait qu'il va mourir. L'heure n'est alors plus aux fausses mines et aux dérobades. Sous des dehors virils et guerriers, Estrevers n'était qu'un paltoquet.

Cet indirect aveu arracha un haussement de sourcils à Arnaud de Tisans qui murmura :

— Je vois. Un paltoquet qui n'eût sans doute pas hésité à me charger de ses… erreurs afin de s'en tirer à bon compte.

— « Erreurs » ? Doucet euphémisme, rectifia le maître des hautes œuvres. Quant au reste, n'est-ce pas là un trait commun à ces individus ?

— Je suis donc doublement… non, triplement votre débiteur. La confirmation de la culpabilité de la simple Caquet, le… terme que vous apportâtes aux meurtres des petits miséreux et… l'annihilation d'une grave menace qui pesait sur moi.

Peut-être messire de Tisans espérait-il s'entendre détromper. Cependant, Hardouin n'avait cure [1] de le rassurer par

1. De *cura* : avoir soin ou souci, se préoccuper de quelque chose.

courtoisie de bon aloi. De fait, le sous-bailli lui était redevable. Il s'en tira par une pirouette acceptable :

— L'homme d'honneur admet aussi volontiers ses créances que ses dettes.

— Hum... débit dont je redoute d'accroître encore l'ampleur, déclara Tisans en le fixant de ce regard noisette qui pouvait se faire si dur, si impitoyable. Henriette... M'aiderez-vous ? Je ne le sollicite pas en bailli, ni même en... ami, puisque je doute que vous acceptiez de forger un tel lien envers moi. Je vous en conjure en tant que père.

La situation eût-elle été moins tragique qu'Hardouin se serait autorisé l'ironie. La cordialité récente, et somme toute très superficielle, dont faisait preuve le sous-bailli à son endroit n'était dictée que par son besoin d'un enquêteur que rien ne pouvait corrompre, dissuader, ni apeurer. Quoi de plus approprié qu'un bourreau fort riche ? Tisans semblait avoir complètement oublié le mépris avec lequel il l'avait toujours traité, mépris généralisé envers tous les détenteurs de la charge d'exécuteur. Bah, quelle importance ? Aucune !

— Mon honneur que vous aider, messire.

Au pincement de lèvres de son vis-à-vis, Hardouin comprit que la faveur que le sous-bailli s'apprêtait à requérir lui pesait. Son ardoise s'alourdissait, pour son déplaisir.

— Acceptez-vous de m'accompagner en l'abbaye des Clairets ?

— Non loin de Nogent-le-Rotrou, observa l'exécuteur.

— Si fait. Neuf ou dix lieues* à vol d'oiseau de Mortagne. Il nous faudrait partir demain, au petit lever. Nous arriverons en Nogent-le-Rotrou au soir échu, pourrons y nuiter. Pourquoi pas à la Hase Guindée où vous prîtes vos habitudes, afin que nos montures se reposent, à notre instar ? Nous reprendrons la route au lendemain pour l'abbaye.

L'idée de passer une soirée et une nuit en compagnie du sous-bailli n'enthousiasmait pas le Maître de Haute

Justice. Cependant, décliner sa proposition eût été insultant et peut-être même imprudent.

— Je…

— Hésitez-vous ? l'interrompit Tisans, soudain tranchant, presque menaçant.

— Que nenni, du moins pas en ce qui concerne la damoiselle Henriette et les Clairets. Cherchant ses mots afin qu'une subite curiosité n'alerte pas son interlocuteur, Hardouin avança avec prudence : Nogent… S'il m'en souvient bien, vous fîtes porter une missive à la famille d'alliance de madame de Salvin qui y demeure.

Le sous-bailli parut un peu surpris par le tour que prenait la conversation. D'une voix assez indifférente tant le décès de sa fille lui obscurcissait l'esprit, il répondit :

— À la jeune baronne veuve Mahaut de Vigonrin, d'autant que sa mère d'alliance, Béatrice, est de mes vagues connaissances. Le moins que je pus faire. Elle m'en fut d'ailleurs gré, tant la fin… horrible, injuste et ignominieuse de cette pauvre jeune femme l'avait atterrée.

Le cœur d'Hardouin s'était emballé à la mention de ce nom déjà prononcé par l'aubergiste de la Hase Guindée. Il s'efforça de demander d'une voix plate :

— Le lien entre la baronne Mahaut de Vigonrin et Marie de Salvin, si je puis ?

— Mais elles sont sœurs germaines [1].

Cadet-Venelle dissimula avec peine sa stupéfaction pendant que Tisans poursuivait :

— Des Leu [2] de Cérainville, très belle famille, généreuse, protectrice des arts. Originaire de Troyes, ils ont

1. De mêmes père et mère. En raison de la faible longévité, les remariages, donc les demi-frères ou sœurs, étaient fréquents.

2. « Leu » signifiait « loup » en vieux français (et « lion », en roumain).

grandement contribué à la construction de l'abbaye d'augustins Saint-Loup [1], le saint évêque de la ville [2] étant de leur lointaine parentèle et expliquant leur nom. D'ailleurs, madame Constance de Gausbert est leur tante à toutes deux, elle-même cousine éloignée de notre cher saint-père, Clément V*. Une famille fort respectée. Je crois me souvenir, sans certitude, que madame Mahaut, la baronne donc, est la cadette de madame Marie de Salvin, de quelques courtes années.

À l'évidence, le sous-bailli ignorait tout de l'arrestation pour enherbement de Mahaut de Vigonrin, née Leu de Cérainville.

Une sorte de vertige fit fermer les paupières à Hardouin. Le destin. Encore et toujours le destin auquel il avait confié sa vie sans interrogations, sans curiosité, sans espoirs particuliers, sans même d'appréhensions. Le destin ou alors la main fraîche et apaisante de Marie, celle qui s'était posée sur son front brûlant lors d'une épouvantable nuit de fièvre, le guidant vers une destination qu'il ignorait ?

Sa route occulte, dont il priait qu'elle fût tracée par une femme morte, adorée, reprenait aux Clairets.

Il se leva, déclarant :

— Je dois rentrer, donner des ordres et vous attendrai au demain non loin de ma demeure, au jour levant. À vous revoir très vite, messire bailli.

---

1. Vers 841.

2. Saint Loup, né à Toul vers 383, évêque de Troyes en 426. Il accompagna saint Germain l'Auxerrois en Angleterre et défendit sa ville contre l'invasion des armées d'Attila, quoique ce dernier point soit l'objet de doutes de la part de certains historiens. Il mourut vers 479. Il est invoqué pour la guérison du mal caduc (épilepsie), contre la possession démoniaque et les paralysies.

VI

Abbaye de femmes des Clairets, novembre 1305

La construction du monastère, à l'orée de la forêt des Clairets, sur les centaines d'arpents* de la paroisse de Masle, offerts aux bernardines de l'ordre de Cîteaux, avait été décidée par charte datée de juillet 1204 [1]. L'initiative en revenait à Geoffroy III, comte du Perche, et à son épouse Mathilde de Brunswick, la très pieuse sœur de l'empereur Othon IV. Les efforts déployés et les dons offerts avaient permis que l'abbaye de femmes, l'une des plus importantes du royaume, sorte de terre en sept petites années.

Exemptées d'impôts et de charges et ayant prérogative de seigneur, les abbesses des Clairets avaient droit de haute, de moyenne et de basse justice* sans requérir l'aval du grand bailli d'épée, ni même du roi. À quelques centaines de toises du mur d'enceinte, les fourches patibulaires [2], dressées au lieu-dit du Gibet [3], servaient à l'application des peines, qu'elles visassent les humains ou

1. Elle fut terminée en 1212.
2. Gibet constitué de deux fourches fichées en terre, soutenant une traverse à laquelle étaient pendus les suppliciés.
3. Qui a conservé son nom jusqu'à nos jours.

même des loups ou des ours, accusés de crimes envers des moutons[1].

Moult autres privilèges avaient été concédés au monastère. Les moniales pouvaient se fournir en bois de chauffage et de construction dans les forêts appartenant aux comtes de Chartres. S'ajoutaient des dons en terres à Masle et au Theil, ainsi qu'une très généreuse rente annuelle encore grossie par les largesses des bourgeois, des seigneurs, ou des paysans aisés, souvent désireux de se faire pardonner une faute ou de se concilier les bonnes grâces divines, voire de placer en l'abbaye une fille vieillissante ou veuve en échange d'un substantiel dos[2].

Plus de deux cents moniales, une cinquantaine de novices et cent cinquante serviteurs laïcs s'y activaient inlassablement, faisant des Clairets une gigantesque ruche, dédiée au travail et à la prière, dont la puissance foncière et commerciale surpassait largement celle des seigneurs des alentours.

L'ensemble des bâtiments surgissait telle une massive et sombre falaise au milieu des bois. La plupart des constructions, dont l'abbatiale Notre-Dame au nord avec son chœur tourné vers le tombeau du Christ, étaient édifiées en grison, un conglomérat naturel brun foncé composé de silex, de quartz, d'argile et de minerai de fer. Un haut et dissuasif mur d'enceinte encerclait le monastère, seulement troué par trois porteries, dont l'une dite « principale » au nord. Juste derrière se trouvaient les édifices où l'on tolérait les étrangers de passage, souvent des pèlerins en périple ou des parents en visite : l'hostellerie, le parloir et les écuries. Quelques libertés de mouvement étaient accordées aux invités de l'abbesse qui n'avaient toutefois pas le droit de pénétrer dans le cloître, ni dans la salle des reliques ou dans la biblio-

1. Les procès d'animaux étaient relativement fréquents au Moyen Âge.

2. Dotation, don. De *dotarium,* dont sont issus « douaire » et « dot ».

thèque, mais pouvaient assister aux offices dans l'abbatiale et prendre leurs repas dans le réfectoire, à la table de l'abbesse lorsqu'elle les y conviait. À droite s'élevait le logement de la grande prieure[1], et de la sous-prieure. Y faisait suite le palais abbatial, dans lequel logeaient et travaillaient l'abbesse et sa secrétaire, ronflante étiquette qui ne désignait qu'un petit édifice trapu d'un étage, guère plus confortable que les dortoirs des moniales. Mais Mme de Gausbert se réjouissait dès le printemps revenu de la vue que lui permettaient les fenêtres vitrées de sa salle de travail sur les jardins en escalier – les terrasses de l'abbesse –, unique enjolivement concédé en ces temps d'application scrupuleuse de la règle de saint Benoît, laquelle serait plus tard adoucie. L'abbesse ne se lassait pas de contempler les petits bouquetiers[2] en pente douce et n'aimait rien tant que d'aller aider parfois les jardiniers à cueillir lys ou mauves, à redresser les plessis[3] ou à planter benoîte[4] et aigremoine[5], censée protéger des mauvais esprits, des poisons et chasser la peur. Ses modestes fleurs dorées l'attendrissaient. Lorsque l'abondance de fleurs, avant tout réservées aux autels, le permettait, Constance de Gausbert autorisait les jeunes servantes laïques à tresser pour elles ou leurs mis ou mies des chapels de rosés[6], se réjouissant des rires légers qui lui parvenaient.

1. Seconde de l'abbesse, notamment en l'absence de coadjutrice.

2. Jardin strictement ornemental, de superficie modeste, réservé à la culture de fleurs destinées à l'agrément et au fleurissement des autels. À l'époque on y trouvait principalement des lys, des roses de Damas et des giroflées, nombre d'espèces étant encore inconnues.

3. Barrières basses tressées en châtaignier, en osier ou en branches de saules qui entouraient les différents massifs.

4. Ou herbe du bon soldat, *Geum urbanum* dont on consommait aussi les jeunes pousses en mélange dans les soupes.

5. Ou eupatoire des anciens, *Agrimonia eupatoria*.

6. Couronnes de fleurs comme accessoire d'habillement, très en vogue depuis la plus haute Antiquité.

Quelle tristesse que cette jolie coutume disparaisse peu à peu. L'opulence grandissante de certains les poussait maintenant à dédaigner d'élégants et éphémères ornements offerts par Dame Nature, au profit de rubans de cheveux, de bandeaux orfraisés ou incrustés de pierreries, ou pis, selon l'abbesse, ces insensés truffeaux[1]. Des faux cheveux ! Où allait-on ! Pourtant, quoi de plus bouleversant et précieux que la fragile perfection d'une fleur dans laquelle se percevait la main de Dieu ?

Au sud-est du palais abbatial commençait le cloître Saint-Joseph, avec à sa droite les cuisines puis le réfectoire et le scriptorium[2]. Le fond du cloître était délimité par la salle capitulaire et le chauffoir[3] avec, à leur étage, l'un des grands dortoirs des moniales. L'infirmerie se trouvait derrière, isolée au milieu de jardins afin de circonscrire une éventuelle contagion[4]. Plus loin encore se dressaient le noviciat puis la babillerie. La destination officielle et charitable de cette dernière consistait à accueillir les enfants abandonnés à la porterie principale ou dans les bois voisins, afin de leur épargner une mort d'inanition ou d'être mis en pièces par les animaux sauvages. Cependant, on y élevait aussi, en discrétion et contre rémunération, les bâtards nés de filles nobles ou bourgeoises, peu farouches et manquant surtout de prudence.

✠

1. Postiches que l'on attachait au niveau des tempes ou sur les oreilles. De « truffe » dans le sens de « tromperie ».

2. Salle de copie.

3. Petite pièce chauffée où pouvaient se reposer les malades.

4. Rappelons que si le Moyen Âge ignorait les micro-organismes, l'idée de la contagion était très présente, expliquant la quarantaine et les léproseries.

Constance de Gausbert tournait entre ses doigts le long stylet à manche d'argent ciselé qui lui servait à décacheter les missives. La terrible secousse causée par le trépas d'Henriette lui faisait monter les larmes aux yeux. Henriette en qui elle avait vu une possible future abbesse, lorsqu'elle-même deviendrait trop âgée pour poursuivre sa mission céans. Mais Henriette était trop fascinée par ses recherches théologiques pour accepter de bonne grâce ce qui constituait le quotidien d'une abbesse : celui d'un régisseur chargé en plus de la pureté des âmes qui vivaient entre leurs murs. Mme de Gausbert se souvenait des sourires de la mince femme de trente-deux ans, de ses émerveillements pour une belle récolte de miel, ou un ouvrage de broderie particulièrement habile dans lesquels elle voyait une nouvelle preuve de l'infinie bonté de Dieu. Henriette ajoutait à son inextinguible énergie, à sa foi intense, une vive intelligence. Son regard toujours curieux du monde sidérait Mme de Gausbert. Quel effroyable événement ! Comment se faisait-il qu'une sinistre intuition ne l'ait pas troublée ?

Deux jours plus tôt, il était prévu qu'Henriette de Tisans rentre de sa tournée des aumôneurs aux alentours de vêpres* afin de souper [1] avec ses sœurs. Son couvert avait été dressé dans la longue salle du réfectoire. Elle ne s'était point montrée et la sœur pitancière [2] lui avait réservé un en-cas de bouche, posé sur une des immenses tables de la cuisine. Toutes s'étaient retirées pour la nuit. Constance de Gausbert avait songé que sa fille ne paraîtrait

1. Le dîner ou le souper constituait en réalité le premier repas de la journée. On « soupait » à chaque repas puisqu'on servait de la soupe. « Dîner » devint ensuite notre déjeuner et « souper » notre dîner.

2. Sœur chargée des cuisines et de leur organisation, ainsi que des repas.

que le lendemain, sans doute retenue par une dernière visite, alors même qu'elle gisait déjà peut-être à quelques toises de la porterie principale, étranglée par un maudit. Pas un instant, l'abbesse n'avait été intriguée, inquiétée. Quelle impardonnable légèreté, quel honteux manque de perspicacité ! Elle s'en voulait terriblement. À sa décharge, Henriette de Tisans était de ces femmes capables de faire front, de se débrouiller de n'importe quelle situation sans requérir aide. Néanmoins, même cette constatation paraissait une bien piètre excuse : elle aurait dû s'inquiéter, quelles qu'aient été la force, l'habileté et la ressource d'Henriette. Or, elle avait dormi tel un loir avant d'être réveillée en sursaut par sa secrétaire, Blandine Creusot. Une semainière [1] de devoir d'écuelle [2], sortie distribuer les quarts de pain du pauvre [3] aux mendiants et enfants qui attendaient dès l'aube derrière la haute porte de l'enceinte, venait de découvrir le corps roide d'Henriette, entouré par une haie, respectueuse et affligée, de petits ventres creux qui n'avaient pas osé frapper à la porte de l'abbaye.

Mme de Gausbert avait refusé, contre l'avis de sa grande-prieure, Madeleine Marquet, que l'on dissimulât la nature assassine de ce soudain trépas. Elle avait tranché, ordonnant que vérité fût dite, à la raison que le mensonge enfantait du mensonge. La nouvelle s'était propagée à la vitesse d'un cheval au galop et avait provoqué un étrange cataclysme dans le monastère. Blandine Creusot, la secrétaire de l'abbesse, avait rapporté à sa mère d'ordre, en dissimulant bien maladroitement ses pleurs, que des moniales

1. Sœur à qui on confiait des tâches variables pour une durée d'une semaine.

2. Devoir charitable qui consistait à offrir à manger aux plus démunis.

3. Le pain, aliment de base au Moyen Âge, était également un signe de richesse, le froment (blé) étant réservé aux riches. Les pauvres se contentaient d'un pain de seigle et d'orge peu tamisés.

se relayaient en la chapelle Saint-Éloi afin de prier pour le repos de l'âme d'Henriette. Mme Gausbert n'avait guère été surprise de voir l'abbatiale délaissée en la circonstance. La petite chapelle en rotonde était la préférée de sa défunte fille. Elle aimait s'y recueillir, y méditer et toutes le savaient. Elles avaient donc voulu lui rendre un fervent hommage en ce lieu, moins impérieux, bien plus modeste mais sans doute plus « imprégné » ainsi que le disait souvent Henriette de Tisans.

✠

Le silence. L'arrogant silence, dissuasif, inéluctable qui s'était imposé en leur lieu préservé depuis l'annonce du décès d'Henriette, troublait l'abbesse. La règle de saint Benoît leur imposait le silence, hormis pour des échanges importants. Et pourtant, ce silence habituel et voulu bruissait de conversations tues, d'envies réprimées de parler, de rires étouffés, de mille reparties sur lesquelles on fermait les lèvres avant qu'elles ne soient proférées. Ce silence était un effort continuel, une règle destinée à museler la naturelle propension au bavardage des créatures humaines, ainsi que l'avait souhaité leur saint fondateur. Il était une contrainte permanente mais librement consentie.

En revanche, ce nouveau silence semblait une sorte de maléfice, de deuil insupportable. Il ne s'agissait plus d'une discipline de mots mais d'une absence, d'un mutisme imposé par une force extérieure et malfaisante. Du moins l'abbesse le ressentait-elle ainsi. Elle croisait le visage fermé de ses filles, paupières baissées, petits gestes nerveux, allure précipitée sans raison, mains enfouies dans leurs larges manches. Une légion de petits mulots terrorisés cherchant une anfractuosité de mur où se dissimuler, où disparaître.

Où s'étaient enfuis leur rayonnement, leur magnifique certitude et leur conviction qu'elles étaient un phare, gigantesque et si robuste qu'aucun déchaînement ne pouvait l'ébranler ?

Prendre brutalement conscience que le monde extérieur, jusque-là si lointain, si inoffensif donc, pouvait déferler sur elles pour les meurtrir avait terrorisé nombre de ses filles, en plus du chagrin occasionné par la perte funeste d'une de leurs remarquables sœurs.

Pour cette raison, la justice de l'abbesse serait implacable. Elle en faisait le serment. Les Clairets demeureraient une inébranlable balise et aucune de ses filles n'en douterait plus jamais.

✣

Oppressée, le souffle court, Mme de Gausbert se leva d'un mouvement vif, lançant le stylet d'argent qui ricocha avec un bruit sec sur son bureau, si imposant qu'il la faisait paraître encore plus menue et petite. Elle demeura là, incertaine. L'idée, ahurissante, ne cessait de tournoyer dans son esprit : un meurtre ! Le meurtre d'une de ses filles, à leur porte. Mais qui ? Qui avait osé ce geste impie qui lui vaudrait la mort puis l'enfer ? Elle tomba à genoux sur le sol en pavés de terre cuite et joignit les mains en prière, luttant contre la fureur qui l'envahissait.

« Agneau Divin, je ne veux pas le haïr, je ne veux pas et, pourtant, je l'exècre. Doux Jésus, donnez-moi la force de repousser la rage et l'envie de vengeance. Je veux voir l'ignoble assassin d'Henriette pendu haut et court à mon ordre. Je veux le voir suffoquer et rendre sa vile âme. Pardonnez-moi, aidez-moi. Mon esprit succombe à la haine. Pour quelques deniers, il a privé Dieu d'une de Ses flammes les plus brûlantes. Je veux qu'il périsse, qu'il sache pourquoi et le sort effroyable qui l'attend ensuite, pour l'éternité. J'ai cru… j'ai cru être débarrassée à tout jamais de cette aptitude épouvantable à la haine, Seigneur. Mais elle revient ce jour avec la violence d'une tempête trop longtemps contenue et avec elle la honte, le désespoir de n'être pas ce que Vous attendiez de moi, que j'avais promis de devenir.

Au-delà du chagrin, de l'incompréhension dans lesquels me plonge le décès d'Henriette, la confusion s'est à nouveau emparée de moi et je reste démunie, affaiblie, incertaine alors que ces années bénies passées ici, depuis mon arrivée, m'avaient fait accroire que Vous m'accordiez, dans Votre infinie mansuétude, la force de m'améliorer.

J'erre dans mon esprit obscurci, ballottée d'une certitude à une autre. Aidez-moi, de grâce, je vous en supplie. Où êtes-Vous ? Un signe de Vous, afin de sortir de ce labyrinthe dans lequel je ne cesse de m'égarer.

M'avez-Vous offert un puissant esprit pour que je ne réfléchisse pas ? Serait-ce là ma punition, telle une assoiffée à qui l'on tendrait une gourde d'eau pour la lui refuser ensuite ? Elle serait si impitoyable que je ne puis le croire, moi qui Vous sers humblement et sans faiblir depuis si longtemps. Où êtes-Vous ?

Que croire, que faire, dans quelle direction progresser ? N'envoyâtes-Vous pas dix plaies de châtiment sur l'Égypte, exterminant les troupeaux, recouvrant gens et bêtes de pustules, frappant de mort tous les premiers-nés[1] ? Ne déclarâtes-Vous pas : “Qui verse le sang de l'homme, par l'homme aura son sang versé…[2]” Mais Votre Fils n'a-t-il pas dit : “Au contraire, quelqu'un te donne-t-il un soufflet

1. Exode, XII, 29-36.

2. Genèse, IX, 6. Une des bases de la fameuse loi du talion, qui revient à plusieurs reprises dans le Livre. Du latin *talis* (« tel, pareil »).

sur la joue droite, tends-lui l'autre… [1]" Et pourtant, n'était-ce pas des menaces de mort lorsqu'Il a affirmé, après l'exécution des Galiléens par Pilate : "Croyez-vous que pour avoir subi pareil sort, ces Galiléens fussent de plus grands pécheurs que tous les autres ? Non, je vous le dis, mais si vous ne faites pas pénitence, vous périrez tous de même [2]."

Que croire, que décider ? La vie, la mort, inextricable désordre. Que faire au milieu de ce champ d'ivraie ? Qu'ont commis Vos créatures pour mériter Votre ire, cette insoutenable sanction : errer à tâtons, cherchant à distinguer le bien du mal ? L'alternative consisterait-elle à mourir pour avoir fait le bien ou à survivre pour avoir choisi le mal ? Ne resteraient alors que des suppôts du dernier. Je ne peux y croire. Je ne veux y croire. »

✠

Constance de Gausbert se releva avec peine. La prière, ou plus exactement les questions qui la harcelaient, incessantes et blessantes, l'épuisaient.

Elle louvoya, tentant d'éviter pour la millième fois l'effarante conviction qui tentait de se frayer un chemin dans son esprit. Au fond, Dieu n'avait jamais été si présent à ses côtés que lorsqu'elle Le traitait avec une courtoise désinvolture. La ravissante et jeune Constance de Gausbert s'était acquittée de ses prières, de ses lectures pieuses, de ses aumônes. De bonne grâce, mais avec une superficialité selon elle pardonnée par sa robuste intelligence et sa vaste culture. À l'évidence, Dieu réglait l'univers et l'existence de Ses créatures

1. Évangile selon saint Matthieu, V, 38-40.
2. Évangile selon saint Luc, XIII, 1-4.

humaines. Cela étant, puisqu'elle en était certaine, nul n'était besoin de le lui rappeler continuellement en exigeant d'elle des actes d'obéissance et des gages de résipiscence ! Aussi la jeune Constance avait-elle aménagé les exigences de l'Église. Si un morceau de lard ou un bol de lait la tentait un jour de maigre[1], la belle affaire, en vérité ! Qu'importait à Dieu que Mardi gras[2] se prolongeât un peu après la fin du carnaval[3], surtout s'il restait beurre, œufs et lait qu'il eût été scandaleux de gaspiller[4] ? Jusqu'à son mariage avec un petit baron de Gausbert, fort riche et fort laid, vieux et répugnant. Le début de sa punition, peut-être ? Il avait eu le bon goût de trépasser quelques années plus tard.

L'abbesse réprima un mince sourire. Au fond, ses péchés véniels ne lui avaient pesé que lorsqu'elle avait admis avoir fauté. La véritable punition n'était-elle pas la lucidité ? La peste fût de la lucidité ! La lucidité encore qui lui faisait regretter sa missive au sous-bailli de Mortagne-au-Perche, père d'Henriette. Mais que pouvait-elle faire ? Pourtant, l'honneur l'avait disputé en elle à la politique. Elle aurait pu exiger l'aide de Guy de Trais, bailli de Nogent-le-Rotrou, ville la plus proche des Clairets. Nul doute que le nouveau duc de Bretagne, Arthur II, fils de feu Jean II,

1. Les mercredis, vendredis, samedis et veilles de fêtes, en plus du Carême et de l'Avent (quatre semaines avant Noël), à l'exception des dimanches.

2. Dernier jour de gras avant le mercredi des Cendres, début du Carême. Cette célébration d'origine païenne existait déjà dans la Rome antique.

3. Du latin *carne levare*, « retirer la viande » pour la durée du Carême qui fait suite au Mardi gras.

4. La « semaine de gras » conclue par le mardi permettait de manger en abondance avant le long jeûne maigre du Carême. Mais, en cette époque de pénurie alimentaire, il eût été inacceptable de jeter les aliments gras restant. Aussi préparait-on crêpes, beignets, gaufres et toutes pâtisseries que l'on offrait aux voisins, tout comme à la Chandeleur.

se serait empressé de la satisfaire en raison de sa longue amitié avec Mme Catherine de Courtenay[1], deuxième épouse de Charles de Valois, frère du roi. Mais Constance de Gausbert méprisait ce jeune fat de de Trais, qu'elle jugeait incompétent au point de s'en être plainte auprès de son amie. Certes, elle aurait pu s'abstenir de prévenir Arnaud de Tisans du décès prématuré de sa fille aînée, Henriette ayant abandonné sa famille de sang au profit de sa famille d'ordre en prononçant ses vœux. Toutefois, outre que Mme de Gausbert connaissait la profonde affection qui unissait le père et la fille, elle ne pouvait, voulait laisser cet odieux crime impuni. Or Arnaud de Tisans avait fait preuve d'une belle subtilité et d'une extrême fermeté en mettant terme à l'épouvantable série de meurtres de petits miséreux Nogentais, si elle en croyait la rumeur parvenue jusqu'aux Clairets. D'un autre côté, requérir assistance d'un laïc et de la justice séculière en ce lieu pouvait s'avérer dangereux. D'aucuns n'y verraient-ils pas preuve de l'incapacité de l'abbesse à châtier le coupable ? Sa qualité de lointaine cousine de Clément V la protégeait de bien des manigances. Mais cette indulgence forcée durerait-elle longtemps ? Rien n'était moins avéré. Elle connaissait assez Clément pour savoir qu'il pratiquerait avec Philippe le Bel comme avec tous : rebaptisant sa mollesse et son manque d'autorité sous le terme de diplomatie. Or le roi, ou plus exactement son conseiller favori, messire Guillaume de Nogaret*, avait tant œuvré, tant payé pour que Clément, ancien cardinal de Got, soit élu pape en place d'un Italien. Ils en attendaient donc une aide décisive dans les deux affaires qui obsédaient le souverain : le procès posthume contre la mémoire du pape Boniface VIII et la réunion des ordres soldats, dont le Temple, sous la bannière de son fils Philippe de Poitiers. Si Clément ne s'acquittait

1. 1274-1307.

pas de sa dette tacite, ce que Constance supputait et redoutait, il y avait fort à parier que l'ire de Philippe ne retombe sur lui et sur ses proches, dont elle. Un aveu de faiblesse, une incurie de sa part dans une scandaleuse affaire d'assassinat de moniale tomberait alors tel pain bénit. L'accusation s'ajouterait aux reproches émis envers le pape, d'ores et déjà accusé d'un insupportable favoritisme au profit de sa famille puisque sa prodigalité avec les deniers de l'Église n'avait pas oublié un seul de ses arrières-petits-cousins, dont elle. Cet enchevêtrement de services rendus, de coups de pouce confidentiels, de cadeaux occultes, de liens d'intérêt qui, bien que tus, n'en demeuraient pas moins implacables, avait décidé l'abbesse à se tourner vers le sous-bailli de Mortagne.

Cet Arnaud de Tisans, nommé par Charles de Valois, était apparu comme une alternative judicieuse, Constance de Gausbert signifiant par là sa confiance et son respect envers la justice du roi, alors même qu'elle se trouvait au-dessus de par sa fonction et sa robe. Elle évitait aussi de se mêler au bourbier breton dans lequel messire de Valois semblait patauger et de requérir aide de de Trais dont elle avait vilipendé l'incurie peu avant.

Lui revint une phrase que son admirable père aimait à répéter et qu'il avait maintes fois mise à profit. « L'art politique se résume à bien peu de chose : donner autant des deux mains en faisant croire à l'un que celle que l'on destine à l'autre est moins prodigue. » Le cynisme sans hargne de cette maxime n'avait jamais été pris en défaut.

✠

Elle récupéra le long stylet et posa le manche d'argent frais contre son front chaud. Un soupir de soulagement. Un bien mince soulagement, mais, l'idée vague qu'elle était toujours de taille à se défendre, avec l'aide de Dieu.

Le meurtrier d'Henriette paierait au centuple, elle en faisait le serment. À l'instant où cette muette promesse s'inscrivait à nouveau dans son esprit, un coup frappé contre la porte de son bureau la fit sursauter. Blandine Creusot, sa secrétaire, passa la tête par l'entrebâillement du panneau.

— Le mire[1] Antoine Méchaud est arrivé, madame ma mère. Il est accompagné d'un grand homme que je ne connais point, qu'il a présenté comme un aesculapius[2].

— Où patientent-ils ?

— À l'infirmerie.

— Je les rejoins sitôt, précédez-moi ma fille, ordonna Constance de Gausbert.

La secrétaire, petite femme entre deux âges, un peu boulotte, dont l'énergie n'avait d'égale que la compétence, hésita, puis :

— Êtes-vous tout à fait certaine que…

L'abbesse l'interrompit d'un péremptoire :

— Absolument !

---

1. Le mire exerçait la médecine après quelques années d'études et était laïc. Le médecin, docteur en médecine, était un clerc et, à ce titre, ne pouvait se marier. Les deux professions furent réunies au XVe siècle.

2. Excellent médecin d'une parfaite moralité.

VII

Abbaye de femmes des Clairets, novembre 1305

Lorsque deux minutes plus tard Mme de Gausbert pénétra dans le modeste dortoir de l'infirmerie, elle trouva les deux hommes penchés au-dessus du cadavre d'Henriette de Tisans, la tête inclinée en respect, les mains jointes en prière. La défunte avait été allongée sur la longue table de bois sombre qui jouxtait une haute fenêtre protégée de vitres, onéreux privilège concédé aux malades que l'on soignait céans. Les deux hommes saluèrent l'abbesse en silence. S'adressant au mire Méchaud qu'elle connaissait et dont elle appréciait le bon sens et le savoir depuis qu'il soignait les moniales que leur sœur apothicaire ne parvenait pas à apaiser, elle expliqua :

— Messire mire, je vous ai fait mander au plus preste afin que... Je ne sais trop ce que j'espère... Ce sort funeste et injuste m'obscurcit le jugement.

— Des termes par vous choisis dans votre courte missive, j'ai cru comprendre qu'un respectueux examen de votre fille trépassée... Afin de déterminer les causes exactes du décès et peut-être d'en tirer des précisions au sujet du scélérat sans foi ni honneur qui lui ôta la vie.

Mme de Gausbert hocha la tête en signe d'acquiescement. Elle avait fait fi [1] de la silencieuse désapprobation de nombre de ses filles d'ordre. Que des hommes de science déshabillent la défunte ne la souillerait, ni ne la désacraliserait. En revanche, l'abbesse tenterait tout ce qui était en son pouvoir afin que l'assassin soit exécuté. Antoine Méchaud reprit en désignant son compagnon :

— Le temps pressant, je me suis permis de supplier mon excellent confrère ici présent de me prêter ses remarquables lumières. Il séjournait chez moi, m'ayant fait l'honneur d'accepter mon hospitalité lors de son séjour en Nogent-le-Rotrou.

Le grand homme mince, aux cheveux gris, la salua à nouveau, en déclarant d'une voix grave et douce :

— Jehan Fauvel [2], mire à Brévaux, pour vous servir, madame ma mère.

D'une voix empreinte de véritable admiration, Méchaud précisa :

— Et le meilleur d'entre nous, je l'admets sans hésiter.

— Madame ma mère, intervint Jehan Fauvel qui semblait ne pas avoir entendu l'éloge, puis-je m'assurer que vous trouvâtes votre fille à la porterie principale ainsi que nous la voyons, qu'elle ne fut ni lavée, ni habillée de façon différente ?

— Si fait… Tout juste ai-je donné ordre qu'on ôtât la répugnante corde qui lui enserrait le col.

— Corde que vous conservâtes, je l'espère.

— À la vérité, je ne sais, mais puis m'en enquérir auprès de ma fille infirmière.

— Toute précision m'est utile, approuva le grand homme mince. Une corde de quelle nature ?

---

1. Dédaigner, mépriser.
2. Voir la série *Les Mystères de Druon de Brévaux, Aesculapius, Lacrimae, Templa Mentis*, Flammarion, 2010-2011.

— Ma foi, je vous avoue que dans le bouleversement du moment, et dans l'effroi qui suivit, je n'y ai guère prêté attention. Une cordelette de chanvre, des plus banales, de la sorte qu'on utilise pour lier des fagots de bois, ou des ballots de linge.

— Hum… Et donc, la corde en question était passée autour de son cou, sur le tombé de sa coiffe et le col de sa robe ?

— En effet, affirma l'abbesse, un léger nuage d'haleine accompagnant ses mots dans la pièce glaciale.

Détaillant de son intense regard bleu la femme aussi frêle qu'un moineau des roches, mais dont irradiaient une force et une autorité peu communes, Fauvel reprit :

— Nous permettez-vous de nous assurer que l'intimité de madame de Tisans n'a pas été outragée ?

Mme de Gausbert blêmit et déglutit, balbutiant :

— C'est que…

— Il s'agit, malheureusement, d'un mobile ou d'un corollaire fréquent lors d'actes aussi monstrueux. Or, vous n'avez ici ni matrone jurée[1], ni ventrière[2], insista Jehan Fauvel. J'ai accouché tant de femmes que leurs *genitalia* ne me sont plus mystère.

— Je croyais pourtant que les hommes de votre art fuyaient ce genre d'épreuves, rétorqua l'abbesse d'un ton pincé.

— Si fait, et ils ont grand tort, selon moi, tous ces confrères qui tant souhaitent des fils et préféreraient ignorer d'où ils sortent ! Tous encensent l'enfantement mais détournent les yeux d'un ventre proche de la délivrance. Quant aux doctes clercs médecins qui s'invectivent

1. Sorte de sage-femme qui pouvait témoigner de la virginité d'une femme, ou du fait qu'elle était enceinte lors des procès.

2. Femme qui entourait la grossesse des dames de qualité depuis avant la conception jusqu'au retour de couches et même ensuite.

en latin dans les amphithéâtres de facultés au sujet de la couleur des urines, ils ne déplorent qu'une erreur de la part du Tout-Puissant : que les enfants ne naissent ni dans les choux, ni dans les lys. Ils pourraient ainsi tout à fait se passer des femmes [1], à la grande satisfaction de certains.

En dépit du tragique de l'heure, l'abbesse sourit et remarqua :

— Mire Méchaud, votre précieux ami semble homme selon mon goût et j'espère de tout cœur qu'une jeune donzelle l'a pour père.

— Si fait, une charmante Héluise de dix-huit printemps, qui me rend bien fier, répondit Jehan Fauvel dont le visage s'illumina de douceur un bref instant.

Revenant au pénible objet de leur venue, il insista :

— Votre permission, madame ma mère ?

Mme de Gausbert tergiversait encore.

— Elle était vierge, à l'évidence, n'ayant jamais été épouse.

— Du moins l'était-elle... avant, rectifia le mire de Brévaux.

Un soupir, puis :

— Ma permission, messire. Procédez ainsi qu'il vous semble approprié afin de me révéler le moindre détail qui pourrait orienter mon enquête. Henriette n'avait rien d'une capone [2] et aurait souhaité que j'en décide de tel. Bien sûr... – et je m'en veux de cette indélicate précision dans laquelle je vous conjure de ne voir nul dédain, nulle défiance – quoi que vous découvriez, de grâce, tenez-m'en informée. Moi seule.

---

1. Rappelons, qu'à l'époque, les médecins étaient des clercs de l'Église et à ce titre soumis à l'abstinence.

2. Peureux, lâche. Plus tard : rusé, usant de cajoleries pour obtenir quelque chose.

— Il va sans dire, madame ma mère, approuva Méchaud.

— Puis-je insister, avec tout mon respect, afin que l'on recherche la cordelette de chanvre ? termina Jehan Fauvel.

— Je vais de ce pas prévenir ma fille infirmière et donnerai des ordres afin que nulle ne vous dérange céans au cours de… l'examen.

✠

Dès après son départ, ils se mirent à la tâche. Un froid mordant régnait dans la salle où l'on n'avait pas allumé de feu, afin de retarder la décomposition des chairs. Méchaud crispait rythmiquement ses doigts gourds, semblant attendre les instructions de Jehan Fauvel. De fait, il déclara :

— Je crois savoir que vous accumulâtes une remarquable connaissance des œuvres de la mort et de la putréfaction.

— Oui-da. Après tout, mon bon Méchaud, la mort est le dernier hommage que rendent à la vie les hommes de notre art.

Jehan Fauvel scrutait chaque détail du visage congestionné de la morte. Il examina avec soin la peau au pourtour des yeux, indiquant de l'index de minuscules hémorragies ponctiformes, murmurant « pétéchies ». Il souleva l'une des mains d'Henriette et vérifia la flexibilité des doigts.

— La *rigor mortis* est presque désinstallée, commenta-t-il. Ajoutons à cela le froid vif de la nuit du meurtre qui a dû retarder son apparition.

— Et qu'en faites-vous ? s'enquit le mire Méchaud.

— Qu'elle est décédée depuis un peu moins de deux jours, approximativement. Une constatation qui ne nous avance guère, puisque, de fait, son corps fut découvert avant-hier à l'aube. Seule déduction, et encore très prudente, elle a sans doute été étranglée peu d'heures avant. Déshabillons-la, voulez-vous ? proposa-t-il, en argumentant : nous ne pouvons procéder à une autopsie, même partielle [1], en la circonstance.

— Une barbarie bien irrévérencieuse, lança Antoine Méchaud, pinçant ses mains glacées sous ses aisselles dans l'espoir de les réchauffer un peu.

Jehan préféra ne pas commenter. Il éprouvait une réelle estime, mâtinée d'amitié, pour son confrère. Cependant, Méchaud était représentatif de leur art. Peu lui importaient les causes puisqu'il ne les comprenait pas. Il s'efforçait juste de soigner les conséquences. Fauvel se convainquait que lorsqu'enfin la Science serait libérée, l'homme effectuerait des pas de géant. Rien ne lui demeurerait inexplicable et ses peurs les plus terribles s'évanouiraient, notamment celles qu'on lui insufflait afin de le maintenir dans cet état d'abrutissement si propice à l'obéissance aveugle. Mais la Science balbutiait, se complaisait dans d'ineptes superstitions, encouragée en cela puisqu'elle ne remettait en question aucun dogme, aucune autorité. Au fond, les médecins et mires n'étaient guère plus savants que les bailleuls [2] de campagne, qui eux, du moins, connaissaient empiriquement l'anatomie. Fauvel désespérait parfois : les barbiers et les bourreaux, pourtant méprisés, soulageaient bien plus qu'eux.

1. Elles n'étaient autorisées par l'Église que pour les suicidés et les condamnés à mort. Cependant, peu de médecins y eurent recours lorsqu'elles furent peu après autorisées.

2. Rebouteux. De *bajulus* : celui qui prend soin.

Ils ôtèrent la coiffe. Henriette avait été rasée moins de deux ou trois semaines auparavant, comme en témoignait le duvet brun de repousse qui couvrait son crâne d'un blanc ivoire. Une ecchymose, en grande partie cachée par le bord de sa coiffe, s'étalait sur sa tempe gauche. Jehan Fauvel la palpa, déclarant comme pour lui-même :

— Récente. Enflée. Sans doute le résultat d'un coup, ou alors une chute. Voyez la couleur de l'extravasion sanguine : rouge, n'ayant pas encore viré au violet ou au bleu-noir. A-t-on cherché à l'étourdir ou s'agit-il d'un accident survenu peu avant son décès ? Poursuivons.

Ils tirèrent le scapulaire sombre et la robe de burel blanc cassé. Henriette de Tisans portait dessous une haire[1]. Méchaud ne remarqua pas le pincement de lèvres de Fauvel. Cette appétence pour les mortifications l'étonnait toujours. Quoi, parce qu'elle s'affublait d'une chemise rugueuse en poil de chèvre, elle avait l'impression de rejoindre l'ultime sacrifice du Divin Agneau, de partager Son supplice ? Le choc sourd du crâne d'Henriette contre le bois de la longue table le ramena à la réalité.

Elle était mince, étonnamment musclée pour une femme, même une moniale appliquant l'obligation de travail physique de sa règle avec grand sérieux. Jehan Fauvel se pencha vers le cadavre.

Observe, analyse, compare et déduis, se serina-t-il. La méthode qu'il avait inculquée à sa fille Héluise dont il taisait à tous les extraordinaires capacités d'esprit. Il lui avait moult fois répété qu'elle devait se toujours appliquer à faire étalage d'une parfaite éducation de fille : la prière, la tenue d'une maison et un petit talent pour la musique, le chant et la broderie. L'éducation des filles aux sciences

1. De l'anglais *hair,* devenu *harja* en francique.

de l'esprit était devenue suspecte. Là encore, quel meilleur moyen que l'ignorance pour les tenir dans leur condition ? Seules quelques femmes très bien nées et riches échappaient à cette règle. Mais après tout, les règles n'étaient pas dictées pour que les puissants les respectent s'ils souhaitaient les contourner.

De nombreuses pétéchies, d'un diamètre plus important que celles de la région périorbitaire[1], semaient le cou d'Henriette de Tisans. Un profond sillon, peu large, aux berges rouges semées d'abrasions, au centre blanchâtre, entourait horizontalement la gorge, assez bas.

— Nous pouvons donc exclure une pendaison de suicide qu'on aurait tenté, par décence, de faire passer pour un meurtre, marmonna Jehan Fauvel.

— Une pendaison… de moniale… un suicide ? s'offusqua Méchaud.

— Pourquoi pas ? rétorqua Jehan Fauvel d'un ton sec mais affable.

— Outre l'implication effarante dans le cas d'une servante de notre Seigneur, on ne se suicide que par désespoir – or, Henriette de Tisans nous fut présentée telle une femme portée par sa grande foi – et je doute que madame de Gausbert se rendrait complice d'une si ignominieuse dissimulation.

— Madame de Gausbert a, elle aussi, des comptes à rendre. Au saint-père. Un suicide dans un monastère… je ne peux imaginer pire scandale, pas même une clandestine grossesse de religieuse. De surcroît, l'abbesse ne serait pas nécessairement informée de la fourberie.

— En effet.

— Mon bon ami, ne me dites pas que votre fréquentation de l'art médical vous a jusque-là épargné

1. Autour de l'œil.

d'ahurissantes constatations sur l'âme humaine. Une admirable mère dont vous soupçonnez soudain qu'elle a étouffé ses enfants. Un dévot respecté qui a occis la jeune servante qu'il troussait depuis des années parce qu'elle était grosse. Un mari prétendument aimant mais fort impatient de récupérer les biens de son épouse. Je vous en conjure, laissons nos sentiments et nos certitudes en l'ouvroir et procédons à la manière d'hommes de science, fait après fait.

En dépit de son amabilité, le camouflet porta. Méchaud piqua du nez et bafouilla :

— Votre pardon. De fait, je me conduis telle une commère [1] de rue. Mais je… j'éprouve tant de difficultés à séparer le patient de la maladie.

— Parce que vous soignez le patient. Quant à moi, je me bats pied à pied contre la maladie, mon ennemie personnelle. C'est donc elle qui importe, que je dois connaître, assiéger et détruire. De surcroît, en l'occurrence, nous n'avons plus de patiente mais une défunte qui réclame justice et, de l'autre côté, un assassin qui espère qu'elle ne l'obtiendra jamais.

— Diantre ! Quelle implacable démonstration. Ah, je comprends tout le bien-fondé de votre magnifique réputation. En effet, comportons-nous à la manière d'hommes de science.

Jehan Fauvel s'en voulait un peu. Cependant, sans doute en partie à cause de la stupéfiante intelligence de sa fille, il s'impatientait de plus en plus de ce qu'il nommait les « pesanteurs d'esprit », d'êtres tel Méchaud, censés être les dépositaires du savoir. D'un ton radouci, il suggéra :

— Retournons-la, voulez-vous ?

1. Le terme (comme compère) n'avait rien de péjoratif à l'époque. Il a d'abord signifié « marraine », puis « voisine d'agréable commerce ».

✣

Le corps léger n'offrit pas grande résistance. Une exclamation, vite étouffée, échappa à Fauvel. Le dos d'Henriette de Tisans portait les cicatrices d'années de mortifications à l'aide d'une discipline[1]. La couleur blanc rosé de certaines lacérations trahissait leur ancienneté. En revanche, d'autres semblaient plus récentes, et quelques-unes paraissaient s'être rouvertes récemment, sans doute à la suite d'une nouvelle fustigation. Des croûtes brunâtres parsemaient les omoplates et le milieu du dos. Le regard du mire balaya les jambes de la morte, à la recherche de plaies indiquant l'usage de garrots faits de chaînes hérissées de pointes qui pénétraient dans les chairs[2]. Il avait constaté des purulences fatales provoquées par ces inventions dignes d'une salle de Question inquisitoire et prisées de certains pénitents. Il ne découvrit rien de tel, et se contenta de remarquer :

— Elle ne porte pas de bas de laine ? En cette saison ? Je ne vois pas non plus la trace du lien de chanvre qui les retient à mi-cuisse.

Antoine Méchaud commenta d'un ton dont Fauvel ne parvint pas à déterminer s'il était attristé ou respectueux :

— Une moniale fort pieuse.

---

1. Fouet composé de cordelettes ou de chaînettes que les religieux où les laïcs très pieux utilisaient afin de se flageller.

2. Ce que l'on nomme à l'heure actuelle « cilice » (de la province Cilicie, réputée pour son élevage de chèvres). Le cilice au Moyen Âge était une chemise ou une ceinture rugueuse, souvent en poils de chèvre, portée en pénitence, c'est-à-dire une haire. En revanche, les pénitents utilisaient déjà des garrots à pointes pour enserrer leurs bras ou jambes en mortification.

Approchant son visage à un pouce du dos martyrisé, le mire de Brévaux se contenta d'un peu compromettant :

— Hum. Retournons-la à nouveau, confrère.

Fauvel écarta les jambes d'une pâleur de cire de la défunte et passa la main à l'intérieur de ses cuisses. Il se pencha, examinant la vulve avec soin, puis déclara d'un ton neutre :

— Faute de participation de ma patiente et de miroir…

Il enfonça avec délicatesse l'index et le majeur et constata bien vite :

— Hymen. Elle n'a pas été déflorée. Un viol classique est donc exclu.

— Qu'est un viol non classique ? s'étonna Méchaud.

Le regard très bleu, très sérieux qui se posa sur lui le fit rougir bien plus que le paisible :

— À votre avis ?

Méchaud tenta maladroitement de se rattraper en commentant :

— Quel soulagement, elle n'a pas subi les pires outrages [1] !

— Si, le meurtre, rectifia Fauvel si bas que l'autre ne l'entendit pas.

Au fond, la candeur de son confrère ne l'étonnait guère, même si, d'une certaine façon, il lui enviait ses confortables certitudes. Le fait qu'Henriette n'ait pas été violée, en apparence, rendait en quelque sorte son trépas moins ignoble. De plus, Méchaud ne semblait pas s'attarder sur les autres moyens de violer une femme, sans pour autant la déflorer. Pourtant, des déflorations non-sexuelles se pratiquaient parfois en prison, lorsque l'on souhaitait noircir les traits d'une accusée en démontrant qu'en plus des charges plus ou moins fondées qui pesaient contre elle, ses sens déréglés la poussaient à la leste cuisse, indiscutable preuve de sa mauvaise nature.

1. Rappelons l'extrême importance de la virginité féminine au Moyen Âge.

Jehan Fauvel examina ensuite les avant-bras, les mains et les ongles d'Henriette de Tisans avec une minutie qui intrigua Méchaud :

— Que voyez-vous, mon bon confrère ?

— Rien. C'est important.

— Votre pardon ?

— Elle ne s'est point débattue, n'a pas tenté de parer des coups, sans quoi nous trouverions des ecchymoses, des griffures signalant une lutte.

— Le lâche, le maudit l'a attaquée en sournoiserie, par-derrière, conclut Méchaud d'un ton rageur, une buée d'haleine rythmant ses propos.

— Une possibilité, quoique je me permette de vous rappeler la contusion de sa tempe gauche, un coup porté de face, à moins qu'elle soit tombée peu avant son trépas. Une dernière vérification et nous en aurons terminé.

Il entrouvrit les lèvres de la défunte et renifla l'intérieur de sa bouche, annonçant :

— Aucune odeur suspecte [1]. Vêtons-la de nouveau, afin de lui rendre un peu de décence, mon bon.

— Et la haire ?

— Le mieux est sans conteste de la rendre en discrétion à l'abbesse.

✣

Ils bagarraient pour replacer la coiffe lorsqu'un coup frappé contre la porte les fit sursauter. Une femme au joli sourire triste, assez grande et charpentée, pénétra, tenant entre deux doigts une robuste cordelette de chanvre longue d'environ deux aunes [2]*. Elle s'annonça :

---

1. L'odorat fut très longtemps un bon outil de diagnostic.
2. Entre 1,50 et 2,50 m en fonction des régions.

— Adélaïde Beauclerc, sœur infirmière, pour vous servir, messires, à l'ordre de ma mère.

Elle leur tendit la corde, une moue de répulsion sur le visage.

— C'est avec cela… enfin… que… nous l'avons trouvée autour de la gorge de notre regrettée Henriette.

Jehan Fauvel récupéra la cordelette de chanvre en la remerciant d'un hochement de tête.

— Euh… surtout, croyez que je périrais d'encombre en me montrant indiscrète mais… enfin… selon vous… a-t-elle… euh… souffert ?

— Je ne le crois pas, mentit Jehan qui n'en avait pas la moindre idée. Les suffocations d'étranglement au lien sont rapides. L'inconscience gagne la victime bien avant le décès.

— Ah, doux Jésus, souffla la femme en plaquant la main sur son grand crucifix de bois sombre.

Se reprenant soudain, elle ajouta avec précipitation :

— Dieu du ciel, quelle sotte insensible je fais ! Je voulais juste…

— Je sais, l'interrompit avec bonté Jehan. Vous vouliez juste vous assurer que Dieu avait offert à votre sœur d'ordre le magnifique cadeau d'une douce et brève agonie. Un sentiment qui vous honore. Tel est bien le cas, en vérité. Madame ma sœur, nous en avons terminé de notre examen post-mortem. Votre mère pourrait-elle être prévenue afin que nous ne nous attardions pas céans après lui avoir fait part de nos déductions ? La nuit tombe vite en cette saison et je souhaiterais être rentré en Nogent avant le soir échu.

Elle hocha la tête en signe d'acquiescement avant de disparaître.

VIII

Citadelle du Louvre, novembre 1305

Guillaume de Nogaret observa la femme entre deux âges, entre deux tailles, entre deux corpulences, de mise discrète mais cossue, au plaisant visage.

— Assoyez-vous, ma bonne. Croyez que j'apprécie le risque que vous prenez à me venir visiter, commença Nogaret.

— Non pas, monseigneur, le rassura Émeline Coignard d'une voix chaude et mélodieuse qui faisait merveille dans son office. Madame Isabelle rencontrait son père. Aussi, suis-je du voyage, me permettant de saluer ma parentèle et de me montrer généreuse avec ma ribambelle[1] de neveux… grâce à vous, monseigneur.

Nogaret retint un sourire. Aimable façon de le remercier pour la bourse ventrue qui récompensait ses services : l'espionnage du ventre d'Isabelle de Valois, fille de Charles, épouse de Jean de Bretagne, dont Valois espérait qu'il deviendrait Jean III après le décès d'Arthur.

✣

1. Quoique d'origine incertaine, le terme est très vieux et à l'époque assez péjoratif.

Contrairement à son habitude avec les représentantes de la douce gent, Nogaret se sentait en aise avec cette femme, sans doute en raison de son calme et de son sérieux maternels. Aussi, prendre quelques instants pour discuter de menus riens avec elle ne l'agaçait-il pas. D'autant qu'il sentait qu'Émeline Coignard n'appartenait pas à la même race que les vulgaires sycophantes auxquels il avait en général recours. Elle s'exprimait et se tenait à la manière d'une bourgeoise, ou d'une riche commerçante à qui il convenait de ne pas souffler au nez.

— N'auriez-vous point d'enfants vous-même ?

Un rire léger lui répondit d'abord puis :

— Monseigneur, mon époux est décédé deux mois après nos épousailles. J'ai aidé tant de dames à tomber grosses, veillant chaque instant sur leur ventre pour éviter les fausses-couches, puis faciliter la délivrance, entourer leurs relevailles, que j'ai parfois le sentiment d'avoir passé ma vie enceinte.

— Magnifique privilège que l'enfantement, pontifia le conseiller.

— Que ne nous disputerait pourtant pas la forte gent, lança maîtresse Coignard.

Elle dut regretter ses paroles trop vives et serra les lèvres après un presque inaudible :

— Votre pardon ! Que mon excuse soit les trois belles dames que j'ai perdues en couches. Qu'elles reposent en très grande paix.

— Amen.

Nogaret ne savait trop quoi dire d'autre. En effet, beaucoup de femmes trépassaient avant ou après la délivrance, d'hémorragies, d'infections ou d'épuisement. Mais ne s'agissait-il pas de ce que Dieu avait décidé pour elles, en plus des souffrances de l'enfantement[1] ? Après tout, elles

1. Cette interprétation abusive d'un passage de la Genèse fut le frein majeur à l'accouchement sans douleur, jusqu'au milieu du XXe siècle !

avaient rempli leur rôle, donner naissance, et devaient s'en féliciter. Certes, cette équation ne s'appliquait pas aux dames de haut, puisqu'on pouvait les offrir en union politique ou financière[1]. Ce qui le ramena à son urgence du moment :

— Notre chère dame Isabelle se porte-t-elle fort bien ?

Le plaisant visage s'assombrit et la ventrière croisa les mains sur son giron[2].

— La doucette me cause tracas. Pour la connaître, vous savez qu'elle est de frêle constitution, et prompte à la maladie. Et cette toux[3]... que n'arrange en rien l'épouvantable humidité de cette maudi... de la Bretagne !

Guillaume de Nogaret ravala un autre sourire en prétendant compter sur ses doigts :

— Mariée à cinq ans... si je ne m'abuse, elle est âgée aujourd'hui de treize ans. Encore jeunette mais... n'y aurait-il point eu signe de grossesse ?

— C'est que, monseigneur... les prémices de l'état de femme tardent à se révéler.

L'œil rond, il la considéra, ne voyant pas à quoi elle faisait allusion.

— Les époques[4]... bref, les menstrues, lâcha-t-elle.

L'évocatrice précision du terme fit cligner des paupières au conseiller.

— Est-ce à dire que... selon vous... elle ne pourrait point tomber grosse ?

---

1. Isabelle fut mariée au petit-fils de Jean II de Bretagne qui, pour sauver son duché, dut mettre un terme à son alliance avec les Anglais et se rapprocher du royaume de France.

2. Chez une personne assise : de la ceinture aux genoux.

3. La tuberculose est vieille comme l'humanité. On trouve déjà des descriptions de « phtisies » l'évoquant fortement dans l'Antiquité gréco-romaine.

4. Une des innombrables métaphores utilisées au fil des siècles, et qui rappelle le terme anglais de *periods*.

— Pour l'instant. J'use de tout mon art pour provoquer la venue régulière des époques. Je la gave à dégorger d'infusions de genièvre, laurier, angélique, romarin, des emménagogues [1] éprouvés, ou d'infusions de feuilles de sauge [2] mêlées de gattilier [3], de macérations de racines d'aunée [4]. Je lui fais aussi porter un testicule droit de belette [5] sous son chainse. Chaque matin, un des piégeurs de monseigneur Jean en apporte un frais, pour plus d'efficacité.

— Sans succès ?

— Aucun.

— Est-il étonnant qu'une donzelle de cet âge ne... enfin... ce que vous me relatez ?

— Disons qu'à son âge moult pourraient procréer, bien que l'on m'ait conté des cas d'encore enfantes à quinze ou seize ans.

— Fichtre, quelle perte de temps !

— Ce qui m'inquiète, monseigneur... et à votre... suggestion, je ne m'en suis pas ouverte aux familles de Valois ou de Bretagne, d'autant que je détesterais les alarmer... c'est que madame Isabelle a les oreilles fort basses et le cou bref, en plus de sa taille anormalement courte. Ajoutez à cela qu'elle est aussi plate qu'une limande alors que ses seins devraient éclore.

— Les oreilles fort basses, le cou bref ? répéta Nogaret, perdu.

---

1. Qui provoquent ou facilitent les menstruations.

2. Plante réputée depuis l'Antiquité pour augmenter la fertilité féminine.

3. *Vitex agnus cactus.* Utilisé pour accroître la fertilité féminine en dépit du fait qu'on le distribuait aux moines « afin d'apaiser leurs ardeurs sexuelles » sous le nom de poivre des moines.

4. *Inula helenium.*

5. Censé favoriser les grossesses, le gauche étant au contraire réputé abortif.

— Oui-da… les femmes de ma profession ne sont pas avares de descriptions lorsqu'elles les mettent en concordance avec les difficultés de leurs dames à tomber grosses ou l'inverse. Les oreilles et la ligne des cheveux basses, la courte taille m'ont été cités en description de certaines dames inféconde[1].

— Un pèlerinage, des dons, des prières… ?

— Nous avons tout tenté, monseigneur, en discrétion, bien sûr. M'en croyez, après une longue vie passée à aider les dames en pareilles affres : lorsque Dieu refuse l'enfantement[2] à une femme… peut-être a-t-Il des raisons qu'il ne nous appartient pas de contester.

— De fait, ma bonne. Qui sommes-nous pour tenter de percer les mystères divins ?

En vérité, monseigneur de Nogaret ne savait comment considérer la nouvelle, bien que se félicitant d'avoir convaincu Émeline Coignard de le renseigner. Cependant, sa présence l'agaçait soudain et il avait envie de solitude afin de réfléchir.

Il se leva, s'efforçant à l'affabilité malgré son impatience.

— Maîtresse Coignard, vous m'êtes d'aide appréciable. Vous m'êtes une simplification et croyez que je l'apprécie à sa juste valeur. L'huissier vous raccompagnera en grande discrétion jusqu'au pont des Meuniers. Je ne saurais trop vous recommander à nouveau la plus grande… vigilance.

Elle s'inclina et déclara d'un ton presque amusé :

— Monseigneur, grâce à votre magnifique libéralité, je puis espérer terminer mon existence en tranquillité. Ne

1. Syndrome de Turner, environ une fille sur 2 500, par perte d'un chromosome X ou alors présence d'un chromosome X structurellement modifié. Avant le don d'ovocytes, le syndrome de Turner entraînait l'impossibilité d'avoir des enfants pour les femmes concernées.

2. Rappelons que les maladies ou la stérilité étaient à l'époque considérées comme des punitions divines.

faudrait-il pas être bien insensée pour commettre une indiscrétion qui me vaudrait, à tout le moins, la corde pour trahison, à moins d'une fâcheuse rencontre dans les couloirs du château, encore plus expéditive ?

— Libéralité bien méritée, commenta Nogaret, peu désireux de s'appesantir sur sa dernière tirade.

De plus, si maîtresse Coignard était arrêtée et torturée jusqu'à confesser le nom de son généreux commanditaire, Valois, dans un accès de sang, était capable d'occire celui-ci de ses mains. Nogaret en frémit. Certes, il avait donné ordre de rendre définitivement silencieux beaucoup d'opposants ou d'espions qu'il supputait bavards. En revanche, l'idée de se faire étriper ou étrangler par un gros Valois déchaîné lui faisait virer la salive à l'aigre.

✠

Une fois Émeline Coignard partie, il se réinstalla derrière sa table de travail, récupérant la belle plume d'aigle réservée à l'écriture à gros traits[1] abandonnée à côté de sa corne à encre. Du bout de l'index, il caressa les barbes, s'émerveillant de leur robustesse. Dans un soupir, il reposa la longue et forte rémige[2], soupesant les informations qu'il venait de recevoir. Bonne affaire, ou colifichet[3] sans intérêt ? Si Isabelle de Valois, épouse d'un futur duc de Bretagne, était stérile, le mariage serait annulé, d'autant que la donzelle n'avait guère de charme incitant à la pâmoison,

1. Les plumes d'oie ou de corbeau étaient réservées à l'écriture à traits fins.

2. Longue plume de l'aile.

3. À l'origine « coeffichet », provenant sans doute de « coiffe ».

puisque, dans son malheur, elle ressemblait à son père. L'ombre d'une compassion pour cette très jeune femme, mariée enfante à un homme qu'elle n'avait jamais rencontré, expédiée en un lieu étranger où elle ne connaissait personne, ne l'effleura pas. Née nièce de roi, elle devait s'acquitter de sa tâche avec grâce et gratitude. Or donc, si le ventre d'Isabelle se révélait incapable de porter un fruit, Jean épouserait une autre donzelle. Qui ? Arthur II, son père, profiterait-il de cette « infortune » pour se rapprocher de l'Anglois [1] avec qui les Bretons avaient conservé de puissantes accointances, accointances très dangereuses pour le royaume de France qui, du coup, serait menacé à l'ouest ?

En un geste inconscient, Nogaret repoussait la plume d'aigle d'avant en arrière, la faisant tourner sur elle-même. Au-delà de l'extrême plaisir que lui procureraient la fureur et la cinglante déception de Charles de Valois à savoir sa fille répudiée, la perspective d'une France attaquée au nord, à l'est et à l'ouest le terrorisait.

Il ne pouvait s'en ouvrir au roi, peu désireux d'annoncer à l'impérieux souverain qu'il faisait surveiller le ventre de sa nièce de sang. Toutefois, prévoir l'imprévisible demeurait une des grandes qualités de Nogaret. Sans doute un de ses vices également, puisqu'il se perdait parfois en branlantes constructions d'esprit qui n'avaient pas lieu d'être.

Une solution s'imposait : trouver une princesse de jolie figure qui convienne autant au royaume de France qu'au futur Jean III.

Quant à Isabelle, il se débrouillerait pour la faire abbesse. Clément V serait ravi de leur offrir une petite faveur puisqu'il traînait tant des pieds pour le reste.

1. En réalité, il épousa un an après le décès d'Isabelle, en 1309, Isabelle de Castille, fille du roi de Castille et de León.

Nogaret souffla de satisfaction : une aimable solution, en vérité. Valois recevait un camouflet dont il se remettrait très mal, tant il aurait adoré faire sauter le duché de Bretagne sur ses genoux grand-paternels, et la France était protégée.

IX

Nogent-le-Rotrou, novembre 1305

Elle avait fait pénétrer sa sœur par l'arrière de la cuisine, qui ouvrait sur la courette intérieure, n'ayant nulle envie qu'on l'aperçoive. Pourtant heureuse de la voir, elle débita en lui servant un godet de vin et un plat de beignets à la mouelle[1] :

— Sylvine, je t'ai déjà priée de ne point débarquer ainsi. Oh et puis, débarrasse-toi de ces hardes qui empestent !

L'autre, confortablement attablée, pouffa :

— Mais non, Luce, elles ne puent pas. Tu les crois sales et pouilleuses, donc tu les penses malodorantes. Si tu savais la peine que je me donne à les encrasser ! Faut bien que je me nippe[2] de vilain pour courir les ruelles en tendant la main !

— Justement ! Pourquoi t'acharnes-tu ainsi ?

— Je le dois, répondit Sylvine d'un ton désolé.

— En quoi cette affaire te concerne-t-elle ?

— En rien.

Luce la détailla, croisant les bras sur son torse, la mine sévère.

1. Moelle de bœuf.
2. De guenipe (guenille).

— Faut-il donc que tu fourres ton nez où il ne devrait point se trouver ?

L'autre se tassa sur sa chaise, son visage maigre se serrant de tristesse. Luce s'en voulut du chagrin que ses paroles acerbes semblaient lui causer et reprit :

— Ne le prends pas en aigre, mais si j'avais reçu le don de notre aïeule, j'en aurais tiré un parti différent ! Je ne serais plus là, à me lever à chaque aurore afin de remplir la panse des autres !

— Je t'ai expliqué jusqu'à plus soif que je ne l'ai point reçu. Je ne suis pas clairvoyante. Des images s'imposent soudain à mon esprit. Des images de fureur, de mort, de haine, murmura Sylvine.

— Mais tu savais qu'il viendrait.

— Je sentais que quelqu'un arrivait et qu'enfin, peut-être, j'étais pardonnée.

Sylvine n'attendit pas que Luce le lui propose et se resservit un gobelet de vin qu'elle vida en deux gorgées. Elle claqua la langue d'appréciation et murmura d'un ton dépité :

— Je ne suis point sotte, loin de là, mais l'érudition me fait défaut. Comment t'expliquer ce que je n'arrive pas à énoncer. Et si… Enfin, si, après toutes ces années de désespoir, le destin m'avait voulu offrir une chance, une seconde chance, une ultime… Une telle série de coïncidences qu'il faudrait être insensée pour les croire fortuites. Un tel embrouillement aussi que je m'y perds.

— Tu n'es pas responsable, cria presque Luce, tant elle percevait le terrible chagrin de sa sœur aînée.

— Oh si. J'avais le sang chaud et la cuisse légère… J'aimais les hommes mais je vieillissais. Celui-là, dont j'ai oublié le nom et les traits, était si beau, si jeune. Enfin, je crois. Il sentait la paille, le cheval… Je dois poursuivre jusqu'au bout. Vois-tu, ma bonne Luce, on se leurre gravement au sujet de l'enfer. Il ne rugit pas au centre de la

Terre. Nous portons déjà en nous l'étincelle du cruel brasier qui nous rongera pour l'éternité. Il ne s'agit pas de divagations de vieille femme.

Elle se leva, fixant Luce de son intimidant regard bleu glace, et conclut :

— Le merci pour le vin et les beignets, gentille sœur. Te voir me soulage tel un onguent sur mes plaies. Tu as belle mine. Quand reviendra-t-il ?

— Je ne sais, mais te tiendrai informée.

Maîtresse Hase serra contre elle sa sœur, qui rabattit sur son front la capuche de son aumusse [1] râpée de mendiante. Attendrie, elle commenta :

— De juste, tu ne pues pas. As-tu... besoin de quelques deniers ?

— Non, ma douce. J'ai besoin de temps. Il faut que le tout beau couvert de sang revienne, et vite ! Tout se nouera enfin grâce à lui, mais il l'ignore, le bel assassin.

---

1. Ou « almuche ». Sorte de courte pèlerine à capuche qui couvrait la tête et les épaules, parfois doublée de fourrure.

X

Nogent-le-Rotrou, novembre 1305

Guy de Trais tentait de juguler son emballement de nerfs. Il n'avait pas mis pied dans sa salle de travail depuis que des ouvriers avaient retrouvé le corps mutilé de Maurice Desprès, son premier lieutenant, ou plutôt la charpie qui en restait, dans la cave troglodyte de sa maison en travaux [1]. Au fond, ce qui indignait plus que tout le bailli n'était point tant l'horreur de ces meurtres d'enfants mais que le scélérat Desprès ait œuvré à sa barbe, lui montrant mine soumise pendant qu'il obéissait à un commanditaire rémunérant grassement les mutilations et exécutions d'enfants. Le fieffé gredin ! Les joues poupines de Guy de Trais en tremblèrent de rage.

Il jeta un regard énamouré à Énora, sa mie chérie, qui berçait leur enfant nouveau-né. Quel admirable spectacle, le seul de nature à lui refroidir la bile en ce moment, et expliquant qu'il ne quitte guère les appartements de sa délicieuse, espiègle, et sensuelle épouse. Rien ne paraissait capable d'obscurcir son humeur joyeuse. Pourtant, derrière ce haut front épilé, cette masse parfumée de magnifiques

1. *Les Enquêtes de M. de Mortagne, bourreau*, tome I, *Le Brasier de Justice*, Flammarion, 2011.

cheveux frisés, d'un intense cuivré – couleur dédaignée par ces benêts vulgaires de Francs qui y voyaient une marque presque démoniaque – se dissimulait un des esprits les plus vifs et surtout les plus obstinés qu'eût rencontrés Guy de Trais. Énora descendait en droite ligne d'une prestigieuse lignée de guerriers celtes pour lesquels la peur demeurait un sentiment étrange et déplacé, et surtout honteux.

✣

Adoptant le breton afin que nul ne puisse saisir leur conversation, Énora murmura :

— Je vous sens fort marri, mon aimé. Ah ça, ces bouffeurs de sangliers [1] vous gâteraient-ils l'humeur ?

— Ils m'insupportent ! Ma douce, je prie chaque jour pour être rappelé enfin en notre magnifique Bretagne. J'étouffe ici. Je ne comprends rien aux gens du cru. De plus, ils me détestent.

Elle lui destina un de ses adorables sourires et il se leva afin de baiser ses paupières qui s'abaissèrent sur son regard vert émeraude.

— Peut-être notre bien-aimé nouveau suzerain, Arthur, exaucera-t-il vos… nos vœux. Quoi qu'il en soit, cette

---

1. En dépit de l'idée répandue par Obélix, le sanglier n'était absolument pas une viande de large consommation pour les Celtes puis les Gaulois, contrairement au porc, au bœuf et même au chien. Considéré comme un animal noble et valeureux, en plus d'un redoutable adversaire à la chasse, il a fait l'objet de multiples représentations (peintures, statuettes, décoration de plat, bijoux, etc.) prouvant le respect que l'on éprouvait pour lui. Très bons éleveurs, il semble que les Celtes aient considéré la chasse au sanglier comme une preuve de courage, bien plus que comme une source d'approvisionnement en viande.

prestigieuse charge de bailli à vous confiée par son défunt père, Jean II, était une belle marque d'estime à votre endroit. Quant à l'exécration de la populace, peu m'en chaut. Des paysans sans éducation, envieux et aigris par tout ce qui ne leur ressemble pas ! Même cette famille de Vigonrin, nos belles naissances locales ! Dieu du ciel ! Entre le gras et niais [1] Eustache de Malegneux dont les quartiers de noblesse tiennent surtout à l'épaisseur de la fortune familiale, et les deux baronnes jeune et vieille qui m'évoquent des génisses coiffées, nous voilà bien pourvus en personnes de haut !

Énora pouffa et reprit, toujours en breton :

— Ah quelle vilaine langue que la mienne ! À ma décharge le pesant ennui de nos vies céans, ennui que seuls votre présence et notre petit Arthur me font oublier.

Il déposa un baiser sur sa bouche offerte et caressa le front de son fils.

— Quoi qu'il en soit, vilaine langue, disais-je, continue-t-elle, puisque madame Mahaut est de belle noblesse et fort jolie de sa personne. Le qualificatif de jeune taure dans son cas relève de l'abus de langue. Guy, mon mi... pensez-vous... Elle serra davantage le nouveau-né endormi entre ses bras en un geste inconscient de protection : Pensez-vous que la baronne Mahaut soit véritablement coupable des crimes monstrueux dont sa famille l'accuse ? Avoir enherbé son beau-père, son mari et tenté de faire passer de vie à trépas son fils Guillaume ? Avoir eu recours, de surcroît, à la sorcellerie pour mener à bien ses odieux desseins ?

Énora se signa. Elle souleva la croix nimbée [2] qui pendait à son cou, remarquable dentelle d'or au centre de

1. Fauconneau pas encore sorti du nid, donc incapable de voler et de se débrouiller. Au figuré, a donné la signification actuelle.

2. Croix celtique.

laquelle s'inscrivait un anneau figurant la Sainte-Hostie, et la plaqua sur le front d'Arthur.

— Je ne sais. Je n'ai pas encore procédé à son interrogatoire. Le mire Méchaud, seul être que je jugeais à peu près sensé dans cette bourgade, s'est dérobé d'étrange manière. Il hésitait, embarrassé en diable, lorsque je lui ai demandé son sentiment, puisqu'il soigne la famille depuis des lustres. Tout juste a-t-il condescendu à m'avouer que le trépas du jeune Guillaume lui avait semblé inéluctable, et avoir songé que son rétablissement procédait d'un véritable miracle.

— Hum... réfléchit Énora. Que l'on ait tenté d'occire le jeune baron ne signifie pas pour autant que Mahaut, sa mère, soit derrière cet acte terrible. Elle aurait beaucoup à y perdre, à moins d'imaginer une maudite privée de sens.

— La baronne mère, Béatrice de Vigonrin, soupçonne madame Mahaut d'avoir formé le projet de les enherber tous, les uns derrière les autres, François son père d'alliance, François son époux, puis Guillaume son fils, avec l'intention de finir par Agnès, sa dernière enfante, et elle-même.

— Fichtre ! ironisa Énora. On ne pourra reprocher à Mahaut de rechigner à la besogne. Toutefois, mon mi, cette avalanche de victimes épargnées de justesse grâce à la sagacité et la dénonciation de madame Béatrice ne répond pas à mon interrogation : madame Mahaut se montrerait-elle sotte au point d'occire son fils, qui lui garantit belle aisance et appréciable confort jusqu'à son âge d'homme, au moins ?

— Vous me troublez, mon ange, admit Guy de Trais, ses joues poupines se gonflant d'embarras.

— Et puis, en admettant qu'elle soit parvenue à faire passer de vie à trépas deux représentants adultes de la gent forte, François père et François fils, comment expliquer la maladresse dont elle a soudain fait preuve en... ratant son garçonnet ?

— En réalité, l'alarme me vint d'Eustache de Malegneux, précisa le bailli de Nogent-le-Rotrou. Selon lui, l'échec que vous évoquez serait volontaire. Une sorte de faux enherbement, calculé afin que Guillaume réchappe des griffes de la mort. Madame Mahaut aurait ainsi espéré détourner les soupçons d'elle, puisque, en effet, elle aurait tout à perdre du trépas de son fils, seul hoir[1] direct des biens et du titre. Ses véritables cibles auraient été sa famille d'alliance.

— Le raisonnement est bien trop tortueux pour ce pauvre Malegneux qui ne reconnaît pas sa tête de son fondement[2], hormis lorsqu'il s'agit de compter ses deniers*, domaine dans lequel il excelle si j'ai bien ouï. Du Béatrice de Vigonrin franc jus, m'est avis.

— Pensez-vous qu'elle m'escobarde ?

— Terme exagéré, sans doute... quoique... Soyez prudent mon doux, je vous en conjure, et n'avancez qu'à pas comptés. Permettez-moi cette vipérine médisance : si d'aventure madame Mahaut périssait sous la lame du bourreau, ce qui ne manquerait pas de lui échoir dans le cas où sa culpabilité viendrait à être reconnue...

— Eh bien ? la pressa son époux.

— Et si le répit accordé au petit Guillaume par la mort se révélait temporaire... qui hérite des biens et du titre... ?

— Étienne, le fils d'Agnès de Malegneux, née Vigonrin, conclut Guy de Trais dans un soupir consterné.

— De juste.

— Vous ne pensez tout de même pas qu'Agnès ou Eustache ou même la baronne mère projetteraient d'occire le petit baron ? toussota-t-il, stupéfait.

1. Héritier.
2. Derrière, postérieur.

— Cette hypothèse, pour ignominieuse qu'elle soit, ne me semble pas plus insensée qu'une culpabilité de madame Mahaut. Ah ça, si cette dernière venait à être prouvée, j'en resterais bée-gueule [1], je vous l'affirme !

Elle tendit vers lui sa jolie main au pouce et à l'index ornés de bagues serties de grenats et d'opales et poursuivit d'un ton un peu peiné :

— Mon aimé, n'oubliez jamais ce que vous me déclarâtes plus tôt : ils ne nous aiment pas. En revanche, ils n'hésiteront pas à nous présenter des mines affables ou serviles afin que nous servions leurs desseins, quitte à nous jeter en pâture aux chiens ensuite. De grâce, gardez à l'esprit que Mahaut est une Leu de Cérainville, une très vieille et très prestigieuse noblesse de Troyes, pas un paltoquet noblaillon tel Malegneux, et qu'elle est la nièce de madame Constance de Gausbert, elle-même cousine du pape et meilleure amie de madame de Valois, sœur d'alliance du roi. Plaise à Dieu que notre nouveau suzerain Arthur nous rappelle bien vite auprès de lui. Aussi, ne lui gâchons aucunement l'humeur en lui occasionnant une délicatesse avec Philippe le Bel, tout cela pour plaire à un Malegneux dont la véritable place est derrière une écritoire, une plume entre ses doigts tachés, si du moins il sait tourner une lettre.

Guy de Trais pouffa à l'évocation d'un Eustache de Malegneux relégué derrière une petite table de secrétaire.

— Ma tendre, vous me voyez tout ébaubi [2] ! Vous êtes de la trempe des conseillers les plus retors, s'émerveilla le bailli.

Elle plissa les paupières, amusée, et le détrompa d'une moue mutine, rectifiant :

---

1. Bouche bée, en général de stupéfaction ou d'indignation. A donné plus tard « bégueule » qui se dit d'une femme d'une grande pruderie.

2. Très surpris, stupéfait.

— Oh, bien plus redoutable que cela ! Je suis de la trempe des femmes amoureuses. Rien ne nous résiste pour aider et protéger notre aimé. Si vous saviez la mine d'informations que l'on déterre sous les clabaudages de commères ou de servantes. Mes jolies oreilles savent se faire très longues.

✠

De fait, Énora aimait son mari, bien que le confondant souvent avec un fils, un fils qui aurait eu dix ans de plus qu'elle. Elle se sentait des ardeurs et une férocité de renarde[1] afin de lui épargner les chauchetrepes[2] ou les revers redoutables. Une sorte de pesante intuition l'avertissait que l'honneur et le futur de son époux, donc les siens, étaient menacés. Peu lui chalait la famille Vigonrin, la populace de Nogent ou même le royaume de France. Énora sentait que la ville était un enjeu ou même la mise dans un jeu crucial entre puissants. Or les puissants ne se préoccupent guère des pions fauchés lors de leurs différents coups, les sacrifiant sans un battement de cils à leur stratégie. Ne comptaient aux yeux de la jeune femme que le bien-être et la persistance de son clan, dont Guy faisait maintenant partie. Elle reprit d'un ton si paisible qu'il alerta son époux :

— Quelle stupéfiante série de malemorts chez ces Vigonrin ! Ne croirait-on pas qu'un sort implacable s'acharne sur eux ? Jean, le frère cadet de madame Agnès, n'a-t-il pas péri, il y a six ans, sous les andouillers de

1. Contrairement au loup, craint mais méprisé, le renard était symbole de courage et d'intelligence au Moyen Âge.

2. Chausse-trape. De *chaucher*, « fouler », et *treper*, « trépigner ».

massacre[1] d'un cerf qu'il pensait à l'agonie ? Philippe, le benjamin de la famille, fut navré de coups de couteau et détroussé deux ans plus tard, à l'évidence par des vauriens de chemins. Puis ce fut le tour des deux François, père et fils aîné, d'une pernicieuse maladie, qui, je vous l'accorde, aurait pu dissimuler un enherbement. Curieusement, les femmes se portent bellement.

— Que voulez-vous dire ?

Énora caressait d'une main légère les cheveux de son fils, cuivrés comme les siens.

— Ma foi… nous restons selon moi avec trois suspectes. Oyez, mon mi… je m'interroge. Sans doute une nervosité de femme ! Ne rendez-vous pas fier service à madame Mahaut en l'accueillant ainsi que son rang le permet en une geôle confortable ? Une… funeste fièvre survient si vite dans certaines familles.

— Pensez-vous que l'on projette d'attenter à sa vie ? s'inquiéta le bailli.

— Une manœuvre qui laisserait le petit Guillaume bien vulnérable, renchérit Énora.

— Diantre, quel embrouillement ! Votre conseil, ma douce ?

— Une extrême prudence. Défiez-vous de la famille Vigonrin-Malegneux. En admettant même qu'ils soient intègres et de bonne foi en accusant madame Mahaut, ce dont je doute, on n'expédie une Leu de Cérainville au chafaud qu'avec la plus grande circonspection. En bref, l'idéal serait de retarder la procédure jusqu'à ce que nous nous formions une idée plus claire des périls ou des avantages pour nous. Bah, que sont un ou deux ans dans un cachot dont vous veillerez qu'il convienne à une dame de haut ? Quant aux autres qui piaffent d'impatience de

1. Les premières « branches » des bois en partant du crâne.

la voir décoller en place publique, eh bien... qu'ils prennent des bains froids. Souverains, ils apaisent les ardeurs, calment la bile et raffermissent les chairs, ce dont Eustache de Flasque-bedaine[1] a grand besoin ! Dieu du ciel, je plains Agnès ! conclut-elle, peste.

Guy de Trais éclata de rire en s'assénant une grande claque joviale sur la cuisse, et s'écria :

— Ah, ma magnifique épouse ! Quelle bénédiction fut mienne de vous aimer dès que je vous vis. Je vais de ce pas m'entretenir avec ma gente prisonnière, recueillir avec délicatesse son sentiment sur les accusations dont elle est l'objet et me forger une impression.

— De grâce, mon époux, rapportez-moi le moindre de ses mots afin que je me distraie un peu, minauda Énora.

En réalité, elle voulait s'assurer que Guy ne passerait pas à côté d'une révélation pouvant leur nuire. D'intelligence, il faisait pourtant parfois preuve d'une candeur certes rafraîchissante mais inquiétante.

1. Le terme est ancien dans son sens de « gros ventre » et vient de l'ancien français *boudine*, « nombril ».

XI

Nogent-le-Rotrou, novembre 1305

La jeune baronne Mahaut de Vigonrin, née Leu de Cérainville, âgée de presque vingt-trois ans, tentait d'apercevoir l'esplanade du château Saint-Jean depuis la mince fenêtre de la tour carrée où elle était tenue en attendant son procès. On y dressait le chafaud les jours d'alléchantes exécutions : notoire brigand ou personnage de haut. Le seigneur bailli, Guy de Trais, avait tenu à ce qu'elle fût traitée avec les égards dus à son rang. Aussi lui avait-on réservé une pièce d'agréables dimensions, chauffée de deux cheminées, aux murs tendus de dorsaux. Le lit en était confortable, les quelques meubles et tapis convenables, et elle avait tout particulièrement apprécié la délicatesse de de Trais en découvrant une petite collection de livres de dame, romans courtois ou poésie, sans doute ceux de son épouse dont on le disait très épris.

Après l'affolement, la terreur, les pleurs, une sorte de détachement l'avait envahie, seulement troublé par les bourrasques de panique qui la suffoquaient lorsqu'elle songeait au sort réservé à Guillaume, son fils de cinq ans, si elle était condamnée et déchue de sa noblesse. Seule la prière l'apaisait alors. Elle suppliait la très bonne et très sainte Vierge de veiller toujours sur l'enfant, quitte à ce que Dieu réclame sa vie à elle.

✣

Quelle étrange et courte vie avait été la sienne. Quelle série d'errements, de fâcheuses coïncidences. Au fond, n'était-elle pas bien coupable de s'en être remise aux autres, au sort, sans jamais consentir l'effort de l'incliner à son besoin ? Le souvenir de Marie, sa sœur aimée, faisait de fréquentes incursions dans son esprit. Marie, si parfaitement bonne, aimable et douce, en plus d'être belle comme une étoile, mais Marie pugnace, décidée, si ferme, refusant de se laisser mener au gré des autres. Pauvre chère et délicieuse Marie, brûlée vive parce qu'elle n'avait pas lâché prise face à un scélérat violeur, exigeant que l'on reconnût l'outrage dont elle avait été victime et son droit. Bien que se ressemblant étonnamment, au point qu'on les crut longtemps jumelles, leur essence était si différente. Certaine que sa belle naissance et sa sidérante beauté lui garantissaient le meilleur de la vie, Mahaut s'était laissé porter, remettant sa vie entre mains selon elle plus compétentes. Quelle cuisante déception, quel cinglant camouflet ! Pis, elle ne pouvait s'en prendre qu'à elle, à sa paresse, à sa langueur si seyante pour une dame, mais si traîtresse.

Elle venait d'avoir quinze ans lorsque François de Vigonrin père s'était annoncé chez eux. La très jeune fille se doutait bien qu'un mariage se dessinait pour elle, son père et le baron étant en cordialité d'affaires. Le baron avait requis permission de se promener en compagnie de l'alors jeune fille, afin de recueillir son sentiment sur une union avec son fils François. Elle en était tombée follement amoureuse en quelques minutes. Du père. Dieu qu'il était beau, en dépit de son âge, drôle, charmant, vibrant d'une énergie qui fascinait Mahaut. La presque femme avait ressenti pour la première fois les prémices de cette mystérieuse alchimie qui donne aux plus sages, aux plus réservées l'envie de s'offrir, sur un coup de passion. Connaisseur et admirateur amusé de la douce gent, le baron avait sans doute perçu l'émoi qu'elle ne savait guère dissimuler. Il avait eu l'honneur et l'élégance de ne point le laisser paraître, afin d'épargner sa pudeur, s'attachant à conserver des manières paternelles. Après tout, il avait décidé qu'elle deviendrait sa fille d'alliance.

Mahaut ne s'était jamais leurrée sur ce point : elle avait épousé François le fils, par amour du père. Le trépas de ce dernier l'avait dévastée, la rendant veuve inconsolable avant le décès de son légitime époux. Au fond, François père avait été pleuré par deux épouses désespérées. Par respect pour Béatrice de Vigonrin et pour Agnès, Mahaut avait su dissimuler son accablement. La mort de François fils lui avait enfin permis de l'exprimer. Elle pouvait sangloter, gémir, se tourner des nuits entières dans l'insomnie, l'attribuant à sa douleur de nouvelle veuve. Étrange. Elle avait conservé une mémoire aiguë de chaque détail, chaque instant passé avec François père. En revanche, ses années de mariage ne lui laissaient presque aucun souvenir. Un vague désordre de discussions sans intérêt, de nuits d'indifférence, une cohabitation somme toute confortable avec un homme pour qui elle éprouvait un peu d'amitié et de tendresse, rien de plus.

✠

Elle ouvrit le recueil des lais de Mme Marie de France[1] qui lui chaviraient le cœur à chaque lecture, et les larmes dévalèrent de ses paupières. Elle se détestait de la jalousie sans vilainie[2] qu'elle avait toujours éprouvée envers Béatrice. Mahaut aurait volontiers offert la moitié de sa vie pour se trouver aux côtés de François père, pour s'épanouir dans son amour, dans sa couche, en place de Béatrice. Pis que tout : les deux anciens conjoints, vieux amants passionnés, seraient réunis dans l'au-delà. François avait adoré sa femme, même s'il l'avait amplement mais discrètement cocufiée, afin de ne la jamais humilier. Elle, Mahaut, resterait seule, pour toute éternité, loin de son unique amour de femme, si du moins Dieu lui faisait la grâce de ne la point réunir avec François fils, qui l'avait affreusement ennuyée le temps de leur mariage.

Cependant, elle devait vivre. Vivre encore pour Guillaume, son tendre, son adorable fils qu'elle chérissait plus que tout. Elle devait le protéger. Il était encore si petit, si fragile. Pour une fois, elle devait faire face, se battre. Ainsi aurait réagi Marie.

Un coup asséné contre la porte la fit sursauter. Déjà le souper ? Elle essuya d'un revers de main les larmes qui trempaient ses joues et s'avança, le volume de lais de Mme Marie de France plaqué contre son ventre, pathétique armure des femmes déçues d'amour.

Un garde passa la tête par l'entrebâillement, annonçant d'un ton de respect :

— Madame, le seigneur bailli, Guy de Trais, requiert l'honneur d'une conversation.

---

1. Moitié du XIIe siècle. Première femme écrivain-poétesse d'expression française connue. Bien que nous ayons très peu de renseignements à son sujet, elle aurait séjourné en Angleterre durant le règne d'Henri II et d'Aliénor d'Aquitaine. Ses lais amoureux, parfois avec un fond fantastique, devinrent extraordinairement célèbres.

2. Est devenu « vilenie ».

— L'honneur est mien.

✠

Guy de Trais s'avança aussitôt, la saluant bas. Il remarqua immédiatement les sillons translucides abandonnés par ses larmes sur sa peau pâle.

— Madame... croyez que cette fâcheuse, épineuse circonstance me déplaît au plus profond. Néanmoins, les accusations portées contre vous par votre famille d'alliance sont si graves que je ne puis les ignorer sans faillir à ma charge.

Crispant les mains sur le joli volume relié de cuir bleu indigo, elle s'exclama :

— Monsieur, sur ma foi, je suis innocente des monstruosités dont on m'accuse ! Au demeurant... je ne parviens pas à saisir ce qui a convaincu ma famille d'alliance que je pouvais être capable d'une telle abomination. J'en viens à soupçonner une machination... sans toutefois parvenir à déterminer sa source. Veut-on m'abattre ? Et pour quelle raison ? Tente-t-on de me séparer de mon fils ? Pourquoi ? Pense-t-on que mon influence sur lui est néfaste ? Pis... je redoute, je m'égare et m'affole : veut-on l'occire prestement, pauvre enfant sans défense ? Je ne sais. Je bute depuis des jours.

Les mises en garde d'Énora défilèrent dans l'esprit de Guy de Trais.

— M'expliquez votre sentiment, madame. Je vous conjure de croire en ma totale impartialité dans cette affaire.

— Ne prêtez pas trop d'importance à mes élucubrations [1] de captivité, monsieur. L'inquiétude est un huis béant dans

1. Le terme n'a alors pas du tout la connotation péjorative actuelle. De *elucubrare*, « travailler sous la lampe », il signifie d'abord une théorie élaborée après beaucoup d'efforts.

lequel s'engouffrent les pensées les plus sombres, voire les plus insensées. Toutefois... s'il arrivait un malheur à mon fils Guillaume... qui hériterait des biens et du titre ?

— Le fils de madame Agnès, traduisit Guy de Trais.

— Surtout, surtout, de grâce, m'en croyez... je n'accuse personne... J'erre entre deux divagations, désespérant d'en arriver à une explication, car je le répète, sur mon âme, je n'ai jamais commis aucun acte vil ! Peut-être ai-je parfois péché en pensée... mais jamais, au grand jamais, je n'ai porté préjudice, à quiconque.

— M'expliquez, madame. M'expliquez par le début. Mon temps vous appartient. Assoyons-nous. Le garde nous portera bientôt une collation que nous dégusterons en confiance. Sachez, madame : je ne suis pas votre ennemi, pas plus que celui de la famille de Vigonrin.

XII

Nogent-le-Rotrou, novembre 1305

On pénétrait dans Nogent-le-Rotrou par l'un de ses trois ponts. En dépit de leurs virulentes protestations, les marchands devaient s'acquitter de l'octroi qui, en fonction du pont, revenait à l'église ou au seigneur, en l'occurrence à messire Arthur II de Bretagne. Un impôt qui ulcérait fort[1], puisque les négociants lui reprochaient de rogner leurs bénéfices à deux reprises, à l'aller sur l'intégralité de leurs marchandises et au retour sur les invendus.

Le pont de bois sur l'Huigne[2] conduisait dans Bourg-la-Comtesse. Le pont Saint-Hilaire jouxtait l'église dédiée au saint et le pont de Ronne délimitait la fin de la rue Porte-Rivière et le début de celle d'Orée qui traversait Bourg-le-Comte.

Hardouin cadet-Venelle et Arnaud de Tisans avaient abandonné leurs chevaux au loueur d'attelages de l'entrée de ville alors que le jour déclinait déjà. À son habitude, cadet-Venelle avait oint en discrétion la paume du valet

1. Il ne fut pourtant supprimé qu'en 1948.
2. Qui s'écrit « Huisne » aujourd'hui.

d'écuries afin qu'il traitât Fringant, son étalon noir, avec « des douceurs que l'on accorde à un enfançon ».

Pourtant fourbus par leur longue course, ils traversèrent Nogent-le-Rotrou en pressant l'allure tant leurs estomacs les tenaillaient. L'odeur, supportable en ce début d'hiver, des putels et de la rue Puante[1] leur parvenait au gré des mouvements légers d'un vent glacial. Autre avantage des rigueurs de l'hiver, la ville s'était débarrassée durant quelques mois des escadrons d'insistantes mouches qui bourdonnaient durant la saison faste, harcelant hommes et bêtes, piquant sans relâche vers leurs festins de charogne ou d'excréments.

Sans échanger un mot ou presque, ils débouchèrent dans le bourg Saint-Denis et obliquèrent dans la rue des Poupardières où nichait l'auberge de la Hase Guindée[2]. Hardouin y avait pris ses habitudes, se demandant encore parfois quels débordement aviné ou étrange anecdote avaient pu accoucher de cette enseigne.

✣

La robuste et plaisante maîtresse Hase ne feignit pas son plaisir à le revoir, un client bon payeur, de belle tenue, ainsi qu'elle les appréciait. De fait, maîtresse Hase n'encourageait pas les comportements déplacés ou les lourdes plaisanteries de nature à offenser l'oreille des

1. Il y avait souvent dans les villes médiévales une rue Puante ou Sale ou Bourbeuse, qui devait son nom aux immondices qui s'accumulaient dans les rigoles centrales et dégageaient des odeurs qui seraient insupportables à notre époque.

2. Du viking *vinda*, « brandir, enrouler ». Le terme signifiait à l'origine « hisser un mât » et par extension au figuré « conférer ou adopter une attitude de raideur ».

dames, tenant à sa clientèle familiale et plutôt aisée de gros commerçants et de petits notables. On venait chez elle en cordialité, afin de se délasser les membres, de bavarder entre voisins ou de chercher des contacts propices aux affaires. Certes, en aubergiste avisée, maîtresse Hase ne dédaignait pas les clabaudages de ses habitués. Cependant, selon elle, il y avait manière et manière de se laisser aller à quelques indiscrétions. De plus, si maîtresse Hase avait l'écoute complaisante, elle s'efforçait à un mutisme de vieille carpe. Double avantage à sa prudence : aucun client n'avait à lui reprocher une indiscrétion et on ne se confie jamais aussi bien qu'aux gens dont on suppose qu'ils se tairont.

S'ajoutait à sa satisfaction le fait qu'elle enverrait sitôt un galopin prévenir Sylvine du retour de messire Venelle, qui s'était jusque-là fait passer pour un négociant, sans pour autant mentir de façon déhontée, et qu'elle savait maintenant bourreau. Lorsque sa sœur aînée lui avait confié la véritable occupation de son bel et bon client, Luce, dite maîtresse Hase, en avait dégluti de stupéfaction. Ah ça, un brise-col en son établissement ! Par le cul du bouc, elle ne voulait point de son argent souillé ! Il avait fallu toute la persuasion de Sylvine, sans compter quelques bons gorgeons, pour qu'elle change de sentiment. L'obstination rageuse et malsaine de sa sœur effrayait maîtresse Hase. Il fallait en terminer, il fallait que Sylvine paie enfin ce qu'elle croyait être sa dette. Si la solution passait par Hardouin cadet-Venelle, qu'il en soit ainsi. Aussi se força-t-elle à peine lorsqu'elle s'exclama en s'inclinant devant eux :

— Messires, le bonheur à vous revoir en mon modeste établissement !

M. Justice de Mortagne salua la femme d'encore belle allure et plaisanta :

— Maîtresse Hase, nous sommes disposés à dévorer un veau ! De grâce, assurez-moi que nous pourrons nuiter chez vous. Le temps nous pressait et je n'ai pu vous envoyer de messager à cheval.

— Je garde toujours une chambre pour mes bons clients. Un veau, dites-vous ? Fichtre ! Il ne tiendrait pas dans ma cuisine. Hormis si l'on considère que ce grand dadais [1] de souillon qui m'aide en remise et au bûcher, peut courir sur quatre pattes et meugler après sa mère. Cela ne m'étonnerait guère, d'ailleurs, ironisa l'aubergiste.

Rouée, puisqu'elle connaissait maintenant leurs véritables offices à tous deux, elle ajouta :

— Si j'ose, doit-on le plaisir de vous revoir céans à une belle affaire en perspective dans notre ville ?

Après un regard furtif pour le sous-bailli de Mortagne, Hardouin opta pour une semi-franchise, sans se douter de la duplicité de la tavernière. Après tout, elle pouvait se révéler une mine d'informations appréciables, surtout si l'on faisait jouer la corde sensible en elle. D'un ton véritablement affecté, il déclara :

— Mon… ami vient de perdre sa bien-aimée fille, moniale aux Clairets.

Diantre. Sylvine était-elle informée ? Lui avait-elle dissimulé ce trépas ? Ébranlée, maîtresse Hase plaqua la main sur sa bouche, cherchant fébrilement un commentaire banal. Elle murmura :

— Dieu du ciel, quelle effroyable chose ! Ces admirables bernardines qui s'acquittent de leur devoir d'écuelle. Pas comme d'autres abbayes des alentours, sourdes, muettes et aveugles, mais soudain bien actives lorsqu'il s'agit de collecter les impôts, si m'en croyez !

À sa réaction, Hardouin comprit qu'elle n'avait pas eu vent du trépas d'Henriette de Tisans, et changea de conversation.

---

1. Le terme qui désigne un homme sot et maladroit est très ancien et viendrait de « dandiner ».

— Et que proposez-vous ce soir à nos estomacs malmenés par le voyage ?

Soulagée de revenir à un sujet sans péril, maîtresse Hase, soudain volubile, débita :

— De quoi les rassasier à satisfaction. Il est encore tôt, mes habitués ne se sont pas jetés sur le meilleur, arraché de justesse par mon vivandier[1] aux servantes de maisons bourgeoises ! Deux magnifiques gigues[2] de chevreuil, marinées au verjus[3] et accompagnées d'une purée de châtaignes à la crème fraîche. Y en aura pas pour tout le monde ! Sans cela, en ce jour gras, la maison propose également sa célèbre omelette au lard et au fromage, réputée dans tout le comté, et au-delà !

Tous deux se décidèrent en faveur du gibier.

✠

La goûteuse mangerie[4] que leur servit maîtresse Hase se déroula dans un silence au fond cordial, que tous deux purent mettre au compte de la fatigue du voyage, d'autant que l'aubergiste s'affairait en cuisine, se préparant à affronter l'affluence du souper. Elle en profita pour donner la pièce et un bout de pain à un petit saute-ruisseau qui traînait dans sa courette dans l'espoir d'y découvrir les reliefs, à peine mangeables, du précédent repas. Le galopin détala pour délivrer son message à Sylvine, décrite comme une vieille mendiante aux yeux bleus qu'il trouverait sans doute aux alentours du château Saint-Jean, selon elle.

---

1. Intermédiaire qui vendait les vivres.
2. Cuissot.
3. Sauce à base de jus de raisin vert, assez acidulée.
4. Bon repas copieux.

Tout juste les deux attablés échangèrent-ils des compliments sur les mets qui couvraient leurs généreux tranchoirs [1]. Hardouin percevait l'état d'esprit du sous-bailli, submergé par ce drame de père, soudain orphelin de sa fille préférée. À la vérité, la compassion que le bourreau ressentait à son égard n'était que de principe. S'il éprouvait un respect mêlé de prudence pour Tisans, l'amitié n'en faisait pas partie. Certes, son aînée avait été occise d'affreuse manière, mais tant d'êtres rendaient l'âme chaque jour, dont certains expédiés dans un monde réputé meilleur par le sous-bailli. De plus, la véritable urgence qui l'avait décidé à accompagner Arnaud de Tisans se nommait Mahaut de Vigonrin, née Leu de Cérainville, accusé d'enherbement.

Il devait rencontrer au plus vite Antoine Méchaud, mire de la famille Vigonrin afin d'en apprendre davantage à ce sujet. Ce soir, après leur repas, il tenterait une visite. Aussitôt, une irritante pensée tempéra son ardeur. Fichtre, il reverrait la gentille Blanche, veuve sans enfant d'un des fils du mire, que celui-ci avait accueillie en sa demeure [2]. La jeune femme, très accomplie, lui avait marqué de l'intérêt, ignorant sa charge de Brise-Garrot. Par élégance, il s'était ensuite attaché à ne la plus jamais rencontrer. Par élégance, mais également afin de s'éviter un regard stupéfait et une moue soudain dédaigneuse, et surtout parce que feu Marie de Salvin ne lui quittait plus l'esprit, hantant même ses rêves, les rendant inaccessibles à d'autres femmes. À l'instant où cette pensée le traversait, une autre, inquiétante, s'imposa à lui : il avait senti Marie tout ce temps, vivant et dormant avec elle, l'écoutant, lui répondant, jusqu'à se souvenir de la tiédeur

1. Tranche épaisse de pain rassis faisant office d'assiette, que l'on donnait, une fois imbibée de sucs de viande ou de poisson, aux pauvres, voire aux chiens.

2. *Les Enquêtes de M. de Mortagne, bourreau*, tome I, *Le Brasier de Justice*, Flammarion, 2011.

enivrante de ses lèvres de fantôme[1] contre sa peau, de ses cheveux caressant son flanc. Pourtant, il ne l'avait vue que quelques minutes, d'abord lors du duel d'ordalie au cours duquel son mari avait été navré, puis dans sa geôle, lorsqu'il lui avait demandé le pardon pour lui devoir ôter la vie, enfin, ligotée au poteau du bûcher. Étrangement, il se rendit compte à cet instant précis que cette adorable invasion, qu'il appelait de ses vœux, s'était en quelque sorte distendue depuis quelques jours, sans même qu'il en prît conscience. Marie n'occupait plus chaque fibre de son être. Il ne constatait plus, impassible, l'envahissement de sa vie par un spectre aimé. Avait-elle soudain perdu la clef menant à son esprit, au point qu'il devait maintenant lui ouvrir ? Une violente tristesse le submergea alors qu'il mordait à belles dents dans une généreuse part de tarte blanche[2] accompagnée d'un verre d'hypocras, l'issue[3] de leur festin. Marie de Salvin l'avait-elle abandonné, si discrètement qu'il se détestait de ne pas l'avoir perçu plus tôt ? Ou alors l'avait-elle guidé où elle le souhaitait, en Nogent-le-Rotrou, au secours de sa sœur cadette, Mahaut, pour se retirer enfin apaisée ?

Marie, improbable fil d'Ariane, improbable mais précieux. D'autant plus précieux qu'encore une fois, Hardouin s'en était remis à une ombre bienveillante pour décider de sa vie.

Billevesées, fables de vieillarde que tout ceci ! se morigéna-t-il. Depuis quand ce qui doit advenir t'intéresse-t-il ? Destin ou hasard, peu t'en chaut. Vivre encore, mourir

---

1. Le Moyen Âge croyait aux fantômes et les considérait avec un respect mêlé de crainte puisqu'on pensait que les esprits revenaient afin d'exiger réparation, ou même d'éclairer les vivants, comme en témoignent des textes très sérieux rédigés, notamment, par des religieux.

2. Tarte au lait, au fromage, aux œufs et au saindoux, sucrée de miel et rehaussée d'une pointe de muscade ou de gingembre.

3. Équivalant à notre dessert.

bientôt, quelle différence ? La belle affaire que de savoir où, quand, comment, pourquoi !

Cependant, personne, pas même Marie, n'avait condamné Adelin d'Estrevers à mort. Cadet-Venelle avait agi seul, mû par une dévorante envie de justice que lui seul pouvait rendre. Le fantôme de Marie s'était estompé à peu près à ce moment-là, après aussi la féroce exécution de Maurice Desprès, qu'il avait traîné dans la cave troglodyte de sa maison afin que le massacreur d'enfants rende sa vile âme au diable. Le spectre de Marie avait pâli lorsque lui, le bourreau, avait posé le regard sur cette autre Marie, Mahaut, sa jeune sœur. Hardouin, en dépit de ses admonestations à lui-même, ne doutait pas que Mme de Salvin l'avait ainsi voulu.

✠

— Je fais un bien piètre compagnon, n'est-ce pas ? lâcha soudain Tisans en reposant son gobelet d'hypocras.

— Non pas. Les compagnons de silence sont rares et reposants, le rassura cadet-Venelle.

— J'aime décidément vos formules, Venelle. Il est vrai que vous prisez l'art et la poésie.

— J'apprécie, en effet, le meilleur de l'homme, sans doute parce que je ne le rencontre guère dans mon métier ! sourit l'exécuteur.

— L'homme est capable du meilleur comme du pire.

— Certes, mais avouez qu'il excelle dans le pire. Je vais vous devoir abandonner quelque temps, avec votre pardon. Un ami que j'aimerais visiter.

— De grâce, faites. Nous nous retrouverons devant notre déjeuner du matin, avant notre course jusqu'aux Clairets.

XIII

Nogent-le-Rotrou, novembre 1305, un peu plus tard

Hardouin s'emmitoufla dans son mantel doublé de loutre et sortit dans une nuit glaciale. Conscient que le ciel couvert qui occultait la lune devait satisfaire les coupe-bourses de tous poils, il posa la main sur le pommeau de sa longue dague, prêt à dégainer à la moindre menace. Il ne décela pas l'ombre menue tassée dans le renfoncement d'une porte d'immeuble. Il remonta Bourg-le-Comte [1] surplombé par la massive silhouette du château Saint-Jean [2], construit sur une haute butte, en une époque où Nogent-le-Rotrou restait le dernier poste défensif du royaume Franc contre les attaques et pillages des redoutables pirates venus de Scandinavie [3]. Il dépassa l'étroite maison, nichée contre le flanc rocheux de la butte, où

---

1. Qui correspond à l'actuel quartier du Pâty, autrefois appelé « Pâquis ». Hébergeant à la fin du XIe siècle les officiers de Rotrou II, il sera remanié ensuite et des hôtels particuliers y verront le jour.

2. Le premier donjon de pierre date du XIe siècle, l'aménagement des contreforts et la construction de la large enceinte circulaire du XIIe.

3. Le traité de Saint-Clair-sur-Epte, conclu entre Charles III le Simple et Rollon, chef viking, leur permit de s'installer définitivement sur les côtes de la Manche en 911, sous certaines conditions.

le mire Méchaud recevait ses patients, et sourit de ses murs qui inclinaient dangereusement sur le côté. Il fila le long des ruelles désertes, s'orientant sans difficulté dans le bourg Saint-Denis pour déboucher dans le Bourg-Neuf[1], le quartier le plus commerçant où s'étaient massés les sergers et étaminiers dont l'excellente réputation s'étendait bien au-delà des frontières du comté. Il regretta vaguement de n'avoir pas songé à acheter une douceur de bouche chez un gastelier[2] ou un livre pour le mire, ou encore une respectueuse fanfelue[3] de dame. Un mouchoir brodé ou un sachet d'oliban[4], en tout cas, rien qui pût encourager Blanche dans son émoi de cœur.

Une silhouette encapuchonnée le frôla, ralentissant l'allure en le dépassant. Une haleine avinée et des relents de crasse et de sueur indiscutablement masculins fouettèrent Hardouin au visage. Son mantel fourré et ses hautes bottes de peau suscitaient des convoitises ! Il se contenta de repousser un pan de son vêtement, exposant la longue dague qu'il venait de tirer de son fourreau, murmurant :

— Il t'en cuirait, l'homme, car je suis pressé.

— Euh-là, pas d'excès d'bile[5], messire. J'avions point d'mauvaises pensées, sur les cendres d'ma mère !

---

1. Construit sous Rotrou III au début du XIIe siècle, et le plus récent.

2. Pâtissier, ou marchand de gâteaux.

3. Ancien français. A donné « fanfreluche ». Le terme n'avait pas la connotation péjorative que nous lui donnons aujourd'hui. Il désignait un petit ornement de vêtement ou d'ameublement.

4. Encens.

5. Les biles jaune ou noire faisaient partie des quatre humeurs. La première rendait enclin à la colère et la deuxième au chagrin, à l'inquiétude. Nous en avons gardé « atrabilaire » et l'expression familière « se faire de la bile ».

— Disons que tu n'en as plus, preuve de ta grande sagesse.

La silhouette disparut d'un pas vif, sur un juron étouffé.

✣

Hardouin parvint enfin devant la demeure du mire Antoine Méchaud, située à quelques dizaines de toises* du pont Saint-Hilaire, face à l'église [1] de même nom. Protégée d'un haut mur, elle s'élevait sur un solier, surplombé de combles. Il tira la cloche pendue au-dessus du robuste portail. Aussitôt, un grondement bas, très dissuasif, se fit entendre derrière les épaisses lattes de bois. Cadet-Venelle murmura :

— Julius, nous nous connaissons.

La sonore mise en garde de l'énorme berger de Beauce [2] à bas-rouges, protecteur de la maison, prit en ampleur.

— Rien ne peut t'amadouer ? Tu as grand-raison, s'amusa le bourreau en ébranlant à nouveau la cloche.

Une voix s'éleva :

— Qui va là ?

— Hardouin Venelle, de passage en ville, messire Méchaud. J'ai l'outrecuidance d'espérer un entretien sans l'avoir sollicité au préalable, et vous prie de croire que cette grossièreté me pèse.

Une clef tourna dans la serrure et un péremptoire « Julius, paix ! » retentit avant que le mire ne déclare :

1. Sa construction remonte sans doute au début du XIe siècle. Bien que considérablement modifiée au fil des siècles, on peut toujours admirer sa sobriété de nos jours.

2. Beauceron ou bas-rouge, les pattes étant le plus généralement noir et feu. Il semble acquis que des chiens, proches de la race actuelle, gardaient déjà les troupeaux il y a 2 000 ans en France.

— Non pas, non pas… À mon tour de vous présenter mes excuses… je suis en vêtement de nuit. J'ai cru que madame Lenours accouchait enfin et que l'on me venait quérir. Elle n'est plus d'âge à enfanter, si m'en croyez. Aussi me suis-je hâté.

Le mire entrouvrit le portail, conseillant :

— Venez, venez, il fait un froid de gueux ! Allons nous réchauffer devant la cheminée.

✣

Hardouin retrouvait avec plaisir le médecin d'une bonne cinquantaine d'années[1], mais fort gaillard[2]. Ses cheveux gris mi-longs dépassaient de sous son bonnet de nuit et il semblait engoncé dans son épaisse robe d'intérieur en laine.

✣

Dès qu'ils pénétrèrent dans la confortable maison, Blanche se porta à la rencontre de l'exécuteur, dissimulant mal son bonheur à le revoir. Âgée tout au plus de vingt-cinq ans, petite et menue, aux traits fins, elle rayonnait d'une sorte de beauté paisible, joyeuse mais sans tapage. Elle annonça à son beau-père :

— J'ai mis le pot d'infusion sur les braises. Inutile de rappeler une servante. Baissant les yeux, intimidée, elle

1. Un âge déjà avancé à l'époque.

2. Peut-être du gallo-romain *galia*, « force ». Personne de vigueur et d'entrain à l'époque. Le terme n'avait pas encore la connotation un peu « licencieuse » qu'il peut avoir aujourd'hui.

proposa à Hardouin : Puis-je vous offrir un en-cas de bouche, messire ?

— Bien aimable à vous, mais l'excellente maîtresse Hase m'a gavé telle une oie de Noël.

Il luttait depuis quelques instants contre un vague embarras. Deux sentiments très contradictoires cohabitaient en lui, comme à chaque fois qu'il se trouvait en similaire situation. Vivre entouré du mépris et de la crainte qu'il inspirait, à l'image de ceux de sa caste, le laissait assez indifférent, une habitude depuis son plus jeune âge. Toutefois, une sorte d'aigreur, de ressentiment le saisissait parfois, lui donnant envie de choquer, de provoquer. Eh quoi ? Les femmes le trouvaient bel homme avec sa haute silhouette musclée, ses cheveux bruns mi-longs, sa peau pâle de donzelle et son intimidant regard gris. Elles lui destinaient œillades [1], sourires furtifs et mines coquettes. Pourtant, elles se seraient aussitôt signées en détournant le regard, eussent-elles connu son office. Il en voulait un peu à Blanche du rejet qu'elle ne manquerait pas de manifester en la circonstance, rejet encore avivé parce qu'il l'avait charmée, sans même le souhaiter, et qu'elle lui en voudrait d'avoir été conquise. Le mire Méchaud, qui seul connaissait sa charge, comprit-il son malaise ? Toujours est-il qu'il demanda d'un ton doux à sa fille d'alliance :

— Ma bien chère Blanche… Votre pardon, mais messire Hardouin et moi-même devons discuter de choses… peu seyantes à oreille de dame.

— Oh… à mon tour, votre pardon, mon père, si je me suis montrée indiscrète. Bien… je vous laisse donc entre représentants de la forte gent. Elle inclina la tête en salut et osa : À vous revoir très vite, je l'espère, messire Venelle.

---

1. À l'origine simplement un regard appuyé, pas nécessairement enjôleur.

Son beau-père attendit qu'elle eût quitté la salle. Désignant un des coffres-bancs[1] orné de coutes[2] brodés de scènes champêtres, il proposa :

— Assoyons-nous devant l'âtre. Mieux valait vous éviter un encombre à tous deux. Je l'aime autant qu'une fille de sang et j'éprouve du respect et de l'estime pour vous. Vous l'avez tué, n'est-ce pas ? De vilaine manière, puisque je fus appelé pour examiner son cadavre… ce qu'il en restait.

Hardouin n'eut nul besoin de lui demander à qui il faisait allusion : au premier lieutenant, Maurice Desprès.

— Qui sème le vent, récolte la tempête[3], se contenta de répondre le maître des hautes œuvres d'un ton plat.

— Impitoyable… rétribution.

— Ses actes avaient-ils été empreints de pitié ? La pitié est un louable sentiment. Réservons-la à qui la mérite.

— Touché ! admit le mire. Du moins, ce scélérat ne nuira-t-il plus.

Il marqua une courte pause, puis :

— Quoi me vaut le plaisir de votre venue ?

— Une affaire un peu délicate et pour le moins floue. Je crois savoir que vous soignez la famille de Vigonrin. Madame la baronne Mahaut aurait été incarcérée pour enherbements multiples.

Le visage sillonné de fines rides qui rayonnait d'intelligence et de bonté se ferma. Plus sec, le mire se défendit :

— De fait, je veille sur leur santé depuis des lustres. Cependant, vous connaissez mon obligation de secret.

1. Un des meubles les plus fréquents au Moyen Âge. On y rangeait vêtements, vaisselle, un peu tout.

2. Coussins, oreillers.

3. Livres prophétiques ; Osée 8-7 : « Ils sèment le vent, ils récolteront la tempête. »

— Certes. Toutefois, je ne tente pas de vous soutirer une information médicale mais plutôt des… quanquans[1] de voisinage. Madame Mahaut est-elle accusée de *malum venenum facere*[2] ?

— Accusée par sa belle famille. Pas encore jugée.

Antoine Méchaud fixa le bourreau, hésitant à poursuivre.

— Je me suis entretenu avec notre bailli, le seigneur Guy de Trais, bien embarrassé par ce nouveau scandale. Les Vigonrin sont une grande famille locale.

— Puis-je en savoir davantage ?

Antoine Méchaud biaisa :

— Sauf votre respect[3], en quoi la jeune baronne est-elle de votre intérêt ?

Hardouin cadet-Venelle se passa la main sur le front. Soupirant de consternation, il murmura :

— Ah, messire mire… Vous m'allez croire bien fol… Je ne la connais point. Un mirage, un rêve, une prémonition, je ne sais.

— Je n'entends[4] goutte à vos propos.

— Je… doute que des explications vous aident… je me sens moi-même empli d'une telle confusion…

Antoine Méchaud lui destina un sourire paternel et suggéra :

— Eh bien, éprouvez-moi. J'ai vu, entendu tant de choses au cours de ma longue vie, parfois des plus surprenantes.

— J'ai… ôté la vie d'une femme, sur ordre de justice, une certaine Marie de Salvin. Brûlée vive, bien qu'innocente.

---

1. Du latin *quanquam*, a donné « cancan ».
2. Formule légale : préparer une drogue malfaisante. Empoisonner.
3. La formule signifiait « votre respect est sauf, je ne tente pas de vous insulter » et était utilisée lorsque l'on risquait de se montrer désagréable ou effronté.
4. Au sens de « comprendre ». Ne rien comprendre.

Aidé du seigneur sous-bailli de Mortagne, j'en ai fait la preuve, trop tard. Il s'agissait de la sœur aînée de madame Mahaut.

Hardouin préféra ne pas s'appesantir sur les détails sur naturels, presque insensés, qui décrivaient sa vie aux côtés d'un ravissant spectre aux cheveux couleur de blé mûr et aux yeux bleus étirés en amande.

— Et vous vous sentez donc investi d'une mission de protecteur vis-à-vis de cette dernière. Par remords ?

— Non pas. Les remords naissent du passé. Or, cette… mission, cette urgence est terriblement présente. De plus, le remords m'est assez étranger, en raison de ma charge. Je ne condamne pas, ne commets donc pas d'erreurs de jugement. Je me contente d'exécuter ce que d'autres décident. En revanche, une inextinguible soif de justice m'a envahi, que je lie à la mort… imméritée de madame de Salvin. Votre sentiment, si je puis ? Au sujet de la culpabilité de la jeune baronne.

— Épineuse question, mon cher ! Je me limiterai aux informations ne relevant pas du domaine médical. *Primum non nocere*[1], et peu de chose nuisent autant que les indiscrétions.

— Je le comprends. Un homme d'honneur respecte ses serments.

— Je soigne, en effet, la jeune baronne Mahaut, ainsi que toute la famille. Avant cette stupéfiante imputation, j'en aurais volontiers brossé un portrait angélique. Une veuve admirable, pieuse, une mère dont l'amour et la dévotion pour son fils unique ne connaissent pas de limites, une gente dame d'agréable commerce. De fait, son

1. « D'abord, ne pas nuire », bien qu'une idée un peu similaire existe dans le serment d'Hippocrate, la phrase serait en réalité bien plus récente et due à Auguste François Chomel (1788-1858), successeur de Laennec.

mari et son beau-père, de solide virilité, ont trépassé de ce que j'ai mis au compte d'une fièvre de ventre. Un diagnostic basé sur les symptômes et qui ne me satisfaisait qu'à moitié puisqu'ils furent les seuls atteints de la mesnie [1], à chaque fois. Or, ces fièvres abdominales ont la caractéristique de se propager bien vite. Certes, on observe des cas voisins, par exemple après l'ingestion de denrées frelatées. Similaires mais pas aussi fatals, surtout chez des hommes en santé. Et puis, récemment, le petit Guillaume, le jeune baron, est tombé malade. Manifestations identiques.

— Et ? le poussa Hardouin.

— Et ? Alors que j'étais certain qu'un nouveau deuil allait frapper la famille, alors que l'enfant se tordait dans les affres de l'agonie, il s'est miraculeusement remis. Je ne doute pas de la réalité des miracles. Cependant, j'en ai fort peu constaté. Jamais, à dire vrai. Ceux que j'ai soignés et que la mort convoitait ont péri. Ceux dont je supputais qu'ils pourraient survivre ont parfois vaincu la maladie… Je me sens si démuni, si impuissant. Toute ma science, tout mon art n'a guère sauvé que ceux dont la robuste constitution leur permettait, au fond, de se passer de moi. Quel échec, quelle claque à ma suffisance passée lorsque je me sentais presque investi d'un pouvoir supérieur. Mais je m'écarte…

Percevant la tristesse du mire, Hardouin rétorqua :

— Je suis bien certain que d'aucuns vous doivent leur rémission.

— Si peu. Ma véritable consolation est de n'en avoir pas trop fait passer de vie à trépas par mes erreurs. Le gentil Guillaume a donc vécu. Sa mère a prétendu y voir une intervention de la très bonne et très sainte Vierge. J'avoue qu'en dépit de ma dévotion toute particulière

1. Tous les habitants d'une demeure, du seigneur aux serviteurs.

envers la sainte Mère, des doutes m'ont troublé. Cette guérison était… inespérée. L'enfant, amaigri, évoquant un léger squelette, délirant, ne respirait qu'avec la plus grande difficulté. En le quittant après ma dernière visite, j'étais certain qu'il ne passerait pas la nuit. Je revois encore l'empreinte de la mort gravée sur son petit visage livide. Et puis… Et puis…

— Et puis ? Je vous conjure et vous supplie de m'aider, mire. Si cette femme est coupable d'avoir voulu occire la chair de sa chair, qu'elle paie son ignoble forfait. Si elle est innocente, nous devons le prouver, insista Hardouin.

— Nous parlons justice, n'est-ce pas ? Votre but ne consiste pas à faire absoudre à tous coûts madame de Vigonrin par… regret envers sa sœur suppliciée à tort ?

— Nous parlons justice, sur ma foi et mon honneur.

— Bien. Alors que je quittais Guillaume, la baronne mère, Béatrice de Vigonrin, une femme d'exception, me fit part de… « soupçons » serait abusif… disons de ses inquiétudes. Je la mis en garde contre des déductions trop hâtives et lourdes de funestes implications.

— Subodorait-elle qu'on tentait d'enherber Guillaume, son petit-fils ?

— Hum… en effet, elle et sa fille Agnès de Malegneux commençaient de se poser d'affreuses questions.

— Et ensuite ? le pressa le bourreau.

— Je tiens la suite de notre seigneur bailli, une connaissance d'Eustache de Malegneux, le gendre de la baronne mère. Lors d'une fouille discrète, madame Béatrice découvrit, dissimulé dans la chambre de son petit-fils, le psautier italien à couverture incrustée de nacre et de turquoise de Mahaut de Vigonrin, cadeau de son époux François pour la naissance de l'hoir, cadeau qu'elle prétendait avoir égaré.

— Un psautier ?

— Hum… la page de garde, représentant un Christ sur la Croix, avait été barbouillée de sang et un cadavre desséché de crapaud reposait sur une poche de toile noire, fourrée dans le compartiment ménagé par la découpe des pages.

— Enherbeuse, sorcière et suppôt de Satan ! Ses chances de s'en tirer vive s'amenuisent, commenta Hardouin d'un ton distant.

— En effet. Le sachet noir renfermait une poudre d'un terne gris foncé, à l'aspect gras, d'odeur douceâtre et métallique.

— Qu'était-ce ?

— À la demande de Guy de Trais, je l'ai palpé, goûté. Sucré, métallique en effet. Du plomb*.

— Le plomb occit-il ? s'étonna le bourreau.

— Certes, ingéré à doses assez importantes ou alors à plus faibles, mais durant une longue période. Beaucoup l'ignorent, hormis les toxicatores [1] les plus expérimentés qui l'utilisent depuis la nuit des temps. Toutefois, peu de gens se doutent de son effroyable pouvoir, au point que nous sucrons nos vins les plus fins grâce à lui [2], puisqu'il a l'avantage sur le miel de ne pas donner lieu à des fermentations.

— Comment se manifeste son action ? voulut savoir M. Justice de Mortagne.

— De façon variable, pour ce que j'en sais. Il provoque des vomissements et des diarrhées évoquant une maladie de ventre. Puis surviennent des convulsions que le praticien peut aisément attribuer à un délire de fièvre et enfin la mort.

— Qu'oppose madame Mahaut pour sa défense ?

---

1. Empoisonneurs.

2. Cette habitude persistera jusqu'au XIXe siècle. Des recettes permettent de calculer que certains vins renfermaient jusqu'à 800 mg de plomb par litre. Rappelons que la dose maximale tolérée pour un homme adulte est de 3 mg par semaine ! Certains historiens y ont vu une des raisons du déclin de l'Empire romain, les aristocrates buvant des vins fortement édulcorés avec ce métal lourd.

— Je ne sais.

Le mire était soudain devenu évasif, comme si une pensée incongrue s'imposait à son esprit. Hardouin s'en inquiéta :

— Me trompé-je ? Un trouble vous saisit-il ?

— Vous faites un redoutable liemier [1], messire, plaisanta Méchaud, le cœur pourtant lourd.

— C'est que je connais les tréfonds de l'âme humaine. Une fréquentation rarement réjouissante.

— Je m'en veux… j'aurais dû… Mon excellent confrère Jehan Fauvel, un étonnant aesculapius, m'a fait l'honneur de demeurer chez moi trois jours. J'aurais dû lui faire part d'une incertitude concernant cette affaire. Mais nous étions mandés en l'abbaye des Clairets afin d'examiner la défunte fille de votre sous-bailli de Mortagne. J'avoue que cet effroyable meurtre m'a fait oublier l'arrestation de madame Mahaut.

La surprise se peignit sur le visage d'Hardouin, qui intervint :

— Morbleu [2], monsieur ! Vous êtes donc l'homme providentiel que je devais rencontrer puisque je suis ici à la demande d'Arnaud de Tisans afin de l'accompagner au demain en l'abbaye. Et ce Jehan Fauvel, que vous évoquâtes déjà un jour, si mon souvenir est exact ?

— Son esprit a amassé tout ce que ce monde contient de science. Peut-être trop pour son bien, si m'en croyez. Je ne puis me prévaloir d'être son ami, juste une cordiale connaissance. Néanmoins, le côtoyer parfois me remplit

1. A donné « limier », au propre ou au figuré. De l'ancien français signifiant « chien en laisse » (lien), puis « excellent chien de chasse ».

2. Les jurons citant le nom de Dieu était vivement réprouvés, jugés blasphématoires. Aussi, on conserva la sonorité, en remplaçant « Dieu » par « bleu ». « Par la mort de Dieu » devint « Morbleu » ; « Par le sang de Dieu » fut transformé en « Par la sambleu ou Palsambleu ».

d'aise et d'admiration. Cet homme sait illuminer le raisonnement des autres. J'aurais dû le consulter au sujet des enherbements, répéta le médecin.

Il se leva, s'exclamant, contrit :

— Diantre, j'ai oublié d'aller remplir nos gobelets d'infusion ! Blanche ne me le pardonnera pas. De grâce, permettez que je m'acquitte de cette tâche domestique, sans quoi j'aurai droit à grise mine au demain.

✣

Resté seul, Hardouin détailla la grande salle dans laquelle il avait dîné, quelques semaines auparavant. Une éternité, plutôt. Une pièce confortable, de bon goût avec ses épais tapis qui couvraient les pavés d'argile ocre jaune typique de la région, ses beaux dressoirs [1] de bois sombre, sa longue table flanquée de bancs. Un ameublement cossu mais sans ostentation qui ressemblait au mire.

Antoine Méchaud revint à petits pas, la bouche crispée de concentration, tenant les gobelets de terre avec précaution. Il commenta :

— Je crains d'en renverser. Berthe me rugirait aux oreilles.

Hardouin se souvint de la tonitruante cuisinière sourde aux jambes raidies par une maladie de vieillerie.

En silence, ils burent quelques gorgées d'une odorante infusion de menthe et de mauve, adoucie de miel. N'y tenant plus, l'heure avançant, Hardouin revint à ce qui le préoccupait :

— À quelle incertitude faites-vous allusion ?

---

1. Sorte de vaisseliers à étagères qui meublaient salles communes, chambres, et parfois les cuisines des gens ayant des moyens.

— J'ai donc soigné, ou plutôt veillé les deux François et le petit Guillaume. En y réfléchissant bien, je n'ai jamais constaté de liséré bleu entourant les gencives[1]. J'en mettrais ma main au feu[2] en cas de Guillaume.

Hardouin retint son souffle. Tenait-il quelque chose ? Reste raisonnable, se morigéna-t-il. Souviens-toi de ta promesse au mire : il s'agit de justice, pas d'un stupide emballement de cœur ou de sens. Tu ne connais pas cette femme et le fait qu'elle ressemble à ton spectre aimé ne la rend pas pour autant méritante, adorable. Conscient de la justesse, de la sagesse de la mise en garde qu'il s'adressait, il savait pourtant déjà qu'il devrait lutter pied à pied contre lui-même, contre ses émotions, contre cet univers d'envies, de besoin, d'espoirs fous que Marie lui avait fait entrevoir, par-delà la tombe.

— Un liséré bleu ?

— Oui-da, une manifestation fréquente de l'intoxication au plomb. Un vieux souvenir glané dans mes lectures qui m'est revenu.

— Et ni les deux François de Vigonrin, ni Guillaume ne le présentaient ?

— J'en suis presque certain pour les deux premiers. Quant au petit baron, j'en jurerais.

— Pouvez-vous le vérifier ? Ce liséré persiste-t-il après l'attaque du poison ?

— Il semble que ce liséré ne disparaisse que très lentement, même après qu'ait cessé l'intoxication. Il me suffirait donc d'examiner la cavité buccale du petit… Non ! Quelle buse, mais quelle buse je fais ! Non, cette coloration n'apparaît que lors des intoxications de longue durée, à

1. Liséré de Burton.

2. Expression qui nous vient de l'ordalie. Le prévenu posait sa main dans les braises. S'il disait vrai, Dieu lui éviterait les brûlures et sa main était supposée ressortir indemne.

doses assez modestes pour accomplir leurs méfaits en sournoiserie. Or, si on admet l'hypothèse d'un enherbement, sa fatale issue survint en quelques jours pour les deux François.

Hardouin fournit un considérable effort afin de ne pas laisser paraître sa cuisante déception. Antoine Méchaud reprit d'une voix désolée :

— C'est que… mes connaissances en matière de substances maléfiques sont bien piètres, je l'avoue.

Un court silence s'installa. Soudain, le mire blêmit et cria presque :

— Que n'y ai-je pensé plus tôt ! Ah quel vieil imbécile je fais ! Je me déteste… Buse, en vérité, une buse ! Pas d'oligurie ! Aucun des trois ! Je me souviens que François de Vigonrin, le fils, en pleurait d'humiliation parce qu'il avait pissé au lit, tel un enfançon !

Perdu, sentant pourtant la chance revenir, Hardouin se contraignit à garder un ton calme pour s'enquérir :

— De grâce, éclairez-moi. Oligurie ? Qu'est-ce ?

— Une raréfaction importante du volume des urines émises, typique d'une intoxication aiguë au plomb[1]. Mes trois patients pissaient tels vous et moi. Davantage même, en raison des multiples tisanes ou bouillons que j'avais recommandé qu'on leur fît boire.

Une violente émotion étreignit Hardouin qui débita :

— Messire mire, cela signifie donc que les mâles Vigonrin n'ont pas été enherbés au plomb. Or, qu'a découvert la baronne mère dans le psautier justifiant l'arrestation de madame Mahaut ? Du plomb ! N'est-ce pas bien étrange ? L'excellence de votre art sauvera peut-être une femme innocente du bûcher. Tudieu : quelle merveille que la science !

Antoine Méchaud se leva d'un bond du coffre-banc, soudain agité par une énergie peu commune. Il s'énerva :

1. Le plomb est, entre autres, néphrotoxique.

— Ah, Dieu du ciel… Ah, messire Venelle… Ah, je ne sais comment vous exprimer ma gratitude, ma reconnaissance… Ah, quel ami vous faites… C'est Dieu qui a voulu que votre chemin croise le mien…

Interloqué, M. Justice de Mortagne l'interrompit :

— Ah ça ! Mais… je… enfin si l'un de nous deux est redevable à l'autre d'un précieux appui… c'est moi ! Enfin, messire, je vous l'assure. Je suis votre débiteur, à votre heure et votre souhait.

— Oh que nenni ! s'obstina le médecin. Je suis votre obligé, messire, j'insiste. Peu d'êtres m'auront tendu la main ainsi que vous venez de le faire. Entendez, messire Venelle : vous venez de m'offrir un immense soulagement. Mon art, ma science, mon expérience vont sauver une créature de Dieu. Parce que je sais ce que tant d'autres ignorent, une femme injustement accusée vivra. Ah, quel magnifique présent vous me faites là, en un moment où je doutais tant de mon utilité… de ma science, justement, laquelle est bien modeste, je vous l'assure ! Ah, quel bonheur, quelle infinie récompense ! Soudain terriblement grave, le médecin déclara : Monsieur, le merci à vous, du fond du cœur !

✠

Écoutant à peine le mire, Hardouin laissa échapper un long soupir. Il avait la sensation qu'une chape malfaisante venait de s'évanouir. D'un coup, l'air qu'il inspirait redevenait vivifiant, la fatigue des derniers jours s'était dissipée comme par enchantement. Il allait sauver Mahaut, pour sa sœur Marie. Oh certes, il n'effacerait pas un inique bûcher de justice en en empêchant un autre. D'ailleurs, il ne le souhaitait pas. Il voulait conserver cette immense plaie à son âme, parce que, au fond, cette blessure lui avait soudain fait prendre conscience de sa vie. Mais justement, cette vie inespérée, sa vie, revenait de droit à Marie. Il voulait conserver sa dette envers elle jusqu'à son dernier souffle par superstitieuse crainte que le précieux fantôme ne l'abandonne tout à fait une fois la créance remboursée. Si l'imitation d'existence dans laquelle il s'était complu tant d'années lui avait paru confortable, la venue de Marie avait provoqué un tel cataclysme que rejoindre à nouveau ce désert de sens, de signes, d'émotions était maintenant impossible.

— Qu'allons-nous faire ? demanda le médecin, presque penaud.

— Je ne sais au juste, d'autant que ma journée du demain est consacrée aux Clairets et à messire de Tisans. En tout cas, tout ce qui est en notre pouvoir ! Ce Fauvel, cet aesculapius vous a donc prêté renfort afin d'examiner madame de Tisans ? Qu'en avez-vous fait ?

L'embarras le disputa au regret en Méchaud. À la vérité, Hardouin avait fait taire en quelques phrases la lancinante interrogation, le tenace reproche qu'il s'adressait depuis des mois, convaincu de la médiocrité de son art. Il lui en était si reconnaissant. Avoir, à nouveau, le sentiment que son savoir faisait une différence, œuvrait pour un mieux, l'avait rajeuni d'un coup. Toutefois, l'infranchissable limite restait, resterait ce pacte tacite de secret qui le liait à ses patients, morts ou bien vifs.

— Je ne puis me laisser aller à des bavardages en la matière, et vous m'en voyez fort marri. Avec votre permission, je réserve mes observations et celles de mon éminent confrère, surtout les siennes, d'ailleurs, au père de madame Henriette. Pensez-vous que je puisse le venir entretenir de cette affaire, au tôt demain, en l'auberge ? Ne m'en veuillez pas, de grâce.

— Oh, loin de moi cette pensée ! En vous priant, bien au contraire, d'excuser ma stupide insistance. Je ne pense pas beaucoup m'avancer en vous affirmant que messire de Tisans vous sera gré de lui confier votre sentiment au sujet de sa défunte fille. Inutile de vous dire qu'au-delà de son terrible chagrin, il ne trouvera le repos que lorsque le damné responsable de ce trépas sera exécuté. Votre science peut l'aider.

— Surtout celle de Jehan, rectifia le mire. Il avait urgente affaire ailleurs, à ce que j'ai compris, et n'a pu demeurer plus longtemps en ville. Je le déplore.

Hardouin se leva afin de prendre congé :

— Le merci à vous, messire mire. Vous m'avez offert une précieuse lumière. J'en ferai bon usage, comptez sur moi. Inutile de prendre froid en me raccompagnant. Je retrouverai mon chemin, à moins que Julius ne m'arrache mes chausses ! À demain, donc. Je préviendrai le seigneur sous-bailli de votre venue à l'aube.

✠

Son mantel serré autour de lui, Hardouin cadet-Venelle leva le visage vers une lune blafarde, diluée par des nuages laiteux qui annonçaient la neige. Ils avaient été épargnés jusque-là, mais Bernadine était formelle : l'hiver serait tardif mais rude. Elle tirait sa conviction des oignons, affirmant que leur peau avait gagné en épaisseur, incontestable signe, selon elle, de grande froidure.

Il avança d'un pas vif, pressé de retrouver la parcimonieuse tiédeur de l'auberge, pressé de se coucher. Sans doute son habituelle vigilance lui fit-elle défaut, tant il ressassait son entretien avec Antoine Méchaud. Aussi sursauta-t-il lorsqu'une ferme poigne tira un pan de son vêtement. Une main, une toute petite main, ridée, courbée en serre, terminée de longs ongles endeuillés de crasse. Il se tourna d'un bloc, prêt à en découdre. Rien. Après un fugace instant d'incompréhension, il baissa les yeux pour plonger dans un regard bleu glacé, d'une dérangeante intensité. La mendiante. Cette vieille femme qu'il avait prise pour une gamine des rues et qui croisait son chemin avec une fréquence suspecte.

— Oh, je vois que tu te souviens de moi, mon tout beau. Tu m'avais donné une belle pièce. Vite dépensée.

Le même sourire indéchiffrable, amène ou railleur, il n'aurait su le dire, étira les lèvres minces de la vieille qui tendit une main squelettique vers lui, sans pour autant lâcher son vêtement.

— Allez, un nouveau geste de bonté, mon beau seigneur.

— Que me veux-tu à la fin ? s'énerva Hardouin. Ne dirait-on pas que tu me suis ?

Une moue amusée et finaude crispa le visage aussi ridé qu'une pomme d'hiver.

— Et alors ?

Il se souvint de leur rencontre, alors qu'elle affirmait à une jeune bourgeoise qu'elle était grosse du fils tant désiré. La vieille, le fixant d'un regard féroce et le pointant du doigt, avait éructé :

— *Quant à toi, prends garde ! On te mène, mon tout beau ! Mon tout beau couvert de sang. Tu crois et tu te trompes. Tu ne sais mais tu trouveras ce que tu ne cherchais pas. Va-t'en, hors de ma vue, sitôt ! Les sbires de l'enfer sont accrochés à tes talons. Débarrasse-t'en avant qu'il ne soit trop tard. Hors de ma vue !*

Elle avait craché trois fois au sol, se signant avant de disparaître.

De fait, il avait été mené. De fait, il s'était trompé. De fait, il avait senti les sbires de l'enfer accrochés à lui durant une nuit de fièvre, le tirant vers un gouffre dans lequel il ne devait à aucun prix les suivre.

Une autre fois, alors qu'il lui avait donné une pièce, il avait jeté, ironique :

— *Le merci n'eût pas été de trop !*

Elle s'était immobilisée avant de rétorquer :

— *En effet… La merci pour toi ne sera pas de trop !*

Presque hargneux parce qu'une sourde inquiétude lui faisait perdre le contrôle de ses mots, cadet-Venelle exigea ce soir-là :

— Pourquoi m'avoir souhaité « la merci » ? Ai-je trouvé ce que je ne cherchais pas ?

— Oh… Mais parce que, peut-être, t'épargnera-t-on. Quant au reste, toi seul peux le savoir. Souviens-toi : certains moineaux ont serres d'aigle. Bien le bonsoir à toi, joli seigneur.

Elle gloussa d'une joie qui parut mauvaise à l'exécuteur, lâcha le pan de son mantel et fit mine de s'éloigner. Il se détesta de sa réaction d'emportement mais ne put la retenir. D'un geste preste, bien trop violent, il attrapa les hardes qui la couvraient et la secoua en feulant :

— La vérité, à l'instant, vieille insensée ! Qui es-tu ? Que me veux-tu ?

Étrangement, l'accès d'humeur de l'homme ne parut pas inquiéter la mendiante, qui conserva son sourire moqueur en déclarant :

— Aurais-tu peur, beau seigneur couvert de sang ? La peur est exécrable conseillère, ne l'oublie jamais. Elle rend si convaincants des dangers inexistants qu'on finit par en oublier les véritables. Que t'importe qui je suis. Seul compte qui tu es, seras. Tant de choses ne sont pas faites pour que vous les compreniez, vous tous. Peut-être est-ce préférable. À te revoir sans doute.

Son mouvement fut si vif, si inattendu, qu'Hardouin se retrouva avec une sorte de paletot [1] en laine bouilli en

1. Du vieil anglais *paltok*, qui donna plus tard également « paltoquet », puisque le paletot était une veste, voire un manteau porté par les gens du peuple.

main, la vieille femme s'en étant débarrassé en une souple torsion de corps. Lorsqu'il réagit enfin, elle disparaissait au coin d'une ruelle, déjà si loin de lui qu'il se demanda si elle appartenait véritablement au monde des vivants. L'esprit en déroute, il jeta la loque crasseuse, une grimace de dégoût aux lèvres.

XIV

Nogent-le-Rotrou, novembre 1305

M. Justice de Mortagne fut réveillé bien avant Laudes* par le brouhaha qui provenait de la rue. Des crieurs [1] parcouraient les rues et les sentes de la ville, annonçant le menu spécial proposé par les aubergistes en ce jour de grand marché. La prospère bourgade de Nogent était courue [2] pour ses foires et ses quatre halles : au pain, aux drapiers, « aus grans estaux [3] » et aux gasteliers. Les habitants affirmaient qu'on ne trouvait pas même à Alençon ou Chartres des poissons aussi frais, grâce aux coursiers rapides qui les transportaient de Bretagne.

Il traîna, retardant le moment de descendre rejoindre Arnaud de Tisans. Lorsqu'il était rentré hier soir, assez ébranlé par sa rencontre avec la vieille mendiante, par son discours qui n'évoquait certainement pas celui des miséreux, plus ou moins véritables, qui tendaient la main aux porches des églises, il avait hésité avant de frapper à la porte de chambre du sous-bailli. Faisant fi de son exaspération

1. Personnes « louées » à la journée pour annoncer à tue-tête dans les rues la carte des établissements de restauration.
2. Dans le sens de « recherché », « réputé ».
3. Aux grands étaux, pluriel « d'étal » à l'époque.

et de son vague malaise, il avait fini par lui annoncer la venue très matinale du mire. Par décence, il avait jugé préférable de ne pas assister à l'entretien des deux hommes.

Il procéda à ses ablutions dans l'eau glaciale de la cuvette posée sur la petite table, souleva la peau huilée qui tendait sa fenêtre afin de jeter un regard dans la cour intérieure de l'auberge. Une fine pellicule de neige recouvrait les pavés. Hardouin s'en félicita : leur course jusqu'aux Clairets ne serait pas retardée, du moins si la neige ne tombait pas davantage. Bah, au pire, l'abbaye leur offrirait l'hospitalité pour la nuit prochaine !

XV

Forêt des Clairets, novembre 1305

Ils avançaient depuis plus d'une heure, suivant un des chemins de la dense forêt qui entourait l'abbaye.

— Sauf votre respect, seigneur bailli, mais nous ne serons pas rendus avant la nuit, à ce train, pesta Hardouin cadet-Venelle, qui retenait Fringant depuis qu'ils avaient quitté Nogent-le-Rotrou.

— Mille excuses, j'ai la tête ailleurs, et mon cheval en profite pour adopter une allure de haquenée, répondit Arnaud de Tisans en talonnant sa monture. Les révélations de ce mire tournoient dans mon esprit et je vous sais gré de ne pas avoir tenté de me tirer les vers du nez [1]... à moins qu'il ne s'agisse d'indifférence, ajouta le sous-bailli, d'un ton tendu.

M. Justice de Mortagne ne releva pas sitôt la pique, parce qu'il craignait de ne pouvoir atténuer l'acidité de sa repartie. Tisans avait-il oublié qu'à l'antan [2], il le considérait ainsi

1. L'expression est très ancienne et son origine fait encore débat. Une des hypothèses les plus séduisantes est la déformation du latin « *verum* », « vérité », en « vers ». Il semble en tout cas acquis qu'elle n'a rien à voir avec les vers d'un poème.

2. D'*anteannum*, « l'année antérieure », donc l'an dernier. Nous a laissé « d'antan » qui signifie aujourd'hui « il y a longtemps ».

qu'un embarras nécessaire ? Pis, un méprisable bourreau. Au fond, Tisans n'était guère différent des gens de haut qu'avait côtoyés M. Justice. « Côtoyer » étant un bien grand mot. L'histoire des autres n'importait que lorsqu'ils l'écrivaient. Ceux de bas n'existaient que lorsqu'ils leur offraient un festin de Sainte Vierge[1], ou leur faisaient l'honneur d'une visite à la naissance d'un premier fils, voire l'aumône de pains du pauvre en période de famine. Tisans le gratifiait aujourd'hui d'une cordialité qu'il n'aurait jamais songé à lui proposer s'il n'avait éprouvé le besoin de son aide. Encore plus troublant : le sous-bailli s'offusquait maintenant qu'Hardouin ne lui en soit pas éternellement reconnaissant, oubliant toutes ces occasions où il avait tourné le dos au beau milieu d'une des phrases de son bourreau, ou haussé les épaules sans même daigner répondre à l'une de ses questions. Tisans pensait-il que l'humiliation ne pouvait souffleter que ceux de son rang ?

— Aurais-je touché un point sensible, que vous ne répondiez, monsieur ? eut la maladresse d'insister le sous-bailli.

Hardouin immobilisa Fringant d'une subtile traction de rênes. Tentant, en vain, de juguler son aigreur et de garder un ton plat, il asséna :

— Brisons là[2] avec ces bien récentes manifestations d'amitié, seigneur, quand vous mîtes deux ans à vous souvenir de mon nom ? Quand vous ne vîntes en ma demeure que le mois dernier, afin de requérir faveur de moi, tout en m'escobardant. J'ose le verbe ! En auriez-vous eu le front avec un homme de votre rang ? Puisqu'il me faut, à l'évidence, appuyer le trait, et en vous priant par avance de pardonner ma discourtoisie, tenez-le-vous pour dit : nous ne sommes pas amis. Il est trop tard pour cette aimable complicité. Il vous sied aujourd'hui d'oublier le passé. Mais

1. Repas offert dans certaines régions par le seigneur aux paysans pour célébrer les moissons.

2. Cessons là.

j'ai longue mémoire. Hormis cette mise au point, je suis de tout cœur avec vous dans ce funeste et douloureux moment de père. Je vous aide, vous m'aidez. Échange de bons procédés et vous m'en remercierez plus tard, lorsque mon service ne vous sera plus d'utilité et que je redeviendrai, à n'en point douter, votre Jean-Cadavre.

Tisans blêmit sous cet inattendu camouflet. Il ouvrit la bouche, prêt à se défendre, à protester de sa sincérité, et sans doute y croyait-il vraiment. Hardouin leva sa main gantée et conclut :

— Tisans, un renard ne chasse jamais avec les chiens. Il sait que tôt ou tard, les chiens l'égorgeront. Il ne s'en rapproche, avec défiance, que lorsque la meute rabat le gibier vers lui.

— Vilaine métaphore dans mon cas, puisque me voilà transformé en chien, murmura le sous-bailli. Bien… Votre honneur que votre franchise, messire exécuteur, car je ne vous ai jamais baptisé de l'insupportable surnom de brise-cols ou de Jean-Cadavre. J'en prends bonne note et ne puis que vous remercier doublement de l'aide que vous consentez à m'apporter, puisqu'elle ne naît d'aucun attachement d'amitié. J'entends bien votre raisonnement et l'accepte : donnant-donnant, ainsi que vous me l'expliquâtes jadis.

Soudain gêné, Hardouin remit sa monture au pas soutenu. Il eût préféré une réplique acerbe et dédaigneuse plutôt que cette acceptation peinée. Il remâcha sa mauvaise humeur contre lui-même quelques instants puis haussa les épaules : et si l'inverse s'était produit ? S'il avait eu besoin du sous-bailli ? Nul doute qu'il eût été éconduit en deux phrases ! Il ne devait rien à cet homme qui l'avait toujours traité avec un mépris lointain. Leurs routes s'étaient croisées. Inutile de voir plus loin.

Ils avancèrent en silence durant une bonne demi-heure, Hardouin prêtant l'oreille aux bruits de la forêt, des bruits qui pouvaient receler des menaces, même pour deux hommes armés, entraînés et décidés à vendre chèrement leur peau. Des oiseaux pépiaient dans l'air froid, des bruissements de branchages signalaient la fuite de petits animaux que leur intrusion inquiétait. Si des malandrins s'étaient tenus en embuscade, le silence compact des bois l'aurait averti. Il soupira et tourna la tête vers M. de Tisans, s'enquérant :

— Que vous a confié le mire Méchaud, si je ne me montre point indiscret ?

— Au contraire. Il a examiné ma chère Henriette en compagnie d'un aesculapius versé dans l'art de déchiffrer les phénomènes de la mort.

— Du moins m'avait-il révélé ce point, renchérit Hardouin.

— Henriette n'a point été outragée dans sa féminité. Un tourment qu'elle n'aura pas subi, bien piètre consolation. Il semble que sa foi intense l'ait poussée à des fustigations... son dos était lacéré, portant moult cicatrices abandonnées au fil des années par une discipline, ainsi que des écorchures plus récentes. Elle avait passé une haire sous sa robe. Un gros hématome s'élargissait sur sa tempe, dont l'aesculapius n'a su dire s'il avait été provoqué par un coup ou un accident. En revanche, sa couleur attestait de sa fraîcheur. À part cela, elle était en excellente condition, très musclée pour une représentante de la douce gent.

— Aurait-elle été assommée avant d'être occise ?

— Une hypothèse parmi d'autres. Ce Fauvel a toutefois insisté, sans certitude, sur des... aspects qui le troublaient, notamment les croûtes et égratignures du dos qui ne dataient que de peu. Or, Henriette était partie quatre jours plus tôt pour la tournée des aumôneurs. On ne se fustige pas en voyage, alors que l'on nuite chez des gens presque inconnus.

— De juste, approuva l'exécuteur. Qu'en faites-vous ?

— Et si son meurtrier l'avait frappée en plus de l'étrangler ? Une des théories de Fauvel. Pis, la cordelette utilisée pour cet acte ignoble…

— Eh bien ?

— Retrouvée serrée sur le col de sa robe et l'arrière de sa coiffe. Fauvel est formel sur ce point. Si on l'avait suffoquée au travers de son vêtement à l'aide d'un lien, la peau du cou d'Henriette n'aurait pas porté des abrasions à vif, aussi étendues.

— Dieu de ciel ! souffla M. Justice de Mortagne. Cet aesculapius insinue-t-il qu'elle aurait été… dévêtue, étranglée puis revêtue ?

— Il n'insinue rien. Il affirme de façon péremptoire qu'il s'agit bien d'un meurtre, étant entendu la marque laissée par la corde, fort basse, alors que celle d'une pendaison de suicide, qu'on aurait voulu dissimuler par compassion ou afin d'éviter un esclandre [1], aurait abandonné une marque plus haute, presque sous le menton. Fauvel est certain que le lien a été serré autour du cou dénudé de ma fille jusqu'à ce que mort s'ensuive, même s'il a refusé d'interpréter plus avant ses observations, arguant qu'il ne possédait pas assez d'éléments scientifiques pour trancher. Il assure également que l'agresseur a attaqué Henriette de face et non par-derrière ainsi que la rumeur en a couru dans l'abbaye.

— À quelle raison ?

— Parce que le sillon qui marque sa gorge s'interrompt sur le larynx, là où les mains ont tendu la corde et aussi en raison de la contusion de sa tempe.

1. Du vieux français *esclande*. Bien que de même racine latine, *scandalum*, le terme était alors préféré à « scandale », dont la connotation était plus religieuse à l'époque, évoquant un événement ou une décision de nature à inciter à l'erreur ou au péché.

— Pas un lâche voleur, donc ? Mais pourquoi la dévêtir, s'il n'avait la vile intention de profiter de sa féminité ? contra Hardouin.

— La mortifier, la rabaisser ? Dès sa naissance, Henriette avait été bénie par les bonnes-dames [1] penchées au-dessus de son berceau. Elle était pieuse, intelligente, d'une infatigable vivacité, et jolie. Seul léger défaut : sans doute manquait-elle parfois d'indulgence pour ceux qui, selon elle, ne fournissaient pas assez d'efforts afin de se bonifier…

Une pimbêche [2], traduisit Hardouin en se contentant de hocher la tête. M. de Tisans poursuivit :

— Je ne compte plus les fâcheries que j'ai dû apaiser entre elle et sa puinée [3], Hermione. Hermione était un charmant petit oiseau, ravissante, drôle, légère, aimant la toilette et les rubans de cheveux. Henriette lui reprochait son manque de discipline d'esprit, de volonté de perfectionnement. Mais Hermione avait, elle aussi, un don. Elle savait rendre la vie lumineuse.

— Leur entente de sœurs s'est-elle améliorée ?

M. de Tisans baissa le regard et flatta le col de son cheval d'un geste inconscient, puis :

— Hermione nous a quittés, un an avant ma première épouse. Noyée. Un stupide accident, mais ils le sont tous. Sans doute son trépas a-t-il précipité celui de ma bien chère femme. Hermione était sa mie chérie, elles se ressemblaient tant. Henriette tient… tenait de moi.

Ne souhaitant pas poursuivre dans les souvenirs d'émotions de messire de Tisans, Hardouin revint à leur première discussion :

---

1. Gentilles fées. On ne croyait plus aux chimères, dragons, licornes, etc., en cette époque. En revanche, l'univers des fées, bonnes ou méchantes, restait présent.

2. Le terme est très ancien quoique d'origine inconnue. On trouve une comtesse de Pimbesche dans *Les Plaideurs* de Racine.

3. Née ensuite.

— Et ce mire excellent et sagace, qu'a-t-il remarqué d'autre ?

— De son inspection des avant-bras, des ongles d'Henriette, il semble qu'elle ne se soit pas défendue contre le maudit. Or, je puis vous assurer que ma fille n'était point capone, loin s'en faut. Henriette aurait navré, sans hésitation, qui en voulait à sa virginité ou à sa vie.

— Une moniale ?

— Moniale ne signifie pas victime consentante. Henriette s'en était remise à Dieu et à sa mère d'ordre, madame de Gausbert, qu'elle admirait et chérissait. Cependant, ma fille avait conscience de sa propre valeur, sans fausse humilité, et n'aurait jamais bradé [1] sa vie pour complaire à un malandrin, un voyou, un gueux violeur, bref à un inférieur, créé tel par notre Seigneur dans son infinie sagesse.

Hardouin ne releva pas, certain que messire de Tisans ne comprendrait pas l'argutie [2]. De fait, comme tant de représentants de sa caste, il se sentait d'essence supérieure par décision divine donc incontestable.

✠

Ils progressèrent durant quelques silencieuses minutes seulement troublées par l'écho mat des sabots sur la terre du chemin, les cris lointains d'animaux, le geignement des branches dénudées et sèches que leurs montures repoussaient

1. Du néerlandais ancien *braden*, signifiant d'abord « rôtir », puis « gaspiller ».

2. Le terme n'avait pas alors sa connotation péjorative de « pinaillage », mais sous-entendait une démonstration précise de nature à éclairer le débat.

parfois au passage. Hardouin humait l'air saturé d'humidité, grisé par l'odeur de feuilles en décomposition, d'humus lourd et noirâtre. Une odeur d'infinité, d'éternité.

Et si Mahaut de Vigonrin, née Leu de Cérainville, se révélait à son tour une pimbêche ? Non, impossible puisqu'elle était sœur de Marie. Assez avec cela !

Un long soupir. M. de Tisans semblait éprouver des hésitations de langue :

— Cadet-Venelle... que pensez-vous des mortifications que d'aucuns s'infligent sans y être contraints, sans expier une faute particulière ?

— Vous m'allez détester, prévint l'exécuteur en se tournant vers lui.

— De grâce, me dites. Vous êtes de franc-garrot et j'en ai besoin aujourd'hui.

— C'est que... mon opinion se trouve biaisée par... mon occupation, j'en ai conscience.

— Me dites, de grâce, insista le sous-bailli.

— Selon moi, bourreau et homme de bas, si ces pénitents avaient connu la vraie souffrance dans leur chair, senti la cinglante méchanceté d'un estomac vide depuis des jours, la morsure des engelures de pieds ou de mains à l'hiver, s'ils s'étaient gratté au sang les ulcères qui rongeaient leur peau, ou avaient dû étouffer leur dernier-né faute de pouvoir le nourrir... peut-être ne songeraient-ils plus à leur haire. À moins d'imaginer un goût pour la douleur. Une délectation qui m'est trop étrangère pour que je m'incline en admiration [1]. Je connais trop la véritable souffrance, étant un de ses dispensateurs. Que sont

1. La mortification physique était l'objet d'un débat passionné mais embarrassé de la part de l'Église qui redoutait, à juste raison, des excès masochistes ou présomptueux. Au demeurant, les seules « obligations » en la matière étaient le jeûne, total ou maigre, à des périodes déterminées, et l'abstinence sexuelle durant ces périodes, hors, bien sûr, punitions

quelques coups de martinet[1], qui ne font bien souvent que renforcer celui qui se les assène dans l'idée qu'il est meilleur que les autres pécheurs. Le jeûne des bien-nourris, s'il est associé à un surcroît de charité, me semble privation suffisante pour engendrer une réflexion purifiante. Le Fils de Dieu ne s'est pas crucifié Lui-même, alors qu'Il souffrait mille morts pour nous.

M. de Tisans serra les lèvres de déplaisir et Hardouin craignit de l'avoir courroucé en tant que bon chrétien et père désespéré. Mais le sous-bailli avoua :

— Je ne puis que vous donner raison, et cette révélation au sujet de ma fille me heurte. Henriette aimait la vie, répétant qu'elle était un cadeau de Dieu et qu'il convenait à ce titre de la chérir, tout en étant prêt aux sacrifices. Petite fille, elle adorait les fleurs, les papillons, les étoiles, parce que, selon elle, ils portaient bien visible la marque de Dieu. Elle avait une voix d'ange, vous savez ? Non, suis-je bête.

✠

Leur périple se poursuivit encore. Ils devisèrent de choses et d'autres, surveillant leurs paroles de crainte d'un fâcheux commentaire pouvant se retourner contre son auteur.

---

pour des actes délibérés. L'idée des mortifications physiques a surtout été véhiculée par Paul de Tarse, treizième apôtre autoproclamé après la mort du Christ, alors même qu'il avait été un persécuteur des chrétiens, participant à la lapidation de saint Étienne. Saint Pierre et saint Jean semblent avoir contesté cette autoproclamation. Rappelons aussi que Paul de Tarse est un des théoriciens de l'état d'esclavage dans lequel on doit maintenir les femmes, en dépit de la tendresse et de la compréhension que Jésus leur montre dans les Évangiles.

1. De *martus*, « marteau ». L'origine est très différente de celle du martinet, « oiseau » qui vient de Martin (martin-pêcheur).

Évoquer les moissons, une épidémie de fièvre de poitrine, la cherté du poisson en Mortagne-au-Perche ne présentait guère de dangers. Ils bavadèrent ainsi des ruses toujours plus audacieuses des marchands de vin qui coupaient les jus francs avec une piquette, macération de marc de raisin dans une eau additionnée de miel, de plus en plus insipide ou aigrelette au fur et à mesure qu'on y ajoutait de l'eau pour la faire durer. En revanche, aborder l'Église ou la politique regorgeait de pièges et l'on se mordait vite les doigts d'un mot malvenu, à moins de bien connaître les opinions, voire les appuis de son interlocuteur.

— Représenter et faire appliquer la justice du roi n'est guère *sine cura*[1], m'en croyez. Je me sens parfois bien seul… D'autant que je dois m'attacher à régler des querelles d'approvisionnement, de mariages, d'échaudés de tous poils, que sais-je.

— Monseigneur Charles de Valois, notre suzerain et frère du roi…

Hardouin se ravisa et laissa sa phrase mourir en prétendant surveiller les alentours. Inutile de s'enquérir du manque de soutien apporté par Valois à ses baillis.

— Puis-je requérir confidence de vous, Venelle ?

— Sur mon honneur.

— Vous m'avez claqué le nez avec ma suffisance d'homme de haut un peu plus tôt…

Interrompant un geste de dénégation du bourreau, il persista :

— Si fait, si fait, certes, avec votre coutumière courtoisie. Cependant, ne doutez pas que je sais, autant que vous, le dédain d'un puissant. En cas que[2] je l'aurais

1. De *sine*, « sans », et *cura* « souci ». La locution a donné « sinécure » qui se dit maintenant d'un emploi de tout repos.

2. Il s'agit de l'ancienne locution, vilaine à l'oreille, que nous avons transformée en « au cas où ».

ignoré, monseigneur Charles se serait chargé de me l'enseigner. Aux yeux de mon maître, je suis le sieur qui nourrit et torche ses gens d'armes lorsqu'ils viennent charger les coffres de pièces des impôts qu'il s'empresse de dilapider avec ses rêves de grandeur, d'armées, de fastes, et de couronnes ! Le reste ? Ma foi, quelle importance ?

— Je vous sens bien aigre, souligna Hardouin.

— Oh, le terme est faible. Je fulmine, en vérité. Pendant que le roi, aidé de messire Guillaume de Nogaret, se démène afin de mettre au pas tous ces petits barons, comtes et seigneurs prêts à s'allier avec des envahisseurs pour quelques avantages, pendant que tous deux s'échinent à unifier le royaume, Valois s'empiffre [1], pète et ronfle en pillant le Trésor royal. Il manigance derrière le roi, j'en jurerais, afin de plumer l'ordre du Temple à son profit.

Cette virulente sortie renseigna cadet-Venelle. En dépit de son allégeance à monseigneur Charles, allégeance dictée par sa charge de sous-bailli, Arnaud de Tisans était passé sous la coupe [2] de Guillaume de Nogaret. Stratégie intéressée ou justifiée par l'admiration envers le premier conseiller du roi ? Hardouin n'aurait su le dire. Depuis qu'Adelin d'Estrevers les avait malencontreusement quittés en rencontrant la dague de l'exécuteur, le comté se trouvait sans bailli d'épée, une nomination qui revenait au roi, donc à Nogaret. Tisans avait-il avancé ses pions dans l'espoir d'être distingué et récompensé pour sa très nouvelle fidélité ? Un choix sans doute plus périlleux que ne l'avait envisagé le sous-bailli. Nogaret était certes un conseiller très prisé du souverain. Néanmoins, les engouements des puissants sont versatiles. Si Nogaret déplaisait un jour,

1. De l'ancien français *piffre* qui exprimait une idée de grosseur, d'obésité.

2. L'expression très ancienne, est tirée du jeu de cartes que l'on coupe.

Hardouin ne donnait pas cher de sa réputation, de son influence ni même de sa vie. En revanche, l'affection assez aveugle de Philippe le Bel pour son unique frère germain demeurerait indéfectible tant que Charles ne serait pas tenté par une trahison de lèse-majesté, et quelles que fussent ses erreurs ou ses fanfaronnades. Philippe, monarque de droit et sang divin [1], n'attenterait jamais à son propre sang, même s'il devait sacrifier Nogaret [2] qui ne possédait pas que des soutiens en la grosse citadelle du Louvre, loin s'en fallait.

1. À l'époque les monarques d'Europe étaient prêts à n'importe quelle « acrobatie » de généalogie pour faire remonter leur lignée au Christ, donc à Dieu afin de légitimer sans contestation possible leur pouvoir.

2. Ce qui arriva en 1309 où le roi nomma Gilles Aycelin comme garde du sceau, sceau que récupéra Nogaret en 1311.

XVI

Abbaye de femmes des Clairets, novembre 1305

Un silence de sépulcre régnait au-delà de la porterie majeure. La sœur tourière qui leur ouvrit l'huis les accueillit avec un visage de fin du monde. Autorisée, en raison de sa fonction, à adresser la parole à des étrangers, elle ne se contenta pourtant que de quelques maigres mots :

— Messire de Tisans, notre bien-aimée mère vous attend en son palais.

Hardouin, attendant que le sous-bailli le présente, s'étonna. Fichtre, les visiteurs, hormis invités particuliers de l'abbesse, n'avaient pas le droit de dépasser le carré de réception délimité par les écuries, le parloir et l'hostellerie où ils pouvaient nuiter.

— Madame ma sœur, je me suis adjoint le conseil et le soutien d'un… ami de Mortagne, messire Venelle.

Le bourreau s'inclina devant la religieuse qui le salua d'un rapide mouvement de tête en déclarant d'un ton pressé :

— De grâce, me suivez. Notre mère vous espère.

✠

Cadet-Venelle luttait contre le froid glacial qui régnait dans le bureau de l'abbesse. Elle refusait qu'on lance un feu de cheminée à la raison que de pauvres hères alentour mouraient de froid. Il sentait ses membres s'ankyloser, tout comme son raisonnement. La voix fluette quoique sèche et monocorde de l'abbesse ne l'aidait pas à reprendre le fil de la conversation, d'autant qu'elle se cantonnait depuis le début de l'entrevue dans des banalités de bon aloi, sans doute dans l'espoir de ne pas attiser le chagrin du père assis en face d'elle, livide jusqu'aux lèvres, les mains crispées sur les accoudoirs de son fauteuil. Résumant son long monologue qui ne leur avait rien appris qu'ils ne sussent déjà, elle conclut :

— En vérité, Henriette était un exemple, un modèle pour nous toutes, au point que j'avais jadis formé le projet qu'elle me succède un jour. Quelle piété, quelle force d'âme, quelle rigueur elle montrait, quel esprit aussi. En bref, quelle perte.

— Je vous suis reconnaissant du fond du cœur de cet éloge qui me conforte dans l'attachement qui me liait à ma fille de sang, madame ma mère, approuva Arnaud de Tisans d'une voix qui tremblait tant qu'Hardouin craignit qu'il fonde en larmes.

— Si je puis, et avec tout mon respect, madame ma mère… intervint-il pour la première fois.

— De grâce, monsieur mon fils.

— Henriette de Tisans avait donc quitté le monastère afin d'effectuer une tournée des aumôneurs condamnés par justice à verser amende aux ordres ?

— En effet, une tournée de quatre jours. Nous avons retrouvé son cheval non loin de l'enceinte après… après l'avoir découverte.

— Ce genre de sentences échoit en général aux auteurs d'actes coupables mais pardonnables.

Elle le détailla, ne comprenant pas où il voulait en venir, et s'enquit :

— En effet… Et ?

— Aucun d'entre eux, selon vous, même de bien méchante humeur, n'aurait l'étoffe d'un odieux meurtrier ? insista le bourreau.

— Oh, non pas, messire ! Il s'agit de gens de biens, donc le plus souvent aussi d'éducation. Ces amendes sont distribuées à la suite de blasphèmes légers ou d'insolences modérées envers un seigneur, ou même après une occasionnelle beuverie suivie d'éclats. Si leurs auteurs n'avaient point les moyens d'éviter la prison, tout juste dormiraient-ils une nuit ou deux sur la paille d'un cachot.

— Pourrions-nous en obtenir une liste ? insista l'exécuteur des hautes œuvres.

Un peu de vivacité revint à Mme Constance de Gausbert, qui déclara d'un ton beaucoup plus autoritaire :

— Enfin, monsieur, je vous l'assure : vous ne pouvez imaginer l'un d'eux commettant si répugnant assassinat, d'autant qu'ils se montrent toujours plus généreux qu'exigé d'eux par décision de justice.

— Oh, loin de moi cette supputation, madame ma mère. Toutefois, cela nous permettrait de retracer le parcours de votre fille Henriette, et peut-être d'apprendre si elle n'a pas fait mauvaise rencontre en chemin.

Tisans vola à la rescousse du bourreau, expliquant :

— Et puis… cela m'offrirait une occupation de réconfort, la sensation que je tente quelque chose.

Un mince sourire, le premier depuis qu'ils avaient pénétré dans le spacieux bureau, étira les lèvres de Mme de Gausbert qui, après une dernière hésitation, céda :

— Quoi de plus normal ? Blandine Creusot, ma secrétaire, vous préparera une liste de noms suivie des offenses.

Conscient que la règle de saint Benoît interdisait aux religieuses de parler aux étrangers et les encourageait à limiter à l'essentiel leurs échanges entre elles, Hardouin cherchait fébrilement une formulation acceptable. Il commença :

— Madame ma mère, avec tout mon respect et bien averti de la pureté de votre règle… avec votre permission, bien sûr, serait-il possible de rencontrer d'aucunes de vos filles avec lesquelles Henriette de Tisans aurait pu former une cordialité ?

L'élégant visage se ferma. D'une voix sèche, Mme de Gausbert rappela :

— Mais Henriette était aimée de nous toutes. De plus, ainsi que vous le soulignâtes, messire, aucune de mes filles ne peut discourir avec un étranger, hormis celles dont la charge consiste précisément à assurer notre lien avec l'extérieur. Elle marqua une courte pause, puis : Toutefois, par compassion et estime envers messire de Tisans, qui m'aida sans le savoir lorsque je m'indignai des meurtres de petits miséreux en Nogent-le-Rotrou, meurtres que cet amateur de gipons et de hauts-de-chausses négligeait, je puis vous accorder une tolérance limitée.

Nul ne releva le portrait peu flatteur qu'elle venait de brosser de Guy de Trais. Au contraire, tous deux s'empressèrent de la remercier pour cette entorse à la règle.

— Voyons… Qui ne se montrera pas terrorisé à l'instar d'un frêle oisillon, et qui connaissait le mieux notre chère Henriette ? Muriette Letoine, notre sœur copiste et archiviste, une très jolie main. Henriette se délectait de lecture. Brunaude de Livessan, sa voisine de dortoir, plus jeune qu'Henriette. Son noviciat achevé il y a deux ans, elle a prononcé ses vœux définitifs chez nous. Je suppose qu'elles se connaissaient bien.

Indiquant que l'entretien s'achevait, l'abbesse se leva. Ils l'imitèrent aussitôt. Hardouin s'étonna à nouveau que tant d'autorité, de prestance émanât d'une femme si frêle qu'on aurait pu la confondre avec une enfante, n'eût été son visage qui portait la marque élégante des ans. La vieille mendiante déplaisante refit une incursion dans son esprit.

La première fois, ne la voyant que de dos, il l'avait également prise pour une fillette saute-ruisseaux.

— En vérité, je ne vois que ces deux filles et vais les faire mander afin qu'elles vous rejoignent au parloir. À vous revoir sans doute, j'espère en circonstances moins funestes. S'adressant à Tisans, elle poursuivit d'une voix radoucie : Monsieur, croyez que je condolois [1]. Les paroles d'adoucissement servent peu en pareil moment. Cependant, je sais une chose : le Seigneur accueille avec un amour tout particulier celles de Ses créatures dont Il est le plus fier. Ma… notre fille à tous deux sera portée en terre à l'après-midi, aux côtés de ses nobles sœurs. Il me ferait honneur et plaisir de vous tenir la main en ce moment douloureux, monsieur.

— Le merci, madame ma mère, murmura le sous-bailli, ému.

✠

La sœur hostelière, une charmante femme entre deux âges, aux joues roses et au large sourire, les rejoignit au moment où ils débouchaient dans la cour d'honneur, nom pompeux qui désignait la modeste esplanade pavée faisant suite à la porterie majeure. Elle permettait avant tout aux chariots et chevaux d'avancer jusqu'aux écuries par temps pluvieux, leur évitant de s'embourber. Sans un mot, elle les mena.

Hardouin cadet-Venelle s'émerveilla de l'organisation du monastère. Il n'avait vu personne, surpris aucune cavalcade, et pourtant tout semblait prêt à répondre à l'ordre de Mme de Gausbert. Le parloir, vaste salle carrée qui précédait

1. De l'ancien français *condoloir*. De *cum dolore*, « souffrir avec l'autre ». Nous a laissé « condoléances ».

l'hostellerie, était ponctué de longues tables et de bancs de bois rude. La chaire sculptée de l'abbesse trônait au bout de l'une d'elles. Comble de l'attention, on venait de lancer un feu dans l'une des deux immenses cheminées qui se faisaient face à chaque bout de la pièce.

La sœur hostelière leur désigna un banc et les invita à s'asseoir avant de disparaître sur un sourire.

— Pensez-vous que la mère abbesse assistera à nos entretiens avec ses filles ? s'enquit Hardouin à mi-voix.

— À son droit et à son choix. Cela vous embarrasserait-il ?

— Oui-da. On se confie mieux aux étrangers dont on suppose qu'on ne les reverra pas et qu'ils disparaîtront donc avec vos confidences.

Le court silence d'approbation du sous-bailli lui répondit.

— Messires, puis-je ?

Ils tournèrent la tête et se levèrent aussitôt. Brunaude de Livessan, voisine de dortoir d'Henriette, se présenta. Un involontaire sourire, vite réprimé puisqu'inconvenant, joua sur les lèvres d'Hardouin. Elle était tout simplement ravissante. Le bord de son voile mettait en valeur son haut front bombé. Ses yeux étirés en amande, d'un chaud noisette, pétillaient d'intelligence, sa petite bouche rouge semblait un joli fruit mûr[1].

— Madame ma sœur, notre honneur et notre reconnaissance à vous voir nous rejoindre, déclara l'exécuteur en s'inclinant à nouveau.

---

1. Les critères de beauté au Moyen Âge étaient assez différents de ceux qui s'imposèrent à partir du XVIIIe siècle. Les belles femmes étaient assez petites, très minces mais sans maigreur considérée comme un indice de mauvaise santé, à petits seins. Les fronts étaient très hauts et souvent épilés, la bouche petite, la peau très pâle et si possible sans grains de beauté, jugés comme des imperfections. Les mains devaient être longues et fines. Les yeux un peu en amande étaient très prisés.

— Auxquels s'ajoute ma vive appréciation de père blessé, renchérit le sous-bailli.

Dès qu'elle parla, M. Justice de Mortagne révisa son jugement très flatteur et pour le moins hâtif.

— Mon devoir d'obéir à un ordre de notre bien-aimée mère, messires. Cela étant, et si je puis, que cette conversation soit aussi brève que possible. Hormis le fait que je ne connaissais Henriette que de proximité de lits de dortoir, j'ai fort à faire, ayant été désignée semainière de cuisines.

Ses mots trahissaient un tel dédain, une telle morgue que cadet-Venelle sentit qu'ils ne tireraient rien de cette femme.

— Or donc, vous n'aviez pas formé de cordialité particulière avec Henriette de Tisans ? insista-t-il pourtant.

— Quelle déroutante suggestion, rétorqua-t-elle presque ironique. Je n'ai pas rejoint, à mon désir, le monastère des Clairets pour forger des amitiés mais pour servir Dieu de toute mon âme, en étudiant, apprenant, travaillant au mieux de mes forces afin que ce service Lui plaise et si possible Le comble. Me suffisent l'approbation et l'estime de notre mère pour être heureuse.

Stupéfait par cette tirade d'une sécheresse de cœur étonnante, inquiet de la réaction d'outrage que pourrait manifester, à juste titre, messire de Tisans, Hardouin tenta :

— Enfin… étant toutes deux damoiselles de haut, sœurs en ordre, et voisines de nuit, je pensais que…

Elle l'interrompit d'un petit geste impatient et souligna :

— Et quoi ? Parce que nous dormions à quelques pieds l'une de l'autre, nous aurions dû devenir sœurs de sang et confidentes ? Quant au lignage, il ne doit pas interférer ici. De plus, pardonnez-moi ma brusquerie en la matière, mais savez-vous bien qui sont les Livessan ?

Nos quartiers de noblesse et la pureté de notre sang ne peuvent ici se comparer qu'à ceux de la famille de madame de Gausbert !

M. Justice de Mortagne se figea après ce sévère camouflet qui visait Tisans, et il redouta un éclat. Au lieu de cela, le sous-bailli, blême de vexation, se leva du banc, mains fermement appliquées sur la table afin qu'on ne les voie pas trembler de rage contenue. D'une voix glaciale, il lâcha :

— Votre chemin pour plaire au Divin Agneau sera long, madame. Nous vous remercions de votre aide précieuse que je ne suis pas prêt d'oublier. À vous revoir, sans doute.

D'un petit mouvement élégant, elle inclina la tête sur le côté pour prendre congé. Hardouin se leurra-t-il dans la semi-pénombre du parloir mal éclairé ou une ombre liquide assombrit-elle le joli regard l'espace d'un fugace instant ?

Dès qu'elle fut partie, l'exécuteur des hautes œuvres déclara :

— Louable retenue de votre part, seigneur bailli.

— Elle m'a coûté ! Au-delà des pesteries lâchées par cette bouche d'un charme trompeur, une question me taraude : Henriette n'avait-elle pas mérité, au cours de toutes ses années passées en ce lieu, l'affection de ses sœurs ?

— En contradiction avec ce que nous a affirmé l'abbesse, me semble-t-il, rétorqua Hardouin.

Au moment où il prononçait ces mots de consolation, un vague souvenir lui revint, qu'il n'approfondit pas, interrompu par l'entrée d'une très grande femme, à la peau d'une blancheur spectrale, au regard d'un bleu de myosotis et aux sourcils si blonds qu'ils paraissaient blancs. Il émanait d'elle une indiscutable froideur.

Ils se levèrent et elle s'avança vers eux en les scrutant, mains croisées sur le devant de sa robe. Hardouin remarqua aussitôt que le pouce, l'index et le majeur de sa main droite étaient tachés de noir de charbon, du bleu profond de l'oxyde de cobalt qui avait remplacé la poudre de lapis-lazuli d'un prix exorbitant, et d'or de feuilles [1]. Elle portait des sur-manches [2] constellées de souillures d'un rouge intense qui semblaient récentes. Elle s'éclaircit la gorge avant d'annoncer, sans surprise :

— Muriette Letoinc, sœur copiste et archiviste. Ma chère mère… vous savez cela.

Peut-être le silence imposé en l'abbaye expliquait-il son ton incertain, ses mots qui semblaient avoir du mal à se former ? À moins qu'il ne s'agisse de timidité, une timidité dissimulée derrière une apparence distante.

— J'espère, madame ma sœur, que nous ne vous avons pas interrompue dans quelque délicate miniature, observa M. Justice de Mortagne, faisant allusion aux taches de pigment rouge [3].

Elle sourit :

— Non pas, j'encrais en effet. Cependant, une interruption est bienvenue de sorte à préserver la concentration. Un emballement de main est si vite arrivé. Il faut alors gratter le parchemin [4] avec légèreté… tâche encore

---

1. Les couleurs au Moyen Âge n'étaient jamais mélangées parce que l'on maîtrisait mal les réactions chimiques entre elles.

2. Il s'agissait de demi-manches, en tissu ou cuir épais selon l'occupation, dont l'objet était de protéger le vêtement, voire les avant-bras dans les métiers où l'on utilisait des outils dangereux. Leur usage persistera jusqu'au XXe siècle.

3. En réalité, le terme « miniature » vient de minium, un oxyde de plomb rouge, utilisé par les enlumineurs. Il n'a pris son sens actuel de dessin très minutieux de petites dimensions qu'au XIXe siècle.

4. Des peaux de mouton, chèvre, veau.

plus périlleuse lorsqu'il s'agit de velin[1]... des jours de travail perdus. Ma chère mère d'ordre m'indique que vous souhaitez m'entretenir de notre pauvre et regrettée Henriette ?

Hardouin cadet-Venelle tourna le regard vers le sous-bailli, attendant sa réaction. Mais celui-ci semblait inerte. Aussi attaqua-t-il :

— De grâce, madame ma sœur, assoyez-vous. Nous cherchons... je ne sais trop quoi. Des bribes[2] de tout et de rien qui pourraient orienter l'enquête que nous allons mener afin de satisfaire le besoin légitime de justice de l'abbesse, ainsi que celui de messire de Tisans. Que pouvez-vous nous en dire, votre sentiment ?

— Oh, fort bon, excellent. Une femme, une sœur admirable, un exemple pour nous toutes.

Un discours parfaitement rodé[3]. Hardouin ne s'attendait guère à autre chose. Il n'espérait pas apprendre grand-chose de la bouche de ses interlocutrices. Mais leurs gestes, leurs regards les trahiraient, si quelque chose se dissimulait dans cette admirable abbaye.

— Nous n'en doutons pas un instant. Pourquoi madame Constance de Gausbert vous a-t-elle citée comme témoin de la personnalité d'Henriette ? La connaissiez-vous d'amitié ?

En dépit de son sourire, Muriette Letoine cligna des paupières très rapidement.

— Henriette était notre amie à toutes. Je la connaissais peut-être un peu mieux que d'autres puisque, d'une grande

1. Peau de veau mort-né, plus fine et souple que le parchemin et beaucoup plus chère.

2. À l'origine un morceau de pain, puis les restes d'un repas. A pris au figuré la signification de « miettes, petits morceaux ».

3. De *rodere*, « ronger ». Au figuré, abraser des pièces afin qu'elles fonctionnent dans un ensemble.

érudition, elle éprouvait une passion, tout à fait pieuse, pour les manuscrits, les écrits de nos grands théologiens. Elle venait souvent au scriptorium, oh rien de très imposant, juste une salle où je recopie des textes de notre bibliothèque, très dégradés par les insectes ou les moisissures, et où une petite novice à la main très sûre m'aide à recoller les feuillets et à restaurer les couvertures.

— Ah oui, en effet, madame de Gausbert l'a mentionnée… euh… Lu… Si… non… euh…, mon souvenir s'embrouille… mentit effrontément Hardouin, profitant de l'apathie de chagrin de messire de Tisans.

— Marguerite Fouquet, l'aida Muriette Letoine.

— Voilà ! Le merci à vous. Qu'une longue route de deux jours et la funeste nouvelle soient les excuses de mon esprit confus. Henriette avait-elle, elle aussi, une jolie main ?

Après un furtif regard à M. de Tisans, elle temporisa :

— Elle avait fort belle écriture. Une admirable rotunda[1] et une cursive[2] délicieuse. Toutefois, l'enluminure, qu'il s'agisse de lettrines ornées ou de vignettes, exige une minutie, une humi… Les enlumineurs sont à l'image de fourmis, traquant pour leur satisfaction des détails infimes que nul autre ne remarquera, tenta-t-elle de se justifier en s'embourbant.

Elle avait ravalé la vertu « d'humilité », sans doute parce qu'Henriette n'en faisait guère montre. Une première encoche à ce déluge d'éloges. Ce détail infime s'ajoutait à l'intuition qui frémissait en l'exécuteur. Ce deuil auquel il s'était associé, un peu contraint et seulement

1. Lettres assez carrées, très lisibles, réservées aux sommes de connaissances ou aux manuscrits juridiques.

2. Ou bâtarde gothique. Lettres très chargées de boucles et de fioritures, tracées à plume non levée, pénibles de lecture, réservées aux lettres, registres, et livres de comptes en langue vernaculaire.

pour se conserver les bonnes grâces de Tisans, déboucherait-il vers autre chose qu'un ignoble meurtre d'opportunité commis par un vaurien ? Conscient qu'il mettait la charrue avant les bœufs, il s'exhorta à la prudence. Après tout, coutume voulait que l'on couvrît les défunts de dithyrambes, quand bien même on se félicitait de leur trépas.

— Il est vrai que le scriptorium est une aimable pièce, reprit-il. Tant de merveilles sont couchées sur les feuillets qui préservent le génie des grands penseurs. De plus, il y fait doux.

— Oui-da. Les encres gèlent si vite, et ces scélérates de moisissures et de larves d'insectes se délectent de l'humidité d'un lieu. Songeant soudain qu'il accusait peut-être Henriette ou elle de mollesse de confort, elle précisa d'un ton précipité : En plus de lire et de s'intéresser aux ouvrages que je restaurais, Henriette… travaillait.

— À quoi ?

Elle papillota à nouveau des paupières et son regard se perdit derrière lui. Elle serra les lèvres, les doigts de sa main droite se refermant en poing. Elle prit une longue inspiration et il sut qu'elle allait mentir.

— L'éloge d'une vie de sainte, bafouilla-t-elle enfin.

— Je suis certain que monsieur de Tisans aimerait savoir à quelle noble et parfaite existence sa fille se consacrait, la poussa Hardouin.

— Euh… Eh bien, mais… sainte Apolline qui, après avoir été brutalement édentée, sauta dans un brasier et y fut consumée vive plutôt que de prononcer les paroles impies qu'on exigeait d'elle.

— Oh, remarquable. Madame ma sœur, selon vous, une vile âme aurait-elle pu détester Henriette ou lui tenir rancune ?

— Non pas, jamais ! Je vous l'affirme, elle était une lumière, un guide, un modèle pour nous toutes. Quel effroyable chagrin, quelle immense perte !

Et pourtant, le regard myosotis, qui abandonna un point situé dans son dos pour se fixer à nouveau sur lui, resta glacial.

— Acceptez, je vous prie, toute notre reconnaissance pour votre patience et votre sincérité qui nous aident fort, déclara Hardouin, en détaillant le fard qui montait aux joues pâles de la religieuse.

Elle se leva et, après un rapide salut de tête, quitta le parloir.

✠

— Merci, Venelle, de ne pas me tenir rigueur de mon mutisme, de l'errance de mon esprit, lâcha soudain messire de Tisans. Je… Enfin… j'ai senti que si je participais à cette conversation… je ne parviendrais pas à retenir mes pleurs. Il nous est tellement plus aisé de nous laisser aller aux intenses expressions de désespoir face à une femme, surtout une servante de Dieu. Aussi vous ai-je abandonné la déplaisante corvée de mener cet entretien. D'autant que notre entrevue avec l'acide Brunaude de Livessan m'avait encore davantage attristé.

— Corvée ? Non pas, rétorqua l'exécuteur de Haute Justice en se tournant d'un bloc sur sa chaise.

Sur le mur de brique situé derrière lui était accrochée une toile assez grande, de médiocre facture, représentant un évêque à genoux, entouré d'une nuée de paysans en guenilles, se battant armés de piques, de bâtons contre des soldats romains en casque, glaive brandi.

Hardouin se leva et s'approcha du tableau afin de le détailler. La voix de Tisans s'éleva :

— Saint Denys[1], évêque d'Alexandrie, dans une représentation classique, puisqu'il fut sauvé par des paysans chrétiens alors que les soldats de l'empereur Dèce le traînaient en captivité[2].

— Mais bien sûr ! s'exclama Justice de Mortagne en retenant un rire, malvenu en ces circonstances. La lettre. La lettre de saint Denys d'Alexandrie à Fabien d'Antioche, dans laquelle il évoque le martyre de Saint Apolline et d'autres ! Savoureuse association d'idées, dans l'urgence.

— Votre pardon ?

— Alors que j'interrogeais Muriette Letoine sur ce qu'écrivait votre regrettée fille, elle s'est troublée, a fixé le tableau et dit la première chose qui lui passait par l'esprit. Une association d'idées donc, entre saint Denys et sainte Apolline.

— Mais pour quelle raison ?

— La gracieuse copiste nous la baille belle[3] avec sa martyre ! Or, lorsqu'on ment – grave péché pour une servante de Dieu – c'est qu'on tient à dissimuler la vérité. Une évidence, certes, mais fort intéressante dans notre cas.

— Qu'en faites-vous ? demanda le sous-bailli, un peu perdu.

— Rien encore, ou peu. Que votre fille travaillait à d'autres écrits qu'une vie sainte. Autres écrits dont on cherche à nous dissimuler la nature. Pourquoi ? Je souhaite vivement m'entretenir avec cette novice à main sûre, Marguerite Fouquet[4].

---

1. Milieu du IIIe siècle.

2. En 250, arrestation massive des Chrétiens, connue sous le nom de persécution de Dèce, dont les mobiles sont sans doute beaucoup plus politiques que religieux.

3. Tromper, faire croire des choses fausses.

4. Pour l'anecdote, Jean Fouquet, milieu du XVe siècle, est considéré comme l'un des plus grands peintres de la première Renaissance

— L'abbesse ne l'a pas mentionnée...

— Précisément, le coupa Hardouin. Lorsqu'un cheveu me taquine[1] la langue, je le cherche dans ma bouche, pas sur la tête du voisin.

Tisans admit :

— Je ne pensais vraiment pas sourire en ce jour. Admirable sagesse populaire ! Redevenant grave, il insista : Enfin, monsieur, suggérez-vous que madame de Gausbert tenterait de taire une révélation au sujet de ma fille ? Allons, y pensez-vous ? Vous frôlez le blasphème !

— Tudieu ! Je vous croyais plus retors pour vous être frotté aux grands du monde. Me voyez : homme d'absolue foi en Dieu mais de saine défiance envers Ses créatures, même celles qui Le servent ! Madame Constance de Gausbert, ne l'oubliez pas, est aussi seigneur en son monastère. Si Dieu, en son infinie bonté, pardonne des errements, tel n'est pas le cas des puissances séculières[2] ou religieuses bien de ce monde.

— Je n'entends rien à votre thèse.

— Sans doute parce que je baigne en pleine confusion d'esprit. Cependant, un encombre m'est venu sans que je parvienne à le nommer. L'attitude à la fois bienveillante mais... défendue de madame de Gausbert, l'arrogance de Brunaude de Livessan dont je me demande si elle n'était pas de façade, du moins pour partie, la flagrante menterie de Muriette, la copiste... Je souhaite véritablement m'entretenir avec Marguerite Fouquet.

---

et l'un des plus grands enlumineurs français. Il est vrai que les enlumineurs du Moyen Âge étaient le plus souvent anonymes.

1. Après avoir qualifié un avare déplaisant ou une personne systématiquement querelleuse pour des broutilles, le terme perdit ensuite sa connotation très péjorative.

2. Qui appartient au « siècle » dans le sens de vie laïque.

— Vous ne pouvez la faire mander sans l'autorisation de l'abbesse ! protesta le sous-bailli.

— Si le jeu en vaut la chandelle [1], pourquoi pas ?

— Seriez-vous bien fol, mon ami ? Une abbesse, cousine du saint-père, mie de madame Catherine de Courtenay, elle-même belle-sœur du roi ? Vous seriez assez privé de sens pour lui désobéir ?

— Désobéir implique d'avoir reçu un ordre et de le contourner. Tel n'est point le cas. Nous n'évoquâmes jamais la novice Fouquet.

— Je ne puis approuver cette... irrévérence, cette audace ! vitupéra Tisans.

— Fort bien, je la verrai seul.

— Pour me traiter ensuite de lâche, de pleutre ?

— Certes pas. Seigneur bailli, vous êtes un politique et avez gros à perdre dans ce qui pourrait passer pour une rébellion, aussi minime fût-elle. Que voulez-vous que l'on me fasse ? Me priver de ma charge en punition ? Elle serait plaisante, celle-là, et me distrairait fort. Croyez-vous que je serais marri ne n'être plus brise-cols ? Messire, messire... vous ignorez la griserie de n'être rien, moins que rien, puisque l'on devient tout. Et puis, qu'ils y viennent et tâtent de ma langue ! Quelle fâcheuse et épineuse affaire que celle d'un grand bailli d'épée, émanation du roi et de son frère, qui recrute et rémunère un vil lieutenant de bailli pour enlever, séquestrer, torturer, tuer une douzaine de jeunes enfants, ne croyez-vous pas ? Imaginez l'ire des Nogentais et même du comté.

— Morbleu... envisagez-vous un chantage ? contra, ulcéré, le bailli. Indigne de vous !

---

1. L'expression est très ancienne. Les bougies étant très chères, si la mise lors d'une partie de cartes ou autres restait minime, elle ne valait pas le prix de l'éclairage.

— S'il en vient à cela, pourquoi pas ? plaisanta l'exécuteur dans un joyeux haussement d'épaules. Quoi qu'il en soit, le merci pour votre appréciation. Indigne de moi, certes, mais pas d'eux. Or, on ne se bat dignement que contre de dignes adversaires, le contraire serait folie. En vérité, le mieux pour nous deux est que vous n'assistiez pas à cet entretien… un brin insolite. Croyez que je ne me sens en rien la fibre d'une nourrice sèche ou humide[1] envers vous et que mon but ne consiste pas à vous protéger.

Le sous-bailli salua cette tirade d'un autre piètre sourire.

— Fichtre, Venelle, vous imaginer en nourrice humide me gâcherait le goût du lait !

Il marqua une courte pause avant de murmurer :

— Quel dommage que vous ne souhaitiez pas être mon ami, vous en avez l'ampleur et le courage. Je vous laisse, à votre guise, l'insolite, messire exécuteur, et m'en vais me dégourdir les membres du bas… où je le puis sans effaroucher nos bonnes religieuses.

✠

De son côté, Hardouin rejoignit l'hostellerie. Il trouva vite la sœur aimable qui les avait reçus un peu plus tôt. Fourbe, Hardouin l'aborda avec un sourire contrarié :

— Madame ma sœur… Avec tout mon respect, je m'étonne… D'ailleurs, le sous-bailli las d'attendre est allé se détendre les membres…

Elle haussa les sourcils d'incompréhension, sans proférer un mot.

---

1. Femmes qui allaitaient les enfants des dames de la bourgeoise ou de la noblesse, dépourvues de lait ou ne désirant pas abîmer leur poitrine, par opposition aux nourrices sèches (sans lait).

— J'avais cru comprendre... Enfin, il m'avait semblé que nous devions rencontrer une novice du nom de Marguerite Fouquet qui aide votre sœur copiste et archiviste. Peut-être a-t-elle été retenue par un urgent ouvrage ? C'est que le temps file et que la regrettée Henriette sera portée en terre sans tarder. Inhumain que de s'acharner ensuite à recueillir des témoignages, après tant d'émotion, de chagrin... Chacune ne souhaitera qu'une chose alors : prier en paix et en recueillement.

La gentille hostelière hésita à rompre son vœu de silence, silence non absolu en cas de nécessité. À l'évidence, une lapidaire réponse s'imposait :

— Messire, à mon tour de m'étonner... Blandine Creusot, la secrétaire de l'abbesse, ne m'avait précisé que deux noms. Bah, avec cette désolante circonstance, elle aura oublié celui de la novice. Je vais la quérir sitôt. De grâce, rejoignez le parloir.

Se sentant quand même coupable de cette déplaisante supercherie, mais au fond satisfait, Hardouin obtempéra. Il n'eut guère à attendre. Quelques minutes plus tard, une très jeune femme déboula, essoufflée dans la vaste salle, portant le court voile noir des novices dont dépassait une masse de cheveux bouclés d'un lumineux châtain. Après une courte révérence, elle le détailla. Tout dans son visage respirait la joie de vivre, jusqu'aux deux fossettes qui soulignaient son sourire incertain. La vitalité qu'elle dégageait charma cadet-Venelle.

— Madame, j'espère ne point vous avoir interrompue...

— Oh, on interrompt toujours une novice, messire, répondit-elle.

Il ne s'agissait que d'une boutade, et il la reçut comme telle.

— Votre pardon, je n'ignore pas combien les journées de monastère sont remplies, et vous remercie d'autant plus des quelques minutes que vous me consacrerez.

Elle cligna de l'œil, amusée, et murmura :

— Je vous en remercie également. N'ayant pas encore prononcé mes vœux, je puis encore me laisser aller à quelques menus bavardages.

— Bienheureux et flatté de vous en offrir l'occasion, madame, sourit le bourreau tant il se sentait en aise avec la très jeune femme.

— Il s'agit de l'horrible trépas d'Henriette de Tisans, je suppose ? reprit-elle, curieuse.

— De juste. Votre sœur copiste m'a indiqué qu'elle fréquentait le scriptorium où votre main sûre fait merveille.

Le visage avenant se crispa un fugace instant. Elle commença :

— Messire…

— Venelle. Hardouin Venelle.

— Messire Venelle, ai-je votre assurance que mes paroles demeureront entre nous ?

— Je ne les rapporterai, en cas d'obligation d'enquête, qu'à messire de Tisans, son père, en lui faisant jurer le secret sur leur provenance. Ma parole, madame, et maudit si je m'en dédis.

— Bien.

— Que pensiez-vous, en sincérité, d'Henriette de Tisans ? De grâce, assoyez-vous.

Elle s'installa en face de lui.

— Difficile de résumer personnalité si… entière, d'autant que je ne la connaissais que de scriptorium, justement. Disons… disons que la fougueuse piété d'Henriette lui faisait… un peu oublier les êtres. Or, notre tâche essentielle n'est-elle pas d'aider les créatures de Dieu ?

— Une sécheresse de cœur ?

— Vos mots, biaisa la jeune novice.

— Et donc, elle menait une recherche au sujet d'une sainte, vierge et martyre ?

— Vraiment ?

À son ton, il comprit qu'elle tentait de l'orienter vers une conclusion qu'elle ne pouvait formuler.

— Ah, je…

— Elle écrivait beaucoup, raison majeure de ses visites puisque le papier, les plumes et cornes à encre se trouvent dans le scriptorium, ou, bien sûr, dans le bureau de notre mère abbesse. Je n'ai pas eu, toutefois, l'impression qu'elle consultât beaucoup d'ouvrages propres à la renseigner sur la vie d'une martyre. Laquelle ?

— J'ai cru ouïr le nom de sainte Apolline.

— Vraiment ? répéta-t-elle. Messire Venelle, il se passe fort peu d'événements dérogeant à la règle en ce lieu. Notre sainte mère y veille tel un épervier. Aussi toute… extravagance se repère-t-elle vite. Cependant, le mutisme est de rigueur. Une arme à double tranchant, si m'en croyez. Le mutisme ne devient-il pas, parfois, une forme de complicité ? Notre mère que je révère, dont je comprends les incessants efforts, dont j'admire la bonté et l'abnégation, devrait y prendre garde.

— Vous m'alarmez, madame. Que voulez-vous dire ?

— Ah, mais j'en ai déjà trop dit, non que je le déplore, sourit-elle. Si vous saviez comme ce lieu m'est précieux. Je lui ai offert ma vie, sans hésitation, sans reculade, et je le protégerai jusqu'à mon dernier souffle. Contrairement à ce que vous affirmâtes à notre douce hostelière, ma mère d'ordre n'a jamais mentionné mon nom et vous avez outrepassé sa permission, j'en jurerais. Beau courage, expliquant que j'ai prétendu y croire afin de vous parler. Henriette de Tisans n'était pas la presque Bienheureuse [1] que l'on vous décrit. Ou alors, je me suis gravement fourvoyée au sujet du message laissé par le Divin Agneau. À

1. Dans le sens de personne ayant atteint la perfection chrétienne.

Dieu, monsieur. Je vous souhaite le meilleur dans votre quête.

Elle s'apprêtait à quitter le parloir, et il tenta de la retenir :

— De grâce, madame, encore une question.

Elle hocha la tête en dénégation et sortit.

Hardouin se rassit. Ses doutes se confirmaient : on leur cachait la vérité au sujet de feu Henriette. Toutefois, rien ne prouvait que ce secret ait un rapport avec son meurtre, commis à l'extérieur de l'abbaye des Clairets, à une heure tardive où nulle ne se trouvait dehors.

✠

M. Justice de Mortagne retrouva le seigneur bailli au dehors et resta très évasif sur les confidences de Marguerite Fouquet, à sa promesse. Il lui tint compagnie jusqu'à l'enterrement d'Henriette. On ne l'y avait pas convié, et la présence de M. de Tisans se limitait à une tolérance d'estime.

✠

Henriette de Tisans fut portée en terre dans le silence de ses sœurs. Lorsqu'une heure plus tard, le sous-bailli le rejoignit, cadet-Venelle évita son regard encore ravagé de larmes.

Ils arpentèrent la cour d'honneur sans un mot, le sous-bailli soufflant fort, bouche ouverte, comme s'il espérait évacuer une douleur lui broyant la poitrine. Enfin, il formula avec peine :

— Que se passe-t-il, Hardouin ? Je ne… Cette haie de religieuses et de novices entourant leur mère et le prêtre[1]… Une bonne centaine…

Étonné, vaguement ému que le sous-bailli l'ait appelé par son prénom, Hardouin s'enquit :

— Et ?

— Et ? Madame de Gausbert et moi-même avons été les seuls à pleurer ma défunte fille. Que se passe-t-il, de grâce et par pitié ?

— Je ne sais au juste. Sur mon honneur. J'ai toutefois formé le sentiment qu'en dépit de ses vertus de piété, et de ses qualités d'esprit, la damoiselle Henriette n'avait guère suscité la tendresse ou l'affection.

— Faudrait-il être aimée pour être bonne ? rétorqua M. de Tisans en défense.

— Non, mais lorsqu'on est bon, on est en général aimé.

Sentant qu'il avait dépassé la limite en proférant une pesterie indigne du chagrin de l'autre, Hardouin ajouta d'un ton précipité :

— Votre pardon, je m'égare et m'en veux. Je détesterais vous presser en pareil moment, mais la route est assez longue jusqu'à Nogent-le-Rotrou. Il nous faudrait partir sitôt si nous souhaitons arriver avant le plein de la nuit.

— Messire Venelle, vous offenserait-il que je ne vous accompagne pas ? Je… je souhaiterais requérir hospitalité de l'abbaye pour la nuit, afin de me recueillir à l'aube nouvelle sur la tombe d'Henriette, en solitude. Je ne veux plus voir ces visages, respectueux mais si vides d'émotion. Je veux… m'ôter ce souvenir de l'esprit, il me blesse.

1. Toutes les abbayes féminines hébergeaient des religieux masculins qui célébraient l'office divin, recueillaient les confessions et dispensaient les sacrements, les femmes n'étant pas ordonnées.

— Non pas, j'agirais de même, quoique convaincu que les mauvais souvenirs sont les plus tenaces. Sachez, seigneur bailli, que je condolois de tout cœur. Et puis, qui sait, peut-être nos chemins se croisent-ils enfin en amitié ? N'est-il pas étrange qu'il faille parfois de funestes circonstances pour que les hommes se reconnaissent ?

— Belle et pénible vérité. Pour ce que cela vaut, soyez assuré, monsieur, que vous compter parmi mes rares amis serait un honneur et un bonheur. Circonstances ou pas.

Arnaud de Tisans tendit la main et Hardouin la serra sans arrière-pensées.

— Dieu vous garde, bonne route.

XVII

Nogent-le-Rotrou, novembre 1305

Une courte missive de Bernadine attendait cadet-Venelle lorsqu'il pénétra à la nuit échue en l'auberge de la Hase Guindée :

Mon excellent maître,

Vous avez pressant office en Bellême. J'ai cru bon d'envoyer Célestin vous y rejoindre au demain, avant la midi.

Au plaisir de vous revoir bien vite et en belle forme, sans oublier un robuste appétit,

Votre dévouée et très respectueuse Bernadine.

Maîtresse Hase qui avait veillé pour son retour lui servit, un peu ensommeillée, une soupe épaisse, tenue bien chaude au coin de la cheminée, une part de lard et de fromage, désolée pour la modestie du repas.

— Non pas, une merveille et une autre merveille que votre gentille attention. J'avais grand-faim.

— Bah, un bon client, pas cherche-noise[1] pour un

1. On ne sait pas si « noise » vient du latin *nausea*, « nausée », ou *nocere*, « nuire ».

fretin, ça se dorelote[1] ! L'auberge est close. Laissez tout sur la table. Je m'en occuperai au demain. Avec votre permission, je monte me coucher. Le matin sera vite là pour une tenancière de ma sorte.

— Je ne tarderai pas non plus. Encore merci à vous. Maîtresse Hase, je partirai demain au plus preste pour Bellême où j'ai… affaire… S'il vous reste encore de cette splendide soupe, elle me remplira la panse en aisance.

Maîtresse Hase garda un sourire convenu, ne doutant pas que cette « affaire » était de sang et de mort.

1. De l'ancien français *dorelot,* qui signifiait « favori choyé », a donné « dorloter ».

XVIII

Bellême, décembre 1305

Sexte* était passée depuis une heure lorsque Hardouin pénétra dans la ville fortifiée[1], chevauchant Fringant, un accessoire de son office. L'étalon noir de nuit, haut de cinq bons pieds au garrot[2], faisait partie du spectacle. Ils avaient belle et sinistre allure tous deux, s'avançant sur les places publiques, lui dans son habit de mort noir et rouge, son masque de cuir fin lui descendant bas dans le cou. Ils avançaient, tel un chimérique centaure dispensateur d'agonie, les fers claquant sur les pavés, fendant la foule massée, agglutinée devant le chafaud, attendant le supplice et le trépas d'un être. Fringant n'aurait pu être blanc, ou gris pommelé, ou baillet[3]. Il le fallait d'un noir aussi intense que les ailes d'un freux[4].

Étrange, cette association du noir avec la mort[5]. Les animaux noirs avaient toujours inquiété, voire terrorisé.

---

1. La seigneurie de Bellême fut unie au domaine royal en 1226. Elle fut ensuite liée à l'apanage du Perche qu'obtint Charles de Valois en 1303.
2. Un peu plus d'1,70 m.
3. Cheval à robe rousse tirant sur le blanc.
4. Ce que nous nommons corbeau.
5. Rappelons que pour d'autres cultures, notamment asiatiques, le blanc est couleur de deuil.

Les chats noirs, suppôts de Satan, que l'on empalait aux portes des granges afin de conjurer le mauvais sort. Les chauves-souris, censées être les éclaireurs des revenants ou du diable, que l'on attrapait de jour, au nid, afin de les jeter dans le feu. Les corbeaux, confidents des pires secrets, des plus horribles maléfices des sorciers. Les chouettes ou les hiboux crucifiés pour avoir eu le tort de chasser de nuit. Noir, nuit. L'homme est si faible la nuit, si défavorisé. Il n'y voit goutte, quant à son médiocre flair, son ouïe déficiente, mieux vaut pour lui ne pas s'y fier. L'homme redoute ce qu'il ne comprend pas ou ce qui le remet face à sa faiblesse. Mais il déteste tout autant admettre qu'il a peur. La meilleure solution, la moins humiliante, consiste alors pour lui à parer d'habits démoniaques ce qui le terrorise. *La peur est exécrable conseillère. Elle rend si convaincants des dangers inexistants qu'on finit par en oublier les véritables.* Qu'avait voulu dire la vieille femme désagréable ? Assez avec les devinettes et les charades d'une bonimenteuse de foire !

✣

Il démonta dans la cour pavée de l'hôtel occupé par le sous-bailli de Bellême. Aussitôt, un valet [1] se rua vers lui, le visage courroucé par tant d'insolence et prêt à tancer et renvoyer l'importun.

— Qui va là, l'homme ? Où te crois-tu ? Remonte sur ton bourrin et disparais.

Hardouin lui destina un regard d'un gris glacial avant de lui tendre les rênes de Fringant qui renâcla.

1. Le terme désigna tout d'abord un jeune aristocrate compagnon d'un baron, puis un domestique employé dans une demeure ou une ferme ou un salarié qui tenait une boucherie ou une poissonnerie.

— Justice de Mortagne. Ne m'échauffe pas la bile sans quoi, je pourrais me raviser. Mon cheval ne t'apprécie guère. Il est de fin jugement. Occupe-t'en bien. Il t'en cuirait, autrement. Mon jeune apprenti Célestin est-il arrivé céans ?

L'autre, qui avait sans doute reçu des ordres, s'inclina en bafouillant :

— Oh, votre pardon, messire bour… exécuteur des hautes œuvres. Oui-da, le jeune homme vous attend en l'auberge du Jarse[1] Amoureux, dans la rue du Louvetier. Pas très loin d'ici…

— Je connais, l'interrompit Hardouin en le plantant là et en lui souhaitant intérieurement bien de l'amusement avec l'étalon qui n'avait pas son pareil pour pousser du poitrail ou de la croupe un individu qui lui déplaisait, jusqu'à l'aplatir contre un mur en soufflant de menaçante manière.

✠

Le remplacement qu'Hardouin avait accepté en Bellême, à la mort de leur bourreau, Marcel Voisin dit Tue-Chien[2], trépassé au printemps dernier d'une fièvre, ne l'enchantait guère. Certes, nul ici ne connaissait son immense fortune, aussi le sous-bailli, Albert de Clairemontaine, et son premier secrétaire, un rondouillet mais agaçant Benoît Lambert, qui s'agitait sans cesse tel une poule ayant trouvé un couteau, l'avaient cajolé, supplié afin qu'il accepte de leur accorder faveur. Ils avaient doublé son salaire à tâche,

1. Jars.
2. Les bourreaux étaient entre autres chargés d'étrangler les chiens errants.

qui s'ajoutait au setier[1] de blé offert à Noël, aux sept aunes* de drap de Pâques, et autres avantages dont double havage. Hardouin avait fini par accepter, insistant sur le fait que dès que l'aîné de Tue-Chien, âgé de dix ans, pourrait reprendre la charge de feu son père, dans quatre ans[2], il mettrait terme à ce transitoire service. Benoît Lambert, se tordant les mains de désespoir, avait tenté de l'amadouer.

— Enfin, messire exécuteur ! Vous le savez, même sa mère, la bourrelle, affirme qu'il n'a point main assurée. Vous rendez-vous compte ? Un coup de hache qui rate un col amuse la foule dans le cas d'un odieux faquin, vaurien, meurtrier… en revanche, nous courons à l'indignation si la condamnée est une mignonne éplorée !

— Si elle a été condamnée à la décapitation par la hache, elle était sans nul doute coupable, avait argumenté Hardouin, amusé.

— Certes, certes… mais si elle a frais minois, pleure, supplie qu'on lui accorde le pardon… énorme différence, croyez-m'en, d'avec un gredin qui dégueule des obscénités et des injures. Enfin, la populace se conduit à la manière d'une girouette, vous le savez mieux que moi ! Non, nous avons impérativement besoin d'une belle main telle la vôtre, réputée dans tout le royaume et même au-delà des frontières puisque vous officiâtes en royaume d'Espagne et d'Italie[3].

1. Environ l'équivalent de 160 litres, un des avantages en nature fréquemment concédés au bourreau.

2. Rappelons que la majorité des garçons était fixée à quatorze ans et celle des filles à douze.

3. On accordait parfois aux condamnés « importants » le privilège de mourir vite en faisant appel à un bourreau de leur choix, qui pouvait être étranger.

— Il existe de belles lames dans d'autres comtés, avait ironisé Hardouin, bien certain qu'ils s'étaient démenés afin de les faire accourir en leur ville.

— Certes, certes, pas aussi prestigieuse que la vôtre, toutefois, avait argumenté le sous-secrétaire avant d'admettre piteusement : d'autant qu'elles n'ont pas répondu à nos pressantes missives. Une pitié, quand on y songe, assez scandaleux même. Nombre de vos cousins issus de germain [1] se sont enrichis et rechignent maintenant à la besogne de leur charge !

— Que me dites ? Bien piètre gratitude de leur part, en vérité ! avait rétorqué Hardouin, feignant si bien l'outrage que le sous-secrétaire n'avait pas perçu la moquerie et s'était empressé d'opiner du bonnet.

✠

M. Justice de Mortagne retrouva son jeune valet à l'auberge. Timide, ne sachant trop quelle contenance adopter, l'adolescent n'avait rien osé commander. Cadet-Venelle lui en fit le gentil reproche, à quoi le garçon répliqua :

— Messire, je ne savais pas si un gobelet de sidre [2] ne serait point trop dispendieux.

Hardouin songea à nouveau qu'il parlait bien, sans doute grâce à sa mère, une veuve de petits moyens qui s'était attachée à ce que son fils unique sut lire et écrire, à l'excellente raison qu'il parviendrait ainsi à trouver un

1. Membre d'une famille ayant au moins un bisaïeul en commun. De fait, la plupart des bourreaux avaient des liens de famille, ne pouvant se marier qu'entre eux.

2. Ancienne orthographe de « cidre ».

emploi d'écritures ou de comptes. L'argent se faisant rare, Célestin, qu'aucune ferme n'aurait employé puisqu'il était légèrement bossu [1], avait accepté de devenir le valet du bourreau. Sans doute cet épisodique emploi ne le remplissait-il pas d'aise, mais il avait le bon goût de ne le pas mentionner. L'éclat injurieux de la jeune Clotilde traversa l'esprit de M. de Mortagne. Pas même la reconnaissance du ventre en cette époque où les enfants ou encore presque enfants mouraient de faim ou de maladies par milliers. Bah, aucune importance. Au diable, cette fille !

Hardouin, sensible au sort d'exclu réservé au garçon s'il restait associé trop longtemps au bourreau, avait décidé de le congédier dans quelques mois, en lui offrant un petit pécule bien mérité qui l'aiderait ainsi que sa mère.

— Un ou deux gobelets de sidre ne te feront pas de mal, au contraire. En revanche, évite le vin qui monte à la tête, trouble le jugement et fait trembler la main. Restaurons-nous avant d'aller nous informer de notre tâche du jour.

— Messire Justice… Euh… bien effronté vous m'allez juger… Je… Enfin… vous êtes homme d'honneur et de bonté, en plus d'être érudit, j'en suis témoin… Comment… enfin…

Comprenant la question qu'il n'osait pas formuler, Hardouin déclara d'un ton doux :

— Je n'ai jamais frayé qu'avec le sang, la douleur et la mort. Ils ne m'effraient, ni ne me répugnent. Un boucher abat des animaux hurlant dans une tuerie [2]. Moi, des humains. Une habitude.

1. Les infirmités, voire les taches de naissance, ou même des grains de beauté trop fréquents étaient suspects au Moyen Âge et n'engendraient pas la compassion puisqu'on voyait le plus souvent en eux une marque du diable.

2. Abattoir.

De fait, il ne les voyait, ni ne les entendait plus. Il avait adopté le chemin que son père lui avait enseigné, plongeant dans une indifférence totale dès qu'il revêtait ses habits de mort rouge et noir. La masse de chair, de nerfs, d'os qui pleurait, criait ou suppliait sur la table de supplices n'existait plus. Au demeurant, une fois ressorti de la prison, ou de la chambre de Question, il aurait été incapable de se souvenir de traits, d'une couleur de cheveux ou d'yeux. Le plus souvent, seule la détestable odeur de pisse, d'excréments, de vomissures ou des chairs brûlées, remugles d'agonie et de terreur, lui parvenait.

— Ah… parce que moi, voyez-vous, sauf votre respect, eh bien… Et je ne suis pas une mazette [1]… je puis égorger un lapin ou un poulet mais… un homme et encore plus une femme…

— Je déteste égorger les poulets, bien que ne dédaignant pas de les manger ! Mais lorsque tu te résous à tuer un animal, cela sous-entend que tu l'as décidé. En d'autres termes, sans cette sentence dont tu es l'auteur, le lapin ou le poulet vivrait toujours. Je ne décide pas de tourmenter ou d'exécuter.

Hardouin passa sous silence ceux qu'il avait froidement envoyés à trépas, après mûre réflexion. Il acceptait d'en porter la responsabilité sa vie durant et au-delà.

✣

Dès après leur rapide repas, ils rejoignirent l'hôtel particulier du sous-bailli. Célestin fut chargé de récupérer Fringant et de le seller, délicate affaire avec le fougueux étalon qui ne tolérait que son maître.

1. À l'origine : mauvais petit cheval. Au figuré, personne faible, malhabile, peu courageuse.

Hardouin se fit annoncer. Aussitôt, l'assez affable mais agité Benoît Lambert parut. Le sous-secrétaire, un homme encore jeune, glabre et poupin, se rua vers l'exécuteur, débitant, à son habitude :

— Ah, messire Justice… Ah, point trop tôt, en vérité… je m'en rongeais les sangs à ne vous point voir surgir.

Lambert faisait partie de cette race d'êtres perpétuellement en retard, mais qui, bien sûr, en rejettent toujours la faute sur autrui. Aussi, Hardouin ne commenta-t-il pas, d'autant qu'il commençait à percevoir les prémices de sa familière dissociation, de cette puissante sensation de ne plus appartenir au monde ou à l'instant. Tout devenait égal. Plus rien n'importait.

Essoufflé, Lambert reprit, faisant de grands gestes de bras afin de l'inciter à se hâter :

— Votre change vous attend dans mon bureau. Tout près…

Une exigence de cadet-Venelle qui avait insisté pour que l'on conservât un double de son uniforme de mort en Bellême afin de s'éviter un périple entre Mortagne et ici sanglé dans du cuir noir et du cendal rouge dont chaque fibre gardait le souvenir de tant de cris et de suppliques.

— Holà, messire sous-secrétaire, de grâce, un instant dont vous remerciera le condamné, à n'en point douter. Qui est-ce ? De quoi est-il coupable ? Quel sera mon office ? Vous savez, pour vous l'avoir répété, comme je goûte peu d'intervenir sans rien connaître des circonstances.

Lambert pinça les lèvres de déplaisir. Enfantillages que tout ceci, perte de temps. Après tout, ils le payaient et n'avaient pas à s'en expliquer ! D'autant que la présente affaire exigeait une indiscutable finesse. Cependant, le petit homme rond se souvenait des menaces pas même voilées du bourreau de mettre terme à son remplacement en Bellême s'il n'obtenait pas satisfaction. Que feraient-ils alors ? Mon Dieu, le sous-secrétaire préférait ne pas y penser puisqu'en telles circonstances les hommes de la bourgade se voyaient contraints d'accepter la relève [1], suscitant un vif déplaisir de la population qui exigeait de belles mises à mort, sans se souiller les mains de sang. La bouche en cul-de-poule, il chuinta d'une voix trop aiguë :

— Dans mon bureau, je vous prie, messire exécuteur... un absolu secret est requis de vous... une affaire horrible... Pis encore ! Chut... oh, vraiment chuuuttt...

✣

Hardouin, partagé entre la curiosité et l'hilarité, le suivit. Lambert referma la porte de son bureau et appliqua son oreille contre le battant, à la manière d'un conspirateur craignant des espions. D'un moulinet de main, il indiqua à cadet-Venelle de le suivre à l'autre bout de la pièce. Il murmura, d'un ton d'urgence :

— Une épouvantable affaire. Si invraisemblable. Un affreux scandale en perspective. Un condamné de haut. Ah Dieu du ciel, le gredin, le scélérat, le maudit et sous notre nez !

— Mais encore ?

— Enguerrand de Silplessis !

Le nom sonnait familier à l'oreille d'Hardouin. Une famille fort riche, considérée dans la région. Enguerrand de Silplessis était bel homme, la cinquantaine tout au plus, réputé assez taciturne, surtout depuis son dernier veuvage,

1. En général le seigneur, les juges mais également le dernier arrivé en ville ou les derniers mariés.

quoique d'agréable réputation. Un autre souvenir émergea dans la mémoire du bourreau.

— Celui qui devait épouser au printemps prochain la damoiselle Aude de Clairemontaine ? Une des filles de votre sous-bailli, le seigneur Albert ?

Sa main potelée plaquée sur la bouche, Lambert, les larmes aux yeux, marmonna :

— Si fait… Ah, mon Dieu quelle horrible horreur ! Quel monstrueux scandale. Le seigneur Albert de Clairemontaine ne s'en remet pas. Il est tout amaigri, me causant bien du tracas.

Hardouin songea en son for intérieur que Clairemontaine pouvait perdre une petite moitié de son lard et de ses bajoues sans qu'il convienne de s'en inquiéter. Le sous-bailli évoquait un muid [1] monté sur courtes pattes.

— Hum… et de quoi est donc coupable Enguerrand de Silplessis ?

— Suppôt du diable, sorcier, profanateur de sculptures, coupable de culte de latrie [2] et de dulie [3], enlèvement de jeunes enfants, viols, assassinats…

— Diantre, souffla Hardouin cadet-Venelle, redevenu sérieux. En êtes-vous certain… il s'agit d'un homme de haut, choyé du sort, riche… Que pouvait lui apporter, qu'il n'eût déjà, de vendre son âme au diable ?

— La vie éternelle, précisa le sous-secrétaire d'une voix tremblante.

---

1. Volume d'un tonneau d'environ 270 litres à Paris, le mesure variant selon les régions ou le fait qu'on y conservait et vendait des denrées sèches ou des liquides.

2. Culte de latrie : que l'on rend à Dieu seul. Dans ce sens : culte que l'on rend au diable en le considérant comme Dieu.

3. Culte de dulie : que l'on rend aux saints. Dans ce sens : prier des démons afin qu'ils intercèdent auprès du Diable.

— Ah, l'inusable fable des esprits faibles. Et il a avoué, sans l'intervention de... mon art ? s'étonna le bourreau.

— Que oui ! Et fier tel un poul[1] avec ça, dressé sur ses ergots ! siffla le petit homme rond, indigné. Il se vantait des monstruosités qu'il a commises, se délectait de nous raconter la vigueur de son membre viril lorsque le sang des fillettes égorgées coulait sur sa peau nue. Ah, j'ai cru dégorger, et messire de Clairemontaine était aussi blanc qu'un linge, songeant sans doute à quoi sa fille chérie venait d'échapper ! Quant au seigneur inquisiteur nommé afin de recueillir les aveux de ce démon, il a gardé son crucifix serré dans sa paume tout au long des audiences. Ce maudit de Silplessis est certain d'être ressuscité par le maître des enfers. Tout comme il est convaincu que la douleur des tourments ne l'atteindra pas.

— Oh, un client ainsi que je les préfère, fat, stupide, des crimes sans atténuation, sans pardon possible, ironisa Hardouin. J'ai hâte de le détromper.

— Euh... comprenez, messire exécuteur, que... enfin...

— Il ne doit pas se mettre à brailler en place publique et vomir des obscénités au sujet de la damoiselle Aude ou de son père ?

— Voilà ! Quand je pense... ce monstre tout droit dégueulé par l'enfer paradait devant nous et ses juges, se pavanait[2], se vantant de ses crimes abjects ! En jouissait... m'entendez-vous ! Il en jouissait encore ! cria Lambert, rouge de colère. Savez-vous, messire Justice de Mortagne... il m'est rarement arrivé d'exécrer un être. Tous ceux dont j'ai rédigé la sentence, après délibération des juges et du sous-bailli, possédaient au moins une trace d'humanité.

---

1. Il s'agit de l'expression d'origine, avec « poul » au masculin qui signifiait « coq », expliquant notre expression actuelle qui n'a pas grand sens « fier comme un pou ».

2. De *pavo, pavonis*, « paon » en latin.

Certains pouvaient se prévaloir de circonstances… d'excuses qui, si elles ne furent pas retenues, n'en existaient pas moins. Puisque j'assiste aux débats, j'ai parfois éprouvé du regret, tant il m'apparaissait qu'un coupable avait été si malmené par le sort qu'il eût fallu un miracle pour qu'il ne terminât point enchaîné sur notre banc. Mais lui… n'est pas, plus une créature de Dieu. Il jouissait, je vous l'assure, en dégustant le souvenir de ses meurtres, des supplices qu'il infligeait, en évoquant les pouvoirs que son maître à cul de bouc lui avait concédés. Et encore, puisqu'il s'agit d'une procédure inquisitoire, donc secrète, je ne puis tout vous raconter. À dégorger, je vous l'assure !

— Eh bien, nous allons apprendre à Silplessis que si le plaisir est fugace, la souffrance est infinie, murmura Hardouin.

Il détailla le regard affolé du petit homme, ses joues enfantines crispées de fureur et de dégoût. Lambert se souvenait, en dépit de ses efforts pour oublier, jusqu'où peut mener la cruauté humaine. Hardouin en savait bien davantage que lui à ce sujet. Cependant, lui avait appris à estomper, à évacuer le dernier son, la dernière image dès qu'il se lavait les mains et le visage du sang qui les couvrait. Le sang de l'autre. Pour la première fois depuis le début de leur collaboration, le sous-secrétaire ne lui faisait pas l'effet d'un énervant toton [1], s'éparpillant ci et là.

Benoît Lambert récupéra un court rouleau de papier sur son bureau, fermé du sceau du sous-bailli de Bellême, en précisant :

— Vous vous en doutez : le seigneur sous-bailli n'a ressenti aucune envie d'alléger sa peine d'un *retentum* confidentiel. Au demeurant, il a fourni de considérables efforts pour ne pas l'occire de ses mains.

1. Petite toupie.

Hardouin ne s'en étonna point. Peu connaissaient l'existence de ce *retentum*, une mesure d'indulgence réservée aux condamnés à qui l'on concédait des circonstances d'atténuation. Le seigneur bailli ajoutait alors une ligne en bas de la sentence, au seul usage de l'exécuteur des hautes œuvres, lui indiquant, par exemple, d'abréger les tourments d'un supplicié en ne les infligeant qu'une heure au lieu de deux ou trois ou même de rompre discrètement le col d'un condamné au bûcher de justice avant d'incendier la paille recouvrant les branchages. D'autres, souvent des femmes, étaient enivrés avec force gorgeons au point de ne plus comprendre que la lame brandie au-dessus d'elles allait s'abattre sur la bille de bois du chafaud.

— Toutefois, poursuivit le sieur Lambert, Enguerrand de Silplessis est, certes, de haut. Aussi, afin d'éviter d'embarrassantes questions et un opprobre qui ne manqueraient pas de rejaillir sur sa famille, voire sur toute la noblesse de notre coin de terre, après… votre office, qui ne sera pas rendu public, il sera revêtu et décapité à l'épée.

— Je doute qu'il mérite mon *Enecatrix*, commenta Hardouin en faisant allusion à la magnifique épée à feuille, qui le servait sans jamais faillir, dans son œuvre de mort.

— Il ne mérite même pas la corde pour le pendre, siffla Lambert, mauvais.

— Permettez-moi de me vêtir, déclara alors Hardouin.

— De grâce, messire, de grâce…

Benoît Lambert trottina tel un mulot bien nourri vers la porte de son bureau, pila et se retourna pour ajouter :

— La procédure est inhabituelle, mais il nous semble préférable, afin de ne pas vous déranger deux fois ou vous retarder en notre ville, que l'exécution ait lieu avant le soir échu, après… le reste.

Le bourreau retint un sourire : Albert de Clairemontaine voulait en finir au plus vite, par détestation de Silplessis mais surtout afin d'éviter que celui-ci ne parvienne à évoquer, de quelque manière que cela fût, la damoiselle Aude et leurs prochaines épousailles.

✣

M. Justice de Mortagne enfila son caleçon ajusté de cuir noir, sangla son pourpoint de cendal rouge sang sur lequel les giclures se remarquaient moins. Il passa dessus une sorte de long tablier de cuir à manches, noué dans le dos, qu'il ne retirerait qu'au moment de l'exécution, après le reste. Enfin, il plaqua le masque noir sur son visage. Un soupir. Il bascula dans un autre monde, un monde où plus rien ni personne n'existait, hormis quelques heures passées dans une salle de Question, puis sur une place publique. Des heures qui ne laisseraient ensuite, lorsqu'il aurait réintégré l'univers des vivants, pas plus de traces qu'un pétale tombé au sol, une goutte rejoignant la mer.

✣

Il récupéra Célestin qui avait enfilé sa tunique de cuir noir à large ceinture, le masque qui lui couvrait le haut du visage et les sabots, uniforme du valet du bourreau. Ils quittèrent la cour pavée. Leur apparition dans la rue engendra un épais silence qui les escorta jusqu'au château. Les passants longèrent les murs des maisons afin de leur laisser passage, une commère tira son enfançon dans ses jupes en un geste inconscient de protection, des commerçants baissèrent le nez, prétendant ne pas les voir.

Les gardes qui attendaient l'heure de la relève à la grille les laissèrent passer sans un mot, comme s'ils redoutaient une sorte de contagion.

Hardouin cadet-Venelle, flanqué de Célestin, dévala les marches de pierre qui menaient aux geôles, creusées en sous-sol du château. La lumière de ce début d'après-midi filtrait par les soupiraux et les guida dans la pénombre épaisse. Hardouin se souvint du très jeune homme qu'il avait occis prestement ici, quelques semaines plus tôt, par mansuétude. Il revit la mère dévastée à l'idée que son fils parricide serait martyrisé et exécuté pour l'avoir voulue protéger des coups mauvais d'un mari ivrogne et violent. À cet instant précis, un souffle tiède avait caressé la nuque gainée de cuir du bourreau. Il s'était convaincu que Marie de Salvin venait au secours du jeune homme[1]. Comment s'appelait-il, celui dont il avait rompu les vertèbres pour lui éviter la souffrance ? Il avait oublié. Aucune importance.

Un garde se porta vers eux, levant son esconce[2]. Respectueux, il s'enquit :

— Messire Justice ? C'est rapport au sieur de Silplessis ?

— En effet. Mène-nous, je te prie.

Le garde les précéda dans le couloir en terre battue, au plafond voûté. Ils longèrent des alcôves exiguës taillées dans la roche, dans lesquelles un homme ne pouvait se tenir debout. Le garde précisa :

— J'las traîné dans la salle de Question. Y m'a proposé une ronde somme si j'le laissais échapper ou même si j'lui prêtais une lame afin qu'y s'finisse avant votre arrivée. Mais j'vas pas accepter d'l'argent du démon !

---

1. *Les Enquêtes de M. de Mortagne, bourreau*, tome I, *Le Brasier de Justice*, Flammarion, 2011.

2. Sorte de petite lanterne en bois ou métal dans laquelle on plaçait une bougie ou une lampe à huile afin de protéger la flamme des courants d'air.

Il cracha par terre. Hardouin retint la réflexion perfide qui lui montait aux lèvres : « D'autant que tu ne voyais guère comment il pourrait te payer ! » Que lui en chalait ? L'autre, un peu déçu de ne recevoir aucun compliment sur sa probité contrainte, reprit :

— C't'une idée à moi. Pour vous éviter la tâche et rapport aux cris.

— Oh, monsieur Enguerrand de Silplessis est d'éducation et s'efforcera de ne point nous casser les oreilles.

Parvenu devant l'épaisse porte renforcée de clous et de traverses, Hardouin expliqua :

— Merci de ton aide, l'homme. Silplessis étant détenu en *murus strictus*[1] et au secret, nous pénétrons seuls.

— Oh ben, on s'cherchera pas querelle à c'sujet ! J'ai point trop envie de côtoyer ce suppôt d'Satan. J'suis pas loin. En cas d'besoin, z'avez qu'à beugler. Ah, j'as lancé le feu avant sexte. Faut du temps pour obtenir d'bonnes braises.

✠

Torse nu, Enguerrand de Silplessis se tenait debout contre le mur, les bras levés, les poignets entravés par de courtes chaînes scellées aux pierres, tout comme les chevilles. Un sourire conquérant flottait sur ses lèvres. Il s'exclama d'un ton railleur :

— Ah, le bourreau, enfin ! J'ai failli attendre, l'homme.

Hardouin ne répondit rien, indiquant d'un geste à Célestin de poser la bougette qu'il portait. Il passa en revue

1. « Mur étroit », une « précaution » souvent prise lors des procès inquisitoires. Il s'agissait d'un cachot de la taille d'un réduit, obscur et humide, dans lequel on pouvait enchaîner les condamnés au mur, condamnés le plus souvent soumis au secret.

les instruments alignés sur une table, poussée non loin de l'âtre, dans lequel rougeoyait un feu nourri.

— Monsieur de Silplessis, attelons-nous à la tâche sans plus tarder.

— Pauvre larve, roupie [1], cracha l'autre avec mépris. Tu crois me faire peur ? Mais tu ne peux rien contre moi. Rien ne m'effraie car rien ne peut m'atteindre. Je dispose de soutiens dont tu n'as même pas idée.

— Le diable ? pouffa M. Justice de Mortagne.

— Tu ferais mieux d'abandonner ton air de suffisance. Tu ne connais point l'étendue de ses pouvoirs.

— Si, inexistante. Je l'ai constaté maintes fois sur ma table. Sais-tu pourquoi, l'homme ? Qu'aurait à faire le diable des âmes véreuses, pourries qui s'offrent à lui puisqu'il est assuré de les récupérer sans effort ? Pourquoi donc les payer ? Le diable cherche à séduire les âmes pures, même si les déchets tels que la tienne le distraient. Veux-tu que je te le prouve ?

Sans même attendre la réponse, il saisit du bout d'une longue pince une des braises rouge blanc amassées sur la grille posée sur les landiers [2]. Il traversa la pièce en quelques enjambées et l'appliqua fermement sur la joue de Silplessis. Un hurlement de bête. Une odeur de chair brûlée s'éleva. Hardouin proposa d'un ton affable :

— Allez, une autre. Je te laisse le temps d'une incantation à ton maître.

Une autre braise carbonisa l'épaule dénudée d'Enguerrand de Silplessis. Son hurlement se termina dans un sanglot.

— Ah ça ? Ton soutien te ferait-il défaut ? Oh, ce n'est guère aimable, ironisa cadet-Venelle. Allez, convoque une apparition, une grande bête velue à cornes, queue de serpent et sabots de bouc. N'oublie pas l'odeur méphitique.

— Le diable mon maître existe, tu regretteras !

1. Morve.
2. Grands chenets.

— Je suis bien convaincu de son existence. Mais il est beaucoup plus intelligent et rusé que tu ne le crois, pauvre privé de sens. Tu voulais la vie éternelle ? Tu vas avoir une mort effroyable, comme celle que tu as dispensée à ces fillettes. Célestin, mes bouchettes et la tige, je te prie.

Le jeune garçon déposa dans la main tendue deux petits cylindres de cuir et une large tige de métal, recourbée en angle droit. M. Justice de Mortagne expliqua à Silplessis :

— Si je te demande d'ouvrir benoîtement la bouche afin de t'arracher la langue, pour que n'en sorte plus de venin ni de répugnantes menteries, tu ne m'obéiras pas, n'est-ce pas ? Je comprends, c'est horriblement douloureux. Ceci va m'aider.

Le prisonnier déglutit, sa superbe disparue. Il demanda en butant sur les mots :

— M'arracher la langue ?

— En effet. Ne t'inquiète, ton maître va te secourir. Allons, allons, cessons ces puérilités ! Évite-moi les pleurs. Ils ne me bouleversent que dans les yeux des dames. Qu'est-ce qu'une langue ? La belle affaire, en vérité. Célestin, tu peux sortir. Je te hélerai si j'ai usage de toi.

Le jeune garçon ne se fit pas prier et décampa en précisant :

— Je me tiens derrière la porte, messire exécuteur... Euh... le merci.

Hardouin enfonça d'un geste précis les bouchettes dans les narines de Silplessis puis se dirigea vers la table aux instruments et récupéra une lourde pince plate. Inutile de se fatiguer. L'autre suffoquerait vite et entrouvrirait la bouche. Ce qu'il fit alors que son visage virait au cramoisi. Il prit une énorme inspiration et Hardouin glissa la tige coudée dans sa bouche, grâce à laquelle il entrouvrit les mâchoires de l'homme qui tentait de se débattre, se tordant, maintenu par ses chaînes.

Un rugissement emplit la salle de Question lorsque Hardouin tira de toutes ses forces la langue prisonnière de la pince. Il contempla l'organe sanglant et se rapprocha de l'âtre afin de l'y jeter en précisant :

— Je crains de rendre malade un chien des rues.

Le sang dévalait de la bouche d'un Silplessis qui sanglotait, hoquetait, maculant son torse nu. M. Justice de Mortagne plaqua sans ménagement sa main sur le sexe de l'homme, s'étonnant :

— Ma foi, mais qu'est-ce ? Aussi flasque qu'un limaçon [1], j'en ai peur. Ne paradais-tu pas en expliquant au tribunal combien roide était ton membre lorsque le sang des fillettes égorgées dévalait sur ta poitrine ? Où donc est passée ta virilité ? Remarque, elle ne te servira plus de rien.

Une sorte de grognement, un long râle. Enguerrand de Silplessis le fixait, le regard fou, terrorisé.

— Comprends-tu maintenant ? Malfaisant insensé. Abject scélérat. Passons à l'exécution de la sentence pour viols, sévices et assassinats d'enfantes. L'émasculation. Repens-toi [2] !

Les larmes dévalèrent sur les joues collées de sang de celui qui avait cru se trouver au-dessus des lois humaines et, plus grave, au-dessus de celle de Dieu.

— On est beaucoup moins faraud, dirait-on ? Rassemble le peu d'honneur qui reste en toi afin de mourir dignement. Les larmes de tes petites victimes te réjouissaient ? Les tiennes ne me font ni chaud ni froid.

---

1. Escargot.

2. Insupportable à nos esprits modernes, la torture avait plusieurs buts. Avant la condamnation, pour obtenir des aveux ou les noms de complices. Après, pour punir en fonction du crime perpétré et servir d'exemple ou pour contraindre à la contrition, l'âme ayant alors plus de valeur que la vie.

Hardouin tira le lien de ceinture des braies[1] de prison du condamné. Le vêtement chut à ses pieds enchaînés. Des convulsions de panique secouèrent l'homme, son corps s'arc-boutant. Le cliquettement des chaînes se mêla à ses plaintes incompréhensibles.

— Rends grâce au tribunal. Ta sentence est exécutée en *murus strictus*, et tu seras décapité et non point poussé sur le bûcher, à l'instar des sorciers de ton espèce, par respect pour ceux qui portent ton nom.

M. Justice de Mortagne tira sa longue dague du fourreau et se pencha.

✠

Le jour déclinait déjà lorsque Fringant, monté par Hardouin avec Célestin en croupe, se fraya un passage au milieu de la foule massée devant le chafaud, en dépit d'un froid humide qui glaçait les os. Elle s'écarta pour livrer passage à l'étalon de nuit, au pas lent et péremptoire. M. Justice de Mortagne lut pour la millième fois sur les visages le même mélange d'émotions : dégoût envers lui et féroce curiosité pour la mise à mort annoncée par les crieurs de rues.

Un noble de haut ne se décollait pas tous les jours, surtout que celui-ci avait été condamné par un tribunal inquisitoire. Chacun y allait de supputations : messes noires, orgies, fornication avec des animaux. D'aucuns affirmaient, la main sur le cœur, qu'ils s'en étaient toujours doutés. Quelques-uns regrettaient à haute voix que le spectacle se limitât à une décapitation. Cependant, nul n'aurait boudé son divertissement.

---

1. Sorte de caleçon un peu ample que portaient les hommes des classes pauvres depuis les Gaulois.

M. Justice de Mortagne et son aide démontèrent au pied du chafaud. L'exécuteur s'agenouilla devant le prêtre qui le bénit et l'absout. Il grimpa ensuite les marches étroites qui menaient sur la plateforme. Il récupéra *Enecatrix* et en baisa la lame sur laquelle était gravé *Eos diligit et suaviter multos interficit*[1]. Dans un murmure, il lui demanda pardon de l'offenser avec un sang répugnant.

Sous les huées, les insultes, les crachats et les obscénités, le fardier tiré par deux chevaux du Perche déboucha sur la place. Deux gardes soutenaient Enguerrand de Silplessis, incapable de tenir debout. Ils le tirèrent et le jetèrent presque au pied du prêtre qui se signa en reculant d'un pas. L'homme de Dieu parvint quand même à demander :

— Te repens-tu ? Te repens-tu, vite, la fin est proche. Dis les mots et tu seras sauvé.

Seul un faible râle sortit de la bouche du jadis grand seigneur. Le prêtre ne comprit pas que la langue du condamné avait été tranchée et que la pâmoison provoquée par l'hémorragie consécutive à l'émasculation le gagnait. Effaré, il bafouilla :

— Ah, mon Dieu… Ah, Divin Agneau… je ne peux plus rien pour toi.

Nul ne vit la moue de M. Justice de Mortagne, dissimulée par son masque.

Benoît Lambert déclara d'une voix forte :

— Enguerrand de Silplessis, vous avez été jugé et condamné pour sorcellerie, moult crimes indicibles et abominables, culte de dulie et de latrie. Pour ces motifs, votre tête sera décollée de votre corps. Ayant bafoué votre noblesse, votre dépouille sera exposée au gibet[2] et votre

1. « Elle les aime et les tue en nombre, avec douceur. »

2. Situé en général à l'extérieur de la ville, en raison des odeurs, on y suspendait les cadavres des condamnés à mort jusqu'à la décomposition ou la complète consommation par les corbeaux.

nom rayé des églises. Votre déshonneur et décadence ne concernant que vous, le tribunal, dans sa sagesse et sa mansuétude, ne déchoit pas les membres de votre famille de leur titre et privilèges et ne confisque pas leurs biens[1]. Qu'il en soit ainsi fait.

Des applaudissements nourris saluèrent cette tirade. Du bon argent qui ne disparaîtrait pas dans les poches des religieux inquisiteurs, que l'on détestait mais redoutait. Enguerrand de Silplessis fut traîné en haut du chafaud par les gardes et agenouillé devant la bille de bois, sur laquelle il s'affala, à moitié inconscient.

Hardouin cadet-Venelle déclara à voix basse :

— J'ai charge de t'ôter la vie. Je ne t'en demande pas le pardon puisque tu n'es plus mon frère en Jésus-Christ. Je te conseille de tendre bien le col, non pour t'éviter des souffrances mais pour épargner ma magnifique lame.

Enecatrix se dressa. Tel un éclair dans le jour déclinant, elle s'abattit sur l'homme qui s'était arrogé le droit de supplicier des créatures humaines pour sa satisfaction.

✠

M. Justice de Mortagne récupéra la bourse prévue pour son office. Benoît Lambert n'avait maintenant qu'une hâte : qu'il disparaisse.

Célestin toujours en croupe, ils sortirent de la belle cité défensive et jadis close, entourée par une vaste forêt. Ayant vaillamment combattu, cinq siècles plus tôt, l'envahisseur scandinave qui convoitait tout le royaume de France,

---

1. L'Inquisition saisissait les biens des condamnés, sur lesquels étaient, le plus souvent, rémunérés les inquisiteurs.

l'importance et l'opulence de la ville mamourée[1] tantôt par le roi de France, tantôt par le puissant duché de Normandie, n'avaient fait que s'étendre.

— Nous nous changerons dans un quart de lieue, annonça Hardouin. La nuit va bientôt tomber. Nous ferons halte dans une auberge, afin de nous restaurer et de nous reposer.

— Encore un que le Malin a pris dans ses rets[2], commenta le jeune garçon.

— Encore un qui s'est servi du Malin pour assouvir ses immondes penchants, corrigea Hardouin.

— N'avez-vous jamais constaté la présence du diable, messire ?

— Non. En revanche, j'ai rencontré beaucoup d'êtres bien pis que lui.

---

1. Séduire, faire des câlins, flatter pour obtenir des faveurs amoureuses.

2. Filet de chasse.

XIX

Nogent-le-Rotrou, décembre 1305,
au même moment

Conspirant tels de redoutables stratèges, Mme Béatrice de Vigonrin et Martine avaient décidé que mieux valait s'assurer de la présence d'Eustache en la demeure, pour que la servante puisse fouiner en aise à Nogent-le-Rotrou, sans craindre de se trouver nez à nez avec lui. Martine était donc partie ce jour, de bon matin, une grande bougette jetée sur l'épaule, engoncée dans plusieurs couches de vêtements superposés, le froid cinglant de l'après-aube le justifiant.

Prenant prétexte de l'étroitesse des ruelles, Martine avait indiqué au valet qui menait le chariot léger de l'attendre au pont de la Ronne, à la fin de la rue Saint-Ladre. De fait, certaines rues étaient parfois si encombrées, notamment la rue aux bouchers ou la rue de Ronne, que même les charrettes à bras ne parvenaient à s'y croiser, donnant lieu à des invectives ou des obscénités bien senties, parfois même à des menaces de beignes de la part de charretiers exaspérés.

Si ces petits accès de colère et ces gros écarts de langue amusaient le plus souvent Martine, elle n'avait aujourd'hui pas le temps de s'en réjouir. Femme de grand bon sens, répétant à l'envi qu'elle n'avait pas été faite avec une saucisse[1], Martine avait réfléchi à l'élan qui l'avait poussée à proposer ses talents de mouche[2] à la baronne mère. Par reconnaissance et réelle affection, elle ne le regrettait pas un instant. Par finesse, elle s'en félicitait. Après tout, sa sécurité et son confort de presque vieillarde dépendaient de la bonne fortune de Mmes Béatrice et Agnès.

Finaude, elle adopta un pas de promenade, jetant parfois de furtifs regards derrière elle afin de s'assurer que le valet, pris d'une curiosité déplacée, ne la suivait pas. Elle descendit la rue Porte-Rivière, et continua rue d'Orée où s'élevaient de luxueux hôtels particuliers à deux soliers et toits d'ardoise. Elle bifurqua à droite, puis encore à droite pour parvenir non loin de la collégiale Saint-Jean[3]. Elle remonta la rue de Ronne, prenant les airs d'une commère de francs moyens, s'arrêtant aux devantures et éventaires. Mme Béatrice lui avait accordé deux deniers tournois[4] pour ses babioles personnelles et Martine se demandait toujours à quoi elle les emploierait. Deux deniers, pas du fretin donc, et elle craignait de regretter un achat impulsif.

Ah ça ! Un nouveau chandelier de suif[5] avait repris l'éventaire de ce coquin de Martinet. Oh, l'animal ! Le gredin Martinet coupait le suif de bœuf, seul admis pour la fabrication des chandelles de vente, de suif de mouton et même de panne de porc ! Dénoncé par l'un de ses apprentis qu'il avait bastonné, le Martinet avait vu débarquer les gens d'armes. Un spectacle toujours apprécié des

1. L'expression, grossière, signifiait à peu près « ne pas être tombé de la dernière pluie ».

2. Espion, nous a laissé « fine-mouche » et « mouchard ».

3. Érigée en 1194 par Renault de Mouçon, évêque de Chartres. Il n'en reste aucun vestige.

4. De Tours, qui remplaça le denier parisis.

5. Il existait des chandeliers de cire et des chandeliers de suif. La profession était très réglementée afin d'éviter les fraudes. Les chandelles de cire, très chères, étaient réservées aux nobles et aux églises.

badauds avait suivi [1]. Les hommes du bailli avaient jeté au sol toutes les chandelles, en empochant subrepticement quelques-unes pour leur profit personnel, et les avaient écrasées à coups de talons. Les scellés avaient été posés sur la boutique. Martinet avait été arrêté, jeté en geôle en attendant que soit fixé le montant de sa lourde amende, puis prié fermement de bouger ses escabelles [2] et de ne plus montrer son vil museau d'églefin [3] en ville, à l'excellente raison que *fausse œuvre de chandoile de suif est trop dommageuse et vilaine chose pour tous*. À l'évidence, un nouveau chandelier venait de racheter le pas-de-porte.

Martine poussa un soupir de contentement. Quelques belles chandelles pour sa chambre des combles ? Ah non, il s'agissait là d'un caprice dispendieux puisqu'elle ne payait pas l'huile des deux lampes qu'on lui avait accordées pour son usage. Elle poursuivit sa route sur quelques toises et s'immobilisa devant la boutique de l'apothicaire. Vieille servante, Martine n'en était pas moins femme. Le cœur battant de gentille coquetterie, elle pénétra. Aussitôt, maître Serin, l'apothicaire, se précipita vers elle en la saluant.

✣

— Le bonheur à vous revoir en si belle forme, maîtresse Martine. Prenant soudain une face d'enterrement, il murmura : Comment se porte notre bonne famille ? J'ai, bien sûr, appris pour, enfin…

— La maudite Mahaut. Démone ! Ah ça, m'en croyez, ce serpent infect ne l'emportera pas en paradis ! Madame

1. Les fraudes au pain, au vin, aux chandelles, mais également aux poissons, au sel et aux bûches étaient sévèrement punies.

2. Déménager. A donné « escabeau ».

3. Ou « aiglefin ». A donné « aigrefin ».

Béatrice en a toujours les sangs retournés. Mais elle est valeureuse et celui qui lui mangera la soupe sur la tête n'est pas né ! Fort heureusement, la très Sainte Vierge veillait sur le petit Guillaume et vos embrocations [1] ont fait merveille, en plus des soins experts du mire Méchaud.

L'apothicaire se rengorgea. Bel homme de quarante-cinq ans, il paraissait plus jeune avec ses épais cheveux châtains et sa peau saine qu'il attribuait à l'excellence de ses préparations [2]. Ses clients le voulaient bien croire puisqu'il ne lui manquait aucune dent, par ailleurs bien blanches, un étonnement à son âge. Martine reprit :

— Maître Serin, ma maîtresse m'envoie en emplettes. Son eau de bouche [3], de même que la vôtre…

— Cannelle, muscade et rhubarbe sauvage, en plus de mon petit secret… souverain !

— Son onguent de visage, sa pommade de gorge et de mains, euh… deux pots de chaque, continua Martine en frissonnant de plaisir.

Avec deux deniers, elle avait assez d'argent pour s'offrir une poudre d'haleine, en plus des deux gros pots de beauté qu'elle se réservait, sans compter le bonnet ourlé d'une adorable broderie de fleurs qu'elle avait vu chez le mercier lors de sa dernière venue en ville. Une belle satisfaction puisque ses mains trop roides ne lui permettaient plus de tirer le fil. Et puis, si elle outrepassait de peu, Mme Béatrice ne lui en tiendrait pas rigueur.

— Euh… un gros sachet de votre poudre d'haleine…

---

1. Liquide huileux contenant des principes actifs que l'on appliquait en massage.

2. Le Moyen Âge était friand de lotions et crèmes cosmétiques et à l'affût des recettes antirides, sans doute parce que l'on vieillissait vite en raison de la dénutrition chronique.

3. Il existait alors pléthore d'« eaux » pour garder belle voix et belles dents, en plus de purifier l'haleine.

— Oh, la lotion de bouche est bien meilleure, quoique plus onéreuse, commenta l'apothicaire…

— Pour le cas où ma dame viendrait à en manquer, mentit Martine.

— Fort bien. D'autant que ma poudre est aussi purifiante et rafraîchissante que ces épices de chambre [1] qu'on vous vend à prix déhonté, je vous l'affirme !

Lorsqu'elle ressortit, sa bougette alourdie de délicatesses de dame – et bien que les messieurs ne les dédaignassent pas –, elle étouffa un rire. Ah, Dieu du ciel, quel plaisir de se couvrir la peau de crème onctueuse et parfumée d'essence de fleurs ! C'est donc ragaillardie qu'elle passa à sa véritable mission. La baleine [2] Malegneux !

✠

Elle redescendit la rue de Ronne et pénétra sous le porche ouvert d'un immeuble. Aux aguets, elle vérifia que nul ne traînait dans la cour intérieure où quelques poules et un goret attaché au bout d'une chaîne la détaillèrent, un peu surpris par cette intrusion. Elle ôta son bonnet de linon empesé qui la signalait immédiatement comme servante de grande maison ou commerçante aisée, et tira de sa bougette une coiffe de paysanne en gros lin blanc cassé. Elle plia son aumusse en brunette [3] doublée de lapin, laissant paraître son gros paletot de laine bouillie, et s'entoura le cou et le bas du visage d'un vieux châle d'un

1. Mélange de fenouil, d'anis, de gingembre, de coriandre, de genièvre, d'amandes, de noix et de noisettes, très prisé par les nantis, que l'on dégustait avant le coucher afin de se parfumer l'haleine et de faciliter la digestion.

2. Rappelons qu'on la chassait à l'époque en baie de Seine.

3. Laine de belle qualité, souvent sombre.

piteux bleu-violet. Elle ressortit de la cour le dos courbe, les jambes encore plus raides, traînant des socques[1], telle une vieillarde à un cheveu de la mendicité.

Une petite neige glaciale commençait à tomber et elle s'en félicita. Elle pourrait ainsi baisser la tête et les rues allaient se vider. Les badauds, marchands à la sauvette, traînards et autres y verraient bon prétexte pour aller se réconforter dans les auberges.

Clignant des paupières sous les minuscules flocons piquants, elle inspecta les immeubles du bout de la rue de Ronne. Une lanterne éteinte pendue au-dessus d'un porche l'arrêta. Ses panneaux en vessie de porc étaient peints de minium. Une fois éclairés par une lampe à huile, ils devaient projeter une belle lueur rouge vif. Une maison lupanarde[2], d'assez bonne mine vue de l'extérieur[3]. Sans doute une installation assez récente puisqu'elle ne l'avait jamais remarquée auparavant. En face s'élevait la toujours minable auberge du Chien Peigné, judicieuse association, les clients de l'une entrant dans l'autre et vice versa.

Martine hésita quelques instants. Bien qu'étant déjà passée devant, jamais elle n'avait mis un pied dans cette gargote. Et si le Chien Peigné se révélait un bouge ? Le genre d'endroits où aucune femme ne pénétrait, hormis les échauffeuses[4] ou les puterelles occasionnelles que les professionnelles, leurs souteneurs et makereles[5] chassaient

1. Grosses chaussures à semelles de bois.

2. Lupanar vient du latin *lupa*, « louve ». On en trouvait dans toutes les villes d'importance ou de moyenne importance et certaines auberges les remplaçaient parfois en offrant des chambres à l'étage.

3. Rappelons que le Moyen Âge tolérait assez bien la prostitution, qu'avait tenté sans succès d'interdire saint Louis. Il était toutefois fait obligation aux « fillettes » ou « puterelles » de porter des vêtements voyants afin qu'on ne puisse les confondre avec des femmes de vertu.

4. Entraîneuses.

5. A donné « maquerelle ». Du néerlandais *makeln*, « trafiquer ».

à coups de poings et de pieds des ruelles pour mettre terme à une concurrence déloyale selon eux. Bon, elle n'était pas née de la dernière pluie et ses charmes depuis longtemps fanés ne lui vaudraient aucune avance inconvenante. De surcroît, elle était encore de taille à balancer une tourniée [1] à n'importe quel insolent. Et puis, Mme Béatrice comptait sur elle. Haut les cœurs !

Elle descendit les quelques marches qui menaient à la salle d'auberge, exagérant ses difficultés de membres et réfléchissant à toute vitesse à l'attitude qu'elle devait adopter : petite souris discrète ou commère avenante mais de forte gueule, une distraction bon enfant que les habitués de ce genre de lieux prisaient ?

✠

En cette heure d'avant souper de midi, quelques clients étaient attablés dans la grande salle en longueur, aux murs d'un gris jaunâtre de suie et de graille. Les pénibles remugles de vieilles sauces, de poisson conservés et cuisinés au-delà du raisonnable, et d'un restrait [2] qui devait s'ouvrir dans la courette intérieure flottaient. Dans un petit haussement d'épaules inconscient, Martine décida : au diable les souris ! Elle choisit donc une table centrale afin de laisser traîner ses grandes oreilles. Un rapide coup d'œil circulaire la renseigna : *a priori* pas d'ivrognes braillards, pas d'effrontées despoitraillées [3]. Elle opta pour un sourire goguenard et attendit. Maître Chien déboula, la mine peu

1. De tournoyer, identique à « torgnole » en version du Sud et à « tournée ».
2. Lieu d'aisance.
3. Avec des décolletés trop prononcés.

amène. Ah non, pas de pauvresse chez lui ! Parant à toute discussion, Martine posa un denier sur la table collante de ronds de gobelets et de taches de sauce. Le geste apaisa aussitôt le tenancier qui rectifia son jugement : une rapiate [1], usant ses vêtements jusqu'à la trame, mais capable de payer son ardoise, et seul ce dernier aspect l'intéressait !

— Un cruchon de votre meilleur et un petit plat de beignets de fruits secs, ou de viande, ou des mistembecs [2], que sais-je, aubergiste. Faites-vous payer en sus le coup de touaille humide sur la table ? À moins qu'il s'agisse d'un piège à mouches afin qu'elles s'y collent les pattes.

Un rire fusa à sa droite et un homme beugla :

— Ah, elle me plaît bien la vieille, l'a du répondant ! Tant que tu y es, Chien, nettoie aussi la nôtre.

Bien que l'adjectif « vieille » ne lui plût qu'à demi, Martine adressa un clin d'œil complice à l'homme attablé avec deux jeunes, la bedaine ceinte d'un épais tablier de cuir, sans doute un maréchal-ferrant ou un ferronnier et ses aides.

Boudeur, maître Chien repartit en cuisine en traînant des pieds et en bougonnant.

Martine lança à son voisin :

— N'est-ce pas une maison lupanarde, de l'autre côté de la rue ?

Étonné qu'une femme lui pose une telle question, mais jugeant que son âge lui épargnait les pudeurs de jeunettes, il répondit en pouffant :

— Si fait. Un établissement bien tenu, les fillettes communes sont propres et mignonettes. Celles qui ramassent

1. Radine.

2. Beignets de farine et d'œuf, délayés dans un peu de lait ou d'eau, parfois parfumés d'eau de fleur d'oranger, et sucrés de miel.

des maladies d'Vénus[1] sont priées d'décamper ailleurs, dans les bordes[2] des vils quartiers.

— Sage précaution, commenta Martine. Mais, les immeubles alentour ne sont guère misérables... Leurs habitants doivent trouver à redire d'une telle proximité, d'autant que je gagerais que cet... établissement est assez récent.

— De juste. Oh, ça doit ben faire deux ans, p'têt' un peu moins. La maison lupanarde marque en quec' sorte la limite. Quec' toises de plus et vous débarquez en quartier ruffian[3]. Au plein d'la nuit, c't'un vrai coupe-gorge. Quant aux habitants, tant qu'y a pas grabuge ni offense des yeux – et c'est l'cas, on voit jamais les puterelles audehors – y sont pas mécontents.

— Et pourquoi cela, je vous prie ?

Un nouveau rire salua la candeur de sa question, puis :

— Ben, déjà, les clients sont satisfaits d'pas risquer un sale coup au sortir d'une détente ou une pisse-chaude, rapport que, comme j'vous l'ai dit, les fillettes communes sont propres. Et puis, l'rupin qu'a investi là-d'dans, l'a pas la tête dans l'cul ! L'a recruté quec' manœuvriers[4] ou anciens soldats à fort muscles et vilaines hures[5]. Rien qu'de les voir, ça vous dissuade pas mal de p'tits voyous ou coupe-bourse. Du

1. Maladies vénériennes. Pour l'anecdote, alors que la blennorragie, la fameuse « pisse-chaude » de Rabelais, est attestée sur le Vieux Continent depuis environ 1300 avant J.-C., l'histoire de la syphilis est plus incertaine. On ne sait si c'est Christophe Colomb qui la ramena du continent américain ou qui l'y apporta, il n'en demeure pas moins qu'elle fut longtemps baptisée « le mal français » !

2. En ancien français « cabane de planches ». Dès 1200, le terme a pris sa signification actuelle de « bordel », situé dans des quartiers mal famés.

3. À l'origine : souteneur, puis personne peu scrupuleuse.

4. Hommes de peine qui louaient leurs bras pour les travaux pénibles dans les fermes ou autres.

5. Péjoratif. Tête du sanglier, cochon ou de certains poissons.

coup, les habitants du coin s'sentent ben plus en sécurité qu'avec les gens d'armes du bailli. Sont jamais là quand qu'on a besoin d'eux, ceux autres.

— Convaincant argument, commenta Martine, en sincérité.

Maître Chien, qui n'avait pas digéré la remarque, pourtant justifiée, au sujet de la saleté de ses tables, reparut. Vexé, il passa un coup de touaille hargneux sur les tables occupées en demandant, bougon :

— Bon, ben, j'vous l'sers maintenant, c'cruchon et c'te plat ?

— Et pourquoi diantre pensez-vous que je suis entrée dans une auberge, si ce n'est pour me désoiffer et me sustenter ?

De plus en plus maussade, le tavernier lâcha :

— J'vous renifle[1] pas trop !

Prenant sa remarque au pied de la lettre, Martine ironisa :

— Moi non plus, heureusement. Si j'en juge par l'état de votre tablier et de vos braies, ça ne doit pas fleurer l'haleine de bébé !

Un triple rire tonitruant venant de l'autre table salua sa boutade acerbe. À sa droite, le couple d'âge intermédiaire qui buvait en silence, et semblait s'ennuyer tels rats morts, applaudit la pesterie d'un double hochement de tête. Martine s'en voulut un peu lorsque le tavernier baissa la tête, le menton froncé de chagrin. Mais une intuition lui soufflait qu'elle avait raison d'offrir le spectacle.

Maître Chien balança la touaille sur son épaule et repartit, penaud et désolé, en cuisines.

— Z'êtes bonne commère, d'réjouissante goule[2], la femme, commenta celui qu'elle pensait ferronnier. Ça

1. Se méfier de quelqu'un ou ne pas le trouver sympathique.
2. Gueule. Nous a laissé « gouleyant ».

m'rappelle ma sainte mère, tiens ! Dieu ait son âme, parce qu'Y doit pas s'ennuyer avec elle.

— Et vous, bon compère. Un homme qui rince le gosier de ses jeunes aides ne peut être mauvais.

— Oh, qu'elle m'plaît, c'te ci ! vociféra l'homme en se claquant les cuisses d'hilarité. Bastien Cresson, tonnelier, se présenta-t-il.

— Annelette Taillandier, ancienne orfraiseuse [1], comme en témoignent mes mains. Je suis de passage en Nogent. Une mienne vieille amie n'en a plus guère pour longtemps avant de rejoindre son Créateur.

— Bah, on y passera tous.

— Triste vérité, mais le plus tard possible !

Maître Chien déposa devant elle un plat de mistembecs dégoulinantes de suif, un cruchon et un gobelet, en précisant :

— L'est rincé.

— Oh fichtre, faut-il marquer ce jour d'un caillou blanc [2] ? Eh bien, si les boyaux me tortillent cette nuit, je saurai qui remercier !

Le tavernier haussa les épaules d'agacement et traîna des pieds vers sa cuisine. Martine baissa la voix et se tourna vers Bastien Cresson, demandant :

— Et ce rupin-souteneur que vous mentionniez, est-il de Nogent-le-Rotrou ?

— Ramenez vot'gobelet et assoyez-vous à not'table plutôt qu'vous démancher ainsi la tête.

La vieille servante ne se fit pas prier. Une sorte d'instinct avait sonné l'alarme dans son esprit. Elle adressa un sourire aux deux jeunes aides qui la saluèrent sans un mot, suivant l'échange avec une vive curiosité.

1. Brodeuse à tâche de fils d'or, d'argent.

2. On dit aujourd'hui « d'une pierre blanche ». On trouve déjà l'expression dans Pline l'Ancien.

— Oh, j'sais point trop. On l'voit pas beaucoup, l'est très discret. Y vient visiter sa p'tite qu'il a installée. Une d'la maison lupanarde. Mignonne, pas l'effrontée, voyez, une qu'aurait jamais dû s'retrouver dans un borde, si c'n'était d'la misère. L'rupin là... oh, j'sais plus son nom...

— Étienne Legneux, lança la femme du couple attablé. Un bon client de not'saucisserie[1].

Martine avala le contenu de son gobelet d'un trait afin de cacher son trouble. Étienne, le deuxième prénom d'Eustache et celui de son fils, Malegneux, raccourci en Legneux. Oh, Dieu du ciel : le gros benêt d'Eustache en maître bordeleux ! Ah, doux Jésus, quel scandale ! Quelle honte ! Et dire qu'ils croyaient tous qu'Eustache de Malegneux fréquentait parfois Nogent afin de se rincer le gosier en paradant devant des gens de bas à qui il offrait le gorgeon ! Non pas ! Il y tenait boutique, et boutique de dévergondage ! Qu'allait-elle faire, mais qu'allait-elle dire à Mme Béatrice ? Ah, le vaurien, le sans-foi, l'immonde ! Elle devait en apprendre davantage. Improvisant, elle lança :

— Je ne puis m'extasier au sujet d'un patron de lupanar, mais je suis bien contente qu'une gentille petite poussée au commerce de charmes par la nécessité ait trouvé protecteur en cet homme qui en sera remercié[2].

— Oui-da ! Ça fait plaisir de la voir promener son petiot. Une personne réservée mais souriante, et pieuse avec ça. Oh, ça finira par des épousailles et ce sera le mieux pour tout le monde. Sauf si le sieur Legneux est déjà marié, j'sais point trop. Bah, ce s'rait pas la première fois qu'un bourgeois, gavé à dégorger par la face de musaraigne

1. Charcuterie.

2. Il s'agissait de la position de l'Église qui, bien que réprouvant la prostitution, affirmait que les hommes qui épousaient des prostituées faisaient acte de charité.

de sa bourgeoise, se délasse avec une charmante. Bon, j'dis pas qu'y soit de ceux autres qui font tourner la tête aux donzelles non plus, vu qu'l'est ben gras et qu'son crâne s'dégarnit pas mal, mais c'est point la même chose pour nous autres, surtout quand qu'on a du bien et qu'on en fait profiter nos mies.

Une onde glacée dévala en Martine. La description correspondait en tout point à Eustache. Ah, Dieu du ciel, et en plus, il l'avait mise grosse ! Ah, le coquin ! Où forniquait-elle avec un homme marié, la catin sans vergogne !

— De fait, un délassement fréquent, parvint à articuler Martine en qui la rage bouillonnait. Quoique… élever un petit dans une maison lupanarde…

— Non pas, l'interrompit la femme du couple qui s'ennuyait et mourait d'envie de participer à la conversation. Le sieur Legneux a racheté l'immeuble jouxtant. Notre commis y livre les commandes d'la damoiselle Adèle, sa mie, qu'il a installée avec leur fils au deuxième solier. L'air est ben plus pur [1] pour un enfançon.

— Un homme attentionné, souffla Martine, réprimant la bordée d'injures qui lui montait aux lèvres.

— Ah ça, ben vrai, elle est de belle mise, maintenant, renchérit Bastien le tonnelier. Et y r'garde pas à la dépense pour l'petiot non plus ! Il a eu son collier d'ambre jaune [2] au cou dès ses quatre mois. Quant aux bouillies, elles lui sont servies avec du gris [3]. Faut vous dire que j'connais de distance la

1. Contrairement à ce que l'on pourrait croire, la notion d'un air plus pur était déjà bien ancrée dans les esprits du Moyen Âge. On quittait les villes dès que l'on pouvait et on vivait en hauteur pour échapper à la puanteur des ruelles à la saison chaude.

2. Le Moyen Âge croyait aux vertus des pierres. L'ambre jaune était censé apaiser les bébés et permettre une percée des dents moins douloureuse.

3. L'ambre gris, très cher puisqu'il s'agit d'une concrétion abdominale de cachalot, était paré de nombreuses vertus, notamment de

d'moiselle Adèle, qu'est ben aimable quoique d'attitude très convenable pour une femme. Ma tonnellerie est située à deux rues, on se dit qu'ec mots quand qu'on s'croise.

— Bon voisinage, commenta Martine qui aurait parié que ce vil Eustache avait offert le collier d'ambre d'Étienne à son bâtard. Voleur, en plus !

Bastien Cresson, ayant épuisé le sujet du lupanar, entreprit de lui conter ses récentes affaires de tonnelier. Martine hocha la tête quelques minutes, un air pénétré sur le visage, acquiesçant de bruits de gorge, quoique n'écoutant plus un mot.

Incapable d'avaler une autre bouchée tant la colère lui donnait des aigreurs de ventre, elle posa le plat devant lui et ses aides et déclara soudain :

— Oh, diantre, le temps file si vite en bonne compagnie ! Il me faut rejoindre ma bonne amie qui se doit inquiéter. Agréable rencontre en vérité, maître tonnelier, et vous aussi, maîtresse saucissière.

Elle adressa un petit salut au saucissier qui n'avait pas pipé mot, plongé dans la fascinante contemplation de son gobelet.

✠

Martine sortit dans le froid pinçant de ce presque midi. Les rues avaient été désertées, la neige fine mais obstinée tempérant les envies de promenades ou de causeries. Elle fila en direction de la maison lupanarde et détailla les immeubles qui la flanquaient des deux côtés. Celui de droite semblait bien moins cossu, et elle se souvint de la

---

protection contre les maladies. Il fut ainsi très utilisé au cours de la Grande Peste. On raconte que M. de Richelieu en ajoutait à ses mets.

remarque du tonnelier à propos de la limite d'avec le quartier ruffian. De plus, il ne s'élevait qu'à un solier. Le gauche, donc. Des canaux de terre cuite, chargés d'emmener les déjections des restraits vers des putels éloignés afin de ne pas offenser les narines, descendaient des étages et semblaient récents. Bel et assez rare équipement. Le toit de l'immeuble, en ardoise de Loire, venait d'être refait.

Martine se sentait virer vipérine. Cet argent appartenait à Mme Agnès et à son fils, né dans les liens du mariage et de haut lignage, pas à une catin qui avait flairé le gras pigeon ! Folle de rage, n'y tenant plus, songeant pourtant qu'elle risquait de regretter son impulsivité, elle pénétra dans l'immeuble, changea son bonnet et recouvrit son vilain paletot de l'aumusse doublée de lapin. Elle grimpa les deux volées d'escaliers avec une fougue qui la stupéfia, prête à en découdre. Elle remarqua à peine que les appartements, deux par paliers, semblaient inoccupés. Enfin, elle parvint au deuxième, haletant, son cœur battant la chamade. Elle inspira bouche ouverte afin de reprendre son souffle. Une seule porte à double battant, peinte d'un rouge sang de bœuf, ouvrait à cet étage.

Martine ne savait plus ce qui l'emportait en elle de l'indignation face à l'ahurissante méconduite d'Eustache de Malegneux ou de la crainte qu'il abandonne Agnès dans la précarité pécuniaire. Les Vigonrin mère et fille ne disposaient plus d'assez de revenus pour faire vivre leur mesnie, et les branches mortes risquaient d'être sacrifiées. Elle, peut-être, en dépit de la réelle amitié que lui portait la baronne Béatrice. Ainsi que l'avait exprimé celle-ci avec la lucidité crue des femmes longuement mariées :

— S'il s'agit d'échauffements de sens occasionnels et temporaires, nous fermerons les yeux. Après tout, nous sommes toutes cocues un jour ou l'autre. En revanche, je veux savoir s'il existe un véritable danger, une maîtresse installée et, pis que tout, avec enfant.

Au fond, le vaurien Eustache les cocufiait toutes les trois, mettant leur futur en péril. Sans même réfléchir, elle asséna deux coups de poing péremptoires contre la porte.

✣

Une très jeune servante lui ouvrit, l'air un peu surpris.

— Annelette Taillandier, j'ai rendez-vous avec madame Adèle, mentit effrontément Martine, d'un ton d'assurance.

— J'm'en vas la quérir, répondit la servante d'une petite voix. Si vous voulez ben patienter dans l'ouvroir.

Martine acquiesça d'un mouvement de tête. Toutefois, la jeune fille n'avait pas tourné les talons qu'elle fila droit devant elle, ouvrant d'une poussée une autre porte et se retrouvant dans une grande salle de réception. Elle en resta bée-gueule. Ah, le pourceau ! Mme Agnès n'avait jamais eu droit à l'étalage d'un tel luxe ! Les murs de la pièce étaient couverts de lambris de chêne qui montaient jusqu'au plafond, afin de protéger les occupants du froid et du bruit. Toutes les hautes fenêtres étaient vitrées et doublées de volets intérieurs. D'épais tapis, de remarquable facture, dans les tons or et rouge, couvraient le sol. D'élégants meubles, sans doute achetés en royaume d'Italie, les semaient. Une multitude de cierges brûlait dans des chandeliers d'argent, malgré l'heure encore précoce. Martine huma. Ah, non pas du suif, mais de la belle cire d'abeille ! Une autre odeur délicate flotta jusqu'à elle. Elle en identifia bien vite la provenance : des pommes d'ambre[1],

1. Leur usage encore peu répandu à l'époque, en raison de leur prix, deviendra plus fréquent au siècle suivant. Il s'agissait de boules, en général en bois précieux, percées de trous dans lesquels on plaçait du santal, ou de l'ambre gris ou toute autre essence parfumante.

réservées aux plus riches, au point qu'elle n'en avait encore jamais vues, pointillaient le manteau de la vaste cheminée de pierre dans laquelle ronflait un feu nourri. Elle détailla le dorsal suspendu au-dessus. La colère brouillonne qui l'habitait céda place à la rancœur devant tant d'injustice. Mme Agnès avait-elle démérité ? N'avait-elle pas admirablement rempli son devoir d'épouse ? N'avait-elle pas supporté avec grâce un gros benêt prétentieux, fort mal tourné de sa personne pour couronner le tout ? Certes pas !

— Madame ?

Martine, toute à son acrimonie, sursauta. Elle détailla la très jeune femme qui venait de pénétrer. De taille moyenne, de belle silhouette, âgée tout au plus de dix-huit ans, l'honnêteté exigeait que l'on reconnût sa joliesse et son charmant maintien. Elle portait une cotte en cendal safran que recouvrait une houppelande en fin velours indigo [1] à col carcaille [2], à la dernière mode italienne, serrée d'une ceinture portée haut. Elle avait ramassé ses épais cheveux châtain clair dans une résille semée de petites perles grises qui mettait en valeur la finesse de ses traits. Martine remarqua les bagues d'améthyste, d'opale et de turquoise qui ornaient ses doigts.

— Madame Taillandier ? répéta la jeune femme d'une voix douce mais assurée.

Martine n'hésita qu'un instant. Elle devait profiter de sa colère, de son outrage afin de confronter l'autre.

— Non pas. Martine, servante et confidente de madame Béatrice de Vigonrin, mère de madame Agnès de Malegneux.

---

1. Une teinture onéreuse, réservée aux vêtements luxueux.
2. Col qui remontait haut dans le cou et tranchait avec les robes très décolletées. La mode de la houppelande se généralisa vers la moitié du XIVe siècle.

À l'incompréhension peinte sur le visage au parfait ovale, Martine comprit que la jeune femme n'avait pas la moindre idée de l'état marital d'Eustache. Sèche, elle asséna :

— Je soupçonne fortement votre protecteur, Étienne Legneux, de n'être autre que messire Eustache Étienne de Malegneux, époux de madame Agnès. Dieu du ciel ! Un maître bordeleux, avec ça !

Les larmes envahirent le grand regard noisette qui la fixait, et Adèle serra les lèvres de chagrin. Elle murmura en baissant la tête :

— Ah… je me doutais bien qu'il était marié. À son âge, avec sa bonté, sa prévenance, son esprit, sa drôlerie parfois, ses biens aussi, il eût fallu que les femmes fussent bien folles pour ne point tenter de le charmer en épousailles.

Ce portrait flatteur, bien différent de celui qu'elle aurait brossé, sidéra Martine. Autre sujet d'étonnement, la façon dont Adèle s'exprimait, trahissant une bonne éducation. Celle-ci reprit dans un faible sourire :

— Peu importe au fond. Je l'aime, il est si bon pour moi et mon fils. Tant qu'il m'aimera, mon bonheur sera parfait.

— Votre fils ?

— Oui, Charles n'est pas d'Étienne. Enfin, celui que vous appelez Eustache. J'aurais pu lui mentir, me sachant enceinte de peu lorsque nous… nous rencontrâmes pour la première fois. Indigne supercherie, selon moi. Quoi qu'il en soit, Étienne, dont le cœur est d'or, le fait passer pour sien afin de m'épargner de vilains et blessants commentaires.

Martine retint un soupir de soulagement. La situation s'avérait moins catastrophique qu'elle ne l'avait redouté. Cependant, d'agaçante façon, elle commençait à trouver un peu de noblesse à la baleine Eustache.

D'une voix toujours affable, mais ferme, Adèle poursuivit :

— Je… J'ignore ce que vous conterez de notre entretien à votre maîtresse. Sachez que je ne suis pas une fillette commune de rues, même si… Mon père est mercier [1], à moins qu'il ait passé depuis mon… départ. Folie de fille, je me suis offerte à un garçon que je croyais aimant, sérieux et honorable. Tel n'était pas le cas, et le vaurien s'est vanté de ses… prouesses. Mon père… je me suis retrouvée à la rue, n'ayant d'autre choix que m'offrir à un couvent, comme servante laïque, ou en maison lupanarde. Une histoire d'une affligeante banalité, je vous le concède. Étienne… Eustache, notre rencontre, cet élan qui nous a portés l'un vers l'autre, cette lumière qu'il a fait revenir dans ma vie quand, chaque jour, chaque heure, je souhaitais mourir… c'est la preuve que Dieu m'aime.

Martine lutta contre l'émotion que faisait naître en elle ces paroles. Tudieu, la belle affaire ! Adèle avait eu cuisse légère et s'en était mordu les doigts. En effet, une histoire aussi vieille que le monde. Là n'était pas, ne devait pas être l'important. L'important restait la famille de Vigonrin.

— Je vais vous devoir prier de partir, madame.

— Il vous faut quitter Étienne. Dieu vous aime, dites-vous ? Pensez-vous véritablement qu'Il approuve l'adultère ?

— Partez, madame.

— Non, s'entêta la vieille servante. Jurez sur votre âme de ne plus revoir Eustache de Malegneux, ou vous serez maudite d'avoir brisé les liens sacrés d'un mariage.

Une larme dévala sur la joue pâle d'Adèle, qui hocha la tête en signe de dénégation.

— Par la mort de Dieu, que faites-vous là, Martine ? tonna une voix furieuse depuis la porte.

1. Une corporation très riche, qui fut vite assimilée à la bourgeoisie.

Se radoucissant aussitôt, Eustache se précipita vers la jeune femme pour la serrer contre lui, murmurant contre ses cheveux :

— Adèle, ma mie chérie… tout va bien. Apaisez-vous, je suis là. Un pressentiment… toutes deux me regardaient à la dérobée avec des mines de comploteuses… J'ai su que je devais sitôt galoper vers Nogent, faisant fi des véhémentes protestations de Béatrice.

Martine le reconnaissait à peine. Le visage gras et sans force prenait des lignes viriles, autoritaires, qui ne semblaient pas de parade. Cassant, Eustache demanda :

— Est-ce mon inimitable mère d'alliance qui vous envoie ?

— Madame Béatrice souhaitait seulement avoir cœur net au sujet d'un vôtre… logement en Nogent-le-Rotrou.

— Seulement ? Béatrice ne sait réfléchir sans arrière-pensées, sans calculs !

— Messire, je préfère ne point avoir entendu cette calomnie, contre-attaqua Martine.

Baisant le front d'Adèle, Eustache-Étienne lui proposa avec tendresse :

— Ma mie… votre pardon, mais votre présence auprès de notre fils est requise. J'ai à m'entretenir avec cette… femme.

— Étienne, de grâce… ne vous échauffez point la bile à cause de moi. Sachez que rien, j'insiste, rien ne peut tempérer l'amour infini et la gratitude que j'éprouve envers vous. Je vous aime tant, ma vie, et vous aimerai toujours.

Elle lui caressa la joue et les abandonna, escortée par le gémissement soyeux de sa cotte.

✠

Eustache considéra Martine quelques instants et elle eut la nette sensation qu'un autre homme se tenait devant elle, un homme assuré, solide. Il commença :

— Parlons bref mais profitable. Toute vérité n'est point bonne à dire et encore moins à connaître. Si vous rapportez cet… entretien à ma mère d'alliance ou à mon épouse, le drame se nouera. L'ignorance est souvent un bienfait…

À son ton, Martine comprit qu'il ne tentait ni de la menacer, ni de l'amadouer. Tout juste énumérait-il ses arguments. Il commit pourtant une irréparable erreur de jugement en proposant :

— Dix livres[1] pour vous si vous contez à Béatrice que la rumeur concernant mon logement est erronée.

Le sang de Martine ne fit qu'un tour, alors même qu'elle trouvait de la sagesse aux déclarations d'Eustache. Indignée qu'on veuille monnayer son silence, elle éructa, méprisante :

— Accepter votre argent afin de trahir ma maîtresse ? Auriez-vous tout à fait perdu le sens, messire ? Madame Béatrice, en plus de s'être toujours montrée bonne à mon égard, m'a accordé son estime et sa confidence depuis bien longtemps. Un honneur pour moi et un tel honneur que je ne braderai jamais ! Petit monsieur, va !

Il laissa échapper un soupir dépité et désigna un des gracieux fauteuils italiens qui entouraient le guéridon poussé devant la cheminée :

— Bien, assoyons-nous. Vous prisez la vérité ? Je ne vous décevrai point. Toutefois, n'oubliez pas : qui exige la vérité n'est plus loisible de s'en plaindre ensuite. Agnès se doute de mon nouvel amour, j'en gagerais. « Nouvel » est terme bien mal choisi, d'ailleurs, puisque je n'ai jamais

1. Une jolie somme.

aimé avant Adèle. Si, au début de ma... liaison, la rareté de mes demandes conjugales a rempli d'aise mon épouse, elle a vite senti que j'avais formé attachement de cœur et donc de sens. Vil coquin, je ne suis point, Martine. Je sais ce qui vous inquiète, en vérité, ma mère d'alliance et vous. Sachez donc que, le cas échéant, je pourvoirai aux besoins des dames de Vigonrin, de sorte à ce qu'elles vivent à leur train d'habitude, sans même évoquer mon fils que j'aime infiniment. Enfin, si Mahaut est exécutée, Agnès obtiendra la tutelle de son neveu Guillaume, donc des biens à lui venir, et n'en sera point fâchée, bien au contraire. Elle a toujours mal aimé sa sœur d'alliance, quoique lui faisant bonne figure par courtoisie.

— Je ne peux mentir à ma dame, martela Martine, comme si Eustache avait réitéré son marché.

— À votre honneur, et je l'entends parfaitement. Vous ferez donc en conscience. Soyez assurée, cependant, que je ne quitterai jamais Adèle.

— Mais enfin, messire, pourquoi ? Madame Agnès est belle, d'esprit vif et de haut, plaida Martine. Elle a toujours fait montre envers vous d'amabilité, de respect, d'obéissance.

Martine se rendit compte qu'elle était incapable de prononcer des mots tels « amour », « tendresse », ou même « affection ».

Eustache de Malegneux passa la main sur son front, en geste de lassitude. D'une voix sans aigreur, il expliqua :

— En effet. Mon épouse a mis en pratique les judicieux conseils donnés par sa mère. Mais Agnès est incapable d'aimer qui que ce soit, sauf peut-être les siens et son nom. Agnès, tout comme sa mère, me méprise. La première n'a pas épousé un homme mais un coffre-fort, se sacrifiant pour le confort de sa famille. Et Dieu sait que ce sacrifice lui est resté en travers de la gorge. La seconde compatit chaque minute avec sa bien-aimée fille pour me devoir supporter. Splendide et grisant mariage, ne trouvez-vous pas ? J'ai cru que… bah, à quoi bon ! Martine, je vais vous gravement offenser les oreilles et vous en demande par avance le pardon. Imaginez-vous le camouflet… ce qu'un homme éprouve lorsque son épouse attend qu'il en… ait terminé avec elle, serrant les dents d'exaspération ou de dégoût ?

— De grâce, monsieur…

— Votre pardon, en sincérité… Avouez cependant que les ardeurs du plus fougueux des amants peuvent s'en refroidir ! Je dépéris dans cette demeure que j'exècre.

Il désigna la pièce d'un geste circulaire, un lumineux sourire étirant ses lèvres :

— Ici, je vis, j'aime et suis aimé. Je vis, savourant chaque minute, chaque seconde. Mais brisons là, voulez-vous. Je vous ai confié le fond de mon cœur. Disposez-en à votre jugement. En réalité, j'en suis soulagé. Il me faudra, bien sûr, quitter mon épouse. Je vais enfin pouvoir vivre à mon désir, avec mon amour et mon adorable fils, et peu importe qu'il ne soit pas de mon sang. Vous doutiez-vous, Martine, que j'ai racheté la maison lupanarde à seule fin d'en tirer Adèle sans avoir à l'acheter, tel un bestiau, à sa mère-puterelle ? Le sens des affaires a ensuite pris la relève. Beau placement, en vérité.

Martine se leva, dévastée. De quelle façon allait-elle annoncer ce cataclysme à Mme Béatrice ?

— Je vous le répète et en fais serment devant Dieu : les dames de Vigonrin ne manqueront ni de l'essentiel, ni du superflu. À vous revoir bientôt, Martine. Le merci de devenir mon bien involontaire messager. Une rude tâche vous attend !

✣

Sur le chemin du retour, dans le chariot, Martine s'interrogeait avec appréhension sur la façon dont elle allait relater sa découverte à la baronne mère. Elle en avait presque oublié les pots de beauté et la poudre d'haleine qui l'avaient tant mise en joie un peu plus tôt, alors qu'elle s'imaginait humant le délicat parfum de chèvrefeuille de la crème. Quant au beau bonnet, brodé d'une guirlande de fleurs champêtres, il lui était sorti de la tête. Elle ressassait aussi la déclaration d'Eustache de Malegneux à laquelle elle n'avait guère prêté d'importance sur le moment :

De plus, si Mahaut est exécutée, Agnès obtiendra la tutelle de son neveu Guillaume, donc des biens à lui venir, et n'en sera point fâchée, bien au contraire. Elle a toujours mal aimé sa sœur d'alliance, quoique lui faisant bonne figure par courtoisie.

Qu'avait-il voulu dire ? S'agissait-il d'un simple constat, ou avait-il tenté de lui faire comprendre autre chose ? Non, Eustache avait essayé de l'ébranler, voilà tout. Mme Agnès ne pouvait se réjouir de voir sa sœur d'alliance décollée, ou poussée au brasier de justice en place publique ! Billevesées que tout ceci !

XX

Citadelle du Louvre, décembre 1305,
au même moment

Un froid glacial régnait ce jour dans la grosse tour. Le vent s'infiltrant par les minces meurtrières geignait dans les couloirs, sous les portes, évoquant une armée de fantômes en peine. Messire Guillaume de Nogaret avait ordonné qu'on lançât un feu dans l'une des deux cheminées de son bureau. Il ne s'agissait pas de confort personnel. En revanche, il craignait que l'encre gèle dans les cornes, freinant son travail et celui de ses secrétaires. De plus, ses doigts gourds et blanchâtres de froid ralentissaient sa plume. Il faufila ses mains dans les larges manches de sa robe de légiste afin de les réchauffer un peu et s'étonna de la sécheresse de sa peau.

Il termina sa soupe épaisse aux raves et au pain rassis, puis avala quelques beignets de fruits secs. Il repoussa le plateau et aligna devant lui les poids en galets de bronze qui lui servaient à aplatir les rouleaux des missives. Sa collection d'aimables enfantes de très haut lignage venait de s'enrichir de la Castille, de la Savoie, de Parme et de l'Écosse, bref, tout sauf le royaume Anglois.

Guillaume de Nogaret, sans en avertir le souverain, se préparait – sans doute prématurément – à l'annulation pour infécondité du mariage unissant Isabelle de Valois et le futur Jean III. Le moment venu, il voulait être prêt à proposer une nouvelle épousée qui fût du goût et de l'intérêt de la France. En plus de ceux du futur duc de Bretagne, puisqu'il convenait de songer aussi à lui. Calculant au plus juste afin de n'être pas pris de court, Nogaret avait évalué la surveillance du ventre de Mme Isabelle à deux ou trois années supplémentaires. Si elle n'était pas grosse d'ici là, maîtresse Émeline Coignard devrait évoquer avec sérieux une probable stérilité devant la famille de Bretagne. Ensuite, la procédure d'annulation, hâtée pour raison d'État, durerait environ un an, peut-être un peu moins. Il se faisait fort de souffler à l'oreille du pape Clément V que tout retard serait fort mal interprété par Philippe le Bel et Arthur II.

Il lut les descriptions élogieuses, voire enflammées, des différents ambassadeurs ou émissaires royaux au sujet des jeunes donzelles. Nogaret avait précisé qu'il les souhaitait âgées d'environ onze à treize, voire quatorze ans, ce qui laissait présumer d'un mariage à quinze ou dix-huit, une perfection puisque Jean serait alors âgé de vingt-quatre ans. Nogaret se méfiait du lyrisme ampoulé de ses correspondants, qui avaient intérêt personnel à arranger un mariage ducal de la plus haute importance. Ces pourvoyeurs d'épouses en espéraient, à l'évidence, une gratitude en espèces sonnantes et trébuchantes. Il s'efforça donc de lire entre les lignes.

« Belle tel un astre levant, d'admirable composition, pieuse, sachant lire le latin, elle enchante ceux qui ont le privilège de l'approcher… Sa petite bouche carmine, ses pommettes hautes et son nez court et droit en font un bonheur des yeux… » certifiait l'ambassadeur de Castille au sujet d'Isabelle[1], fille aînée du roi Sanche IV et de Marie de Molina.

1. Isabelle de Castille, 1283-1328. Elle épousa en effet Jean III en 1310.

Le madré ! Isabelle de Castille avait trois ans de plus que Jean, plus une oiselle de printemps, d'autant qu'elle avait été mariée à l'âge de huit ans à Jacques II, roi d'Aragon. Le mariage avait été annulé dix ans plus tôt, au prétexte de non-consommation. En réalité, Jacques II se cherchait une autre épouse de nature à favoriser ses visées politiques et militaires.

Il relut la description que l'émissaire de France à Parme faisait de Blanche Visconti, petite-fille de Mathieu 1er Visconti, dit Le Grand, seigneur de Parme et de Milan.

« Âgée de tout juste quatorze ans, d'une nature d'ange, férue de poésie, traçant admirablement le grec et le latin, parlant sans une trace d'accent le français, pieuse et bonne, elle brode et joue telle une fée de la citole [1] et de la guiterne [2]… »

En d'autres termes, une laideronne, puisque l'émissaire apportait un soin extrême à ne pas en brosser un portrait physique !

Il poursuivit sa lecture, assez satisfait. Il avait là trois ou quatre prétendantes éventuelles au titre de duchesse de Bretagne. Ne restait que la phase la plus épineuse de son plan à mettre en œuvre : la requête d'annulation de mariage. Un sourire perfide, mais gourmand, étira ses lèvres minces lorsqu'il songea à la fureur et à la déception du gros Charles de Valois. Le conseiller allait vite suggérer, en habileté, à Arthur II ou même à l'intéressé premier, Jean, que la Bretagne ne pouvait rester sans descendants mâles en droite ligne, afin d'éviter des cupidités ou un morcellement du duché lors de litiges de succession. Certes, le temps ne lui faisait pas encore

1. Instrument à cordes à sonorité très douce, très prisé des dames.

2. Instrument à cordes pincées, très utilisé pour accompagner le chant et vraisemblablement dérivé de la cithare.

défaut, mais ces gentes damoiselles ne resteraient pas filles éternellement.

✣

Nogaret souleva d'un geste rapide les galets de bronze et regarda, amusé, les missives s'enrouler sur elles-mêmes.

Allons, il devait maintenant se consacrer à affaire bien plus urgente, et qui l'agaçait puisqu'il ne savait par quel bout la prendre. Nogaret était parvenu à retourner la fidélité d'Arnaud de Tisans en sa faveur. Sans rien débourser qui plus était, hormis une promesse de grand bailliage d'épée en remplacement du félon, coquin, Adelin d'Estrevers. Au fond, la déception de Tisans envers monseigneur de Valois avait été la raison principale justifiant son allégeance à messire de Nogaret. Déception subtilement et très largement inspirée par les phrases à double entente et les demi-mensonges du conseiller lorsqu'il avait reçu le sous-bailli de Mortagne. Et quoi, la vérité ! La vérité n'était qu'une protestation de bonne foi, dulcifiant les plus amers breuvages, à peu de frais. Seuls le mensonge et la duperie permettaient de gouverner, pourvu qu'on leur gardât l'apparence de la sincérité, et messire de Nogaret excellait en cet art exigeant. Quelle importance ? En la matière, seul comptait le fait qu'Arnaud de Tisans lui soit acquis et le croie, telles paroles d'Évangile. Une fois Tisans en place, et contrairement à ce que penserait alors le gros Valois dont l'intelligence politique n'était certes pas la plus grande vertu, le comté du Perche serait dirigé par Nogaret de derrière la tenture. Ne restait au conseiller que Nogent-le-Rotrou, enclave bretonne en Perche, à mettre en laisse.

Nogent-le-Rotrou, Guy de Trais… comment se défaire de celui-ci afin d'avancer un autre de ses pions ?

Avait-il manqué de finesse ou de rouerie en n'utilisant pas davantage les meurtres des petits miséreux ? Tisser de toutes pièces une complicité, même passive, de Guy de Trais ? Bah, trop tard ! Il trouverait autre motif pour écarter l'amène bailli un peu fat, s'il en jugeait par la description que lui en avait brossée Tisans.

XXI

Nogent-le-Rotrou, décembre 1305

Arnaud de Tisans, épuisé, défait, rejoignit Hardouin cadet-Venelle au soir échu, à l'auberge de la Hase Guindée. Leur souper à peine terminé, il déclara d'un ton presque hargneux :

— Un sombre pressentiment m'habite, que je ne parviens à chasser, Venelle. Est-il sage de poursuivre cette quête de vérité ?

— Qu'ouïs-je ? s'exclama le Maître de Haute Justice. Il s'agit du vil meurtrier de votre fille. Il doit payer pour son inqualifiable forfait.

— Oh… je divague… la fatigue de la longue course, sans doute. Je n'ai plus vingt ans !

— Nous partirons à l'aube, seigneur bailli. J'ai ensuite affaire de la plus extrême urgence à régler céans… Affaire pour laquelle il me faut requérir votre aide. Je dois rencontrer une dame, injustement accusée d'enherbement, j'en jurerais, notamment grâce aux précisions savantes qu'a bien voulu m'offrir le mire Méchaud.

— Mon aide vous est acquise, si je puis.

— Je le pense. Requérir permission de visite pour moi auprès du seigneur Guy de Trais que vous connaissez un peu.

— Je lui ferai porter au demain une missive dans ce sens.

— Votre obligé, messire.

— Pas tant que moi, commenta le sous-bailli, avant d'ajouter, de bien fâcheuse manière : Une dette de moins à mon ardoise ?

L'indéchiffrable regard gris le fixa, puis :

— À votre souhait. Je ne tiens pas comptabilité de reconnaissance, monsieur.

Un fard de confusion monta aux joues d'Arnaud de Tisans, le soufflet étant sèchement envoyé. Il marmonna en se levant :

— Fichtre, j'ajoute la grossièreté au manque de perspicacité. Votre pardon pour ma muflerie. Je ferais mieux d'aller sitôt me coucher. Je vous souhaite la belle nuit.

✣

Dès qu'il eut disparu en haut des marches, maîtresse Hase s'approcha, s'enquérant :

— J'ai cru ouïr d'un départ aux aurores.

— Si fait.

— Allons, il faut me prévenir, messire, afin que je vous prépare un bon repas qui leste les corps, et une bougette pour la route, se plaignit-elle. Songez à ma réputation si je laissais sortir de chez moi des ventres creux ! Et si je puis, où vous mèneront cette fois vos affaires ? En Bellême, à nouveau ?

— Non pas, aux alentours des Clairets. Mon… ami veut rencontrer les dernières personnes à avoir vu sa fille bien vive.

— Oh, le pauvre… quel chagrin ! Quelle pitié de voir partir un enfant avant soi.

— De fait, il est dévasté. Maîtresse Hase, avec votre permission, je monte dormir quelques heures.

— Bien sûr. Délassez-vous, d'autant que le ciel est bien lourd et bas. Une bonne neigée ne m'étonnerait guère.

Maîtresse Hase fila dans la cuisine et rédigea un message pour Sylvine afin de l'avertir du départ des deux hommes à l'aube.

XXII

Alentours de l'abbaye de femmes des Clairets,
décembre 1305

La prévision de maîtresse Hase s'était réalisée dans la nuit. Trois pouces d'une neige épaisse et collante recouvraient le sol gelé. Hardouin songea que leur course en serait ralentie. Certes, Fringant avait pied sûr, mais il n'aurait pas juré de même pour la monture de Tisans qu'il voyait hésiter, baisser la tête, souffler d'agacement dans son mors.

S'ils se fiaient à la courte liste remise à contrecœur par Blandine Creusot, secrétaire de l'abbesse, Henriette avait rendu visite à trois aumôneurs d'assez proche voisinage. Un périple de deux jours, trois tout au plus, en prenant en considération le pas lent de la haquenée qu'elle montait. Toutefois, la tradition voulait qu'en sus de l'amende qu'ils devaient acquitter, les aumôneurs reçussent une ferme leçon les convainquant qu'une récidive en mauvaise action serait plus durement sanctionnée. Gîte et couvert étaient donc souvent prévus pour les moines ou moniales chargés de la collecte des sommes.

✠

Hardouin n'en démordait pas, certain qu'ils glaneraient des informations intéressantes en retraçant le chemin de la religieuse assassinée. Pourtant, leur première visite avait été décevante, en dépit de l'accueil affable qui leur avait été réservé. Maître et maîtresse Lecoq, de gros fermiers, rognaient de façon déhontée depuis des années sur la grosse dîme [1] et la dîme de carnage [2] qu'ils devaient à l'Église. Hardouin, assez réjoui, mais n'en laissant rien paraître, avait vite compris que plumer la paroisse et l'évêque les satisfaisait assez. En revanche, ils étaient fort marris d'avoir été dénoncés par un valet mécontent de ne pas avoir reçu un petit cadeau des maîtres à l'annonce de son futur mariage.

— Pensez, ça n'arrête pas ! Et vas-y qu'j'te gratte deux deniers ci, quatre deniers là ! Même pour crever, faut les payer ! C'est point ceux-autres qui nourrissent, torchent et soignent les bestiaux, avait protesté, faiblement, maîtresse Lecoq.

Arnaud de Tisans s'était cru obligé de la rabrouer un peu, pour la forme.

✠

Ils avaient ensuite quitté la ferme cossue, édifiée selon un plan en carré, avec ses hautes arches arrondies typiques de la région, non sans avoir accepté un gobelet de cidre tiède aux épices.

Ils reprirent leur route. Arnaud de Tisans se montrait fort peu loquace depuis le début de leur périple. M. Justice

1. Impôt frappant le blé et le vin, un douzième de la récolte.
2. Impôt perçu par l'église sur tout porc, brebis, animal de basse-cour abattu.

de Mortagne avait compris ce qui le rongeait et évitait donc de l'interroger afin de lui épargner un encombre. Tisans n'avait pas évoqué une seule fois sa soirée et sa nuit en l'abbaye, après le départ de l'exécuteur. L'image d'une autre Henriette, peu appréciée, lui avait été renvoyée par la tiédeur d'émotions de ses sœurs après son décès. Craignait-il soudain de découvrir une autre fille qu'il n'aurait point tant aimée ? Redoutait-il qu'une soudaine vérité n'écorne le parfait souvenir qu'il conservait d'elle ? Nos plus belles amours, même défuntes, nous portent avec tant de vigueur et de courage au cours de nos heures les plus sombres que nous ne sommes guère prêts à abandonner le réconfort qu'elles nous offrent, quitte à nous aveugler.

Hardouin, flattant d'une main le col de son étalon noir, garda le silence, par compassion, mais surtout parce que Marie de Salvin, son précieux fantôme, l'accompagnait depuis des mois et qu'il connaissait maintenant l'apaisement que secrètent les souvenirs aimés, fussent-ils enjolivés. Ou inventés, dans son cas.

✠

Un son interrompit le fil de ses pensées. Il arrêta Fringant d'une légère tension de rênes et démonta d'un saut. Il rebroussa chemin à grandes enjambées sur une trentaine de toises*. Un autre son, sourd, précipité.

— Messire Venelle ? cria le sous-bailli, surpris.

Le bourreau examinait l'épaisse couche de neige fraîche de la nuit. Il leva le regard, détaillant les arbres dénudés, les troncs de bouleau dont l'écorce gris argenté se fendait, s'enroulant sur elle-même à la manière de feuilles de papier. Un épais silence les environnait, trop épais.

M. Justice se rapprocha à la hâte de son compagnon et marmonna entre ses dents :

— Nous sommes suivis, seigneur.

— Quoi ?

— Parlons bas. Un cavalier à vingt toises derrière nous. La neige étouffe l'écho de sa progression. À la profondeur et la largeur des empreintes, il s'agit sans doute d'un lourd roncin, voire d'un cheval de Perche. Un cheval ferré, donc pas un bourrin de pauvre paysan.

— Des bandits de chemins ?

— Possible, mais j'en doute. Ils se déplacent en bande plus nombreuse. Plutôt un… curieux, qui nous a faussé compagnie.

— Le pourchassons-nous ? suggéra Tisans dans un murmure.

— Non pas. Nous ne voulons pas le perdre et nous priver ainsi du bonheur à le rencontrer, ironisa Venelle. Feignons de nous en désintéresser.

D'une voix plus forte, il jeta :

— M'est avis que des bracons [1] nous ont précédés ce tôt matin. Poursuivons notre route, nous avons fort à faire.

Il se remit en selle et se porta à hauteur de Tisans, poursuivant doucement :

— De grâce, bavardons un peu en compères, afin que je tende l'oreille et que notre candeur rassure notre suiveur. Juste avant de quitter la forêt et de parvenir en Saint-Jean-Pierre-Fixte, à un quart de lieue à peine, je lancerai Fringant au galop, puis rebrousserai chemin afin de le surprendre par l'arrière.

— Ne croirait-on pas que vous voilà devenu le soldat de nous deux, releva sans méchanceté messire de Tisans.

1. Braconniers. Ancien français qui signifia d'abord « chiens de chasse » et nous a laissé le nom de race « braque ».

— Non pas. Je ne suis que le tueur de nous deux.

✠

Fidèle à son conseil, Hardouin se lança dans un panégyrique des œuvres de messire Grégoire de Tours[1], à quoi Tisans lui répondit par l'éloge enflammé du roman *Florence de Rome*[2], princesse à l'origine d'une guerre sanglante après que son père, Othon de Rome, eut refusé sa main au roi de Constantinople, un long texte en alexandrins. Aux aguets, Hardouin ne l'écoutait pas, d'autant qu'il connaissait le poème pour l'avoir lu dix fois. Il repéra vite le troisième crissement de fers dans la neige. Bien, l'anonyme escorte collait à leurs talons.

Arrivant au bout de ses engouements littéraires, Tisans s'épancha ensuite sur les difficultés qu'il rencontrait afin d'obtenir l'argent nécessaire à la réfection de l'hôtel de justice en Mortagne-au-Perche, jetant de fréquents coups d'œil à Hardouin qui l'encourageait de petits mouvements de tête.

— … deux larges fissures sont apparues au pignon ouest et menacent…

Soudain, l'étalon noir parut décoller du sol et partit à plein galop, tel une flèche.

Tisans vit le torse de l'homme se fondre à l'encolure du cheval, afin de l'alléger dans sa course folle. Il vit des paquets de terre neigeuse s'envoler sous les sabots. Il entendit le hurlement d'encouragement d'Hardouin pour son cheval :

— Sus ! Fringant, sus à lui !

— Ah ça, pas une mazette, commenta le sous-bailli pour lui-même, ne sachant trop que faire.

---

1. 538-594.
2. Anonyme, XIIIe siècle.

Il patienta ainsi quelques instants, puis, n'y tenant plus, lança sa monture au galop afin de rejoindre Justice de Mortagne, dont le cheval venait d'effectuer un large arc de cercle vers l'arrière.

✠

Il le trouva accroupi, scrutant la neige. Non loin, l'étalon, sa tête noire de nuit environnée par la vapeur blanche de son haleine, ne semblait pas autrement incommodé par l'effort.

— Qu'en faites-vous ? lança Tisans.

Hardouin cadet-Venelle désigna la surface neigeuse dans laquelle se remarquaient nettement des empreintes de sabots et de semelles lisses.

— En effet, un cavalier, déduisit le sous-bailli.

— Ici, quelques empreintes de pas. Il a démonté. Là… regardez, ce balayage, comme si l'on avait traîné un houssoir[1]. Le bas d'une housse ou d'une cotte.

— Une femme ?

— Ou un homme portant mantel. Ou un moine, ou un notable peu friand de mode vestimentaire. En tout cas, pas un vil coupe-bourse. La fuite représentant souvent leur salut, ils ne s'embarrassent pas de nippes trop longues. Quoi qu'il en soit, il a décampé. Selon moi, pas pour longtemps.

— Ni paysan, ni bracon, ni bandit de chemin. Alors qui ? Qui s'intéresse tant à nous ?

— Quelqu'un que passionne notre quête de vérité. Quelqu'un qui sait, ou veut apprendre, l'identité du tueur d'Henriette de Tisans.

---

1. Balai fait de branches de houx, puis de branchages ou de plumes.

— Ah, foutre ! Il ne s'agit donc pas d'un acte commis par un immonde voleur qui aurait pris l'escampe[1], son forfait accompli ?

— Je n'ai jamais vraiment ajouté foi à cette version, renchérit Hardouin.

— Et pourquoi cela ?

— La jument de votre fille, retrouvée à quelques toises de sa dépouille, au prétexte que le tueur aurait craint que l'on repère le marquage au fer de l'abbaye. Ce détail m'a toujours troublé. Contrairement aux bestiaux, fort peu de chevaux sont marqués au fer rouge, et certainement pas des haquenées qui valent bon prix lorsqu'on les vend après dressage à un seigneur pour sa dame ou ses filles. On ne marque que les chevaux que l'on entend conserver, ou alors les étalons dont les saillies sont si prisées que l'on redoute leur vol. En d'autres termes, un véritable brigand n'aurait pas négligé la jument.

— Ah, Dieu du ciel… l'abbesse m'aurait menti ?

— Pas directement. Disons qu'elle a vous laissé croire à cette hypothèse.

Ébahi, le sous-bailli le considéra. Hardouin poursuivit :

— Selon moi, madame Constance de Gausbert en sait beaucoup plus qu'elle ne l'admet. Certaines de ses filles également, j'en gagerais. Et non, non ! Ôtez-vous de l'idée qu'une des moniales a peut-être tué Henriette et que la mère abbesse couvre ce meurtre.

— Comment pouvez-vous en être si certain puisque vous évoquez, sans détour, une complicité de l'abbaye, du moins par le silence ? s'énerva Tisans.

— Si l'on envisage une tueuse moniale, il aurait donc fallu que celle-ci gardât Henriette en un lieu secret durant quatre jours. Quelle affreuse complication dans ce monastère,

1. Prendre la fuite. Nous a laissé « prendre la poudre d'escampette ».

où toutes sont témoins des allées et venues des autres. Ajoutez à cela la magnifique musculature de votre aînée. Une femme serait-elle parvenue à la tenir au secret si longtemps ? Cette hypothèse m'aurait peut-être séduit... votre pardon pour une malheureuse expression... si votre fille avait été étranglée peu après son départ en tournée d'aumôneurs. Or, les déductions de cet aesculapius, ce Jehan Fauvel, transmises par le mire Méchaud, insistent sur le fait qu'elle a été occise en début de soirée, peu d'heures avant sa découverte à l'extérieur de l'enceinte.

— Juste raisonnement, admit le sous-bailli de Mortagne. Mais alors... ?

— Revenons aux égratignures et croûtes fraîches que portait le dos de votre fille. Vous soulignâtes qu'on ne se fustigeait pas en voyage, alors que l'on nuitait chez des presque inconnus. Elle a donc été frappée ou traînée au sol, le dos dénudé.

— Fauvel fut formel sur d'autres aspects, se souvint Tisans d'une voix blanche. La cordelette retrouvée serrée sur le col de sa robe et l'arrière de sa coiffe a été replacée après son meurtre, alors qu'on l'avait revêtue, à l'exception sans doute de ses bas d'hiver. Si on l'avait étranglée au lien au travers de son vêtement, la peau de son cou n'aurait pas porté les vives abrasions étendues qu'il a remarquées.

— S'ajoute le fait que vous me narrâtes : le maudit a attaqué Henriette de face et non par-derrière, ainsi que le révèle l'absence de marques sur le devant du larynx, là où les mains ont tendu la corde.

— Votre théorie ? Ne cherchez pas à m'épargner, de grâce.

— Une exécution dictée par la haine. On l'a frappée avec rage, on l'a regardée droit dans les yeux en la suffoquant. On voulait la voir rendre son dernier souffle. Puis, on a dérobé l'argent qu'elle transportait pour faire accroire un meurtre dicté par le lucre, sans s'embarrasser de la jument qui a sans doute permis de ramener la dépouille non loin de la porterie principale. Une haine brûlante.

— Et la contusion de sa tempe ?

— Afin de l'immobiliser… avant le reste… Votre fille était très musclée pour une représentante de la douce gent. Elle se serait âprement défendue, ainsi que vous l'observâtes. Or, elle ne portait aucun hématome sur les avant-bras. Selon moi, elle a été immobilisée, d'une façon ou d'une autre. Et justement, cette contusion évoque une improvisation. Elle a surgi. On est passé à l'action avec les moyens du bord.

— Un aumôneur ? Notre suiveur ?

— Qui sait ?

Soudain pressé, Arnaud de Tisans remonta en selle, lançant :

— Allons, monsieur, poursuivons, je vous en conjure. Je veux savoir. Hardouin ? Le moment venu… laissez-le moi. N'intervenez pas.

— À votre volonté et honneur de père.

XXIII

Alentours de Nogent-le-Rotrou, décembre 1305,
au même moment

Lorsque Martine, la voix heurtée de sanglots, lui avait conté par le menu sa visite en Nogent, sa rencontre avec la jeune femme Adèle puis son entretien avec Eustache de Malegneux, sans oublier l'indécente tentative de corruption de celui-ci, la baronne Béatrice de Vigonrin était restée roide, figée, telle une statue de marbre ancien.

Martine avait fini par laisser couler les larmes retenues durant le voyage de retour.

Mme Béatrice s'était levée et lui avait enserré la taille de son bras, déclarant d'un ton trop calme :

— Merci, ma bonne, tu m'as fidèlement servie, à ton habitude. Je t'en suis reconnaissante. De fait, lorsqu'on exige la vérité, il faut avoir la dignité de la supporter ensuite. Il me faut informer Agnès. Réfléchissons, veux-tu ?

Martine avait senti que la baronne mère soliloquait, s'adressant en fait à elle-même.

— Or donc, Eustache la cocufie avec une catin de borde qu'il a installée et ne tardera pas à engrosser. Il l'aime, cet affligeant abruti. Décidément, je l'ai toujours jugé méprisable et insupportable ! Quant à cette fillette commune, qu'elle l'aime ou pas, elle serait bien sotte de laisser filer la poule aux œufs d'or et je ne puis que la comprendre. Il a bien promis, Martine, qu'il pourvoirait à nos besoins, « le nécessaire et le superflu » ?

— Si fait, madame. Il l'a répété.

— Bon, finalement, une moindre perte, évalua Béatrice de Vigonrin et, de plus, nous sommes débarrassées de cette loche imbécile dont Agnès ne regrettera ni la présence, ni la couche. Certes, on jasera autour de nous. Cependant, avec un peu de finesse, nous parviendrons à retourner les langues vipérines à notre profit. Pauvre, chère, admirable Agnès, injustement abandonnée avec son fils par un échauffé des sens. Car voici la version que nous offrirons au monde. Eustache, en raison d'une piètre virilité, ne pouvait parvenir à la satisfaction de son besoin d'homme sans d'obscènes actes bordeleux que toute bonne chrétienne se refuserait à envisager. À moins que…

— À moins que, madame ?

— À moins d'un acte devant notaire, dans lequel Eustache octroiera à ma fille une très généreuse rente annuelle et prévoira la large part à revenir à son fils Étienne après son décès. J'en informerai moi-même mon fils d'alliance. Dans ce cas, et seulement dans ce cas, nous nous engagerons à garder une élégante réserve à son sujet.

Martine avait approuvé d'un mouvement de tête. Tentant sans doute de se justifier à ses propres yeux, la baronne mère avait conclu :

— Ma bonne, c'est Eustache qui a rompu un marché tacite, à la manière d'un déhonté. Que croyait-il ? Le petit monsieur, laid et gras, dépourvu d'esprit et de manières, dont les quartiers de noblesse furent raclés de fonds de tiroirs ! Il a épousé une magnifique créature, érudite, vive, de haut lignage. Que mettait-il dans la corbeille de mariage ? Son argent, rien d'autre. Nous le savions tous. Il n'y eut jamais tricherie ni vile manigance de la part des Vigonrin. Eh bien, sur mon âme, il respectera sa part du contrat ou lui et sa fille des rues s'en mordront les doigts !

✠

Ainsi que le prévoyait la baronne mère, Agnès avait accueilli la nouvelle avec sérénité, dès que la question financière avait été expédiée. Son unique commentaire fut :

— Au fond, ma mère, réjouissons-nous de ce cadeau du ciel. L'argent d'Eustache, sans Eustache. Il faudrait être bien insensée pour s'en plaindre. Quant à être cocue, du moins cela me rapportera-t-il quelque chose, contrairement aux autres femmes ! Ne reste donc plus à régler que la tutelle de Guillaume, qui, je vous l'assure, me préoccupe davantage. Il s'agit de notre nom et de notre titre, et le petit baron est de notre sang. En vérité, je vous l'avoue, ma très chère mère, je redoute que le procès de Mahaut traîne en longueur. S'énervant soudain, elle ajouta : Eh quoi ! Il s'agit d'une sorcière enherbeuse, qu'on en finisse ! Il faut d'ores et déjà s'atteler à détruire l'influence pernicieuse qu'elle aurait pu avoir sur Guillaume.

— Elle se montrait bonne mère, avait rétorqué Béatrice.

— Je n'en jurerai point. Après tout, que savons-nous au juste de ces femmes, au-delà de leurs charmantes mines et de leur tendresse affectée ?

— Ces femmes ?

— Son aînée, Marie de Salvin ? Certes, il semble bien qu'elle ait été troussée par ce faquin qui avoua sous la torture. Mais, ne l'avait-elle point un peu provoqué ? Une œillade ci, un sourire là ? Quelle idée pour une dame d'autoriser un homme, même de connaissance, à nuiter chez elle en l'absence de son époux, ne trouvez-vous pas ? N'avait-elle pas envie de tenter le diable ? De même farine [1], j'en gagerais.

✣

Béatrice n'avait presque pas dormi cette nuit-là. Elle s'était imaginée, injuriant son fils d'alliance, le souffletant même, rédigeant une missive à l'évêque afin que la catin soit interdite de communion, ou passant d'étal en étal à Nogent-le-Rotrou afin de mettre en garde toutes femmes contre une voleuse de maris sans vergogne. Cette débauche d'agressivité nocturne l'avait un peu apaisée au matin. Aussi demeura-t-elle composée lorsque Martine frappa pour annoncer Eustache de Malegneux.

Il avança vers elle et elle ne l'invita pas à s'asseoir. Eustache avait redouté cette entrevue, peut-être la dernière. Sa mère d'alliance l'avait toujours mis mal en aise, un peu apeuré aussi. Il ne lui adressait la parole qu'à regret, pesant chaque mot, au point que son élocution en devenait malhabile et qu'il se cantonnait dans des banalités qui lui valaient le plus souvent un regard de commisération ou d'exaspération. Mais tout cela serait bientôt terminé. Il allait vivre, profiter du bonheur enfin à portée, sans plus devoir se terrer tel un infâme coupable. Au fond, la venue de Martine rue de Ronne lui avait permis de sauter le pas, d'en arriver où il redoutait d'aller depuis tant de mois. Assez de se sentir tel un pourvoyeur de richesse, rien d'autre. Une seule véritable appréhension lui demeurait.

1. De même sorte, dans le sens de « qui se ressemble s'assemble ».

Et si Agnès, par vengeance ou dépit de femme, retournait contre lui son fils, l'adorable petit Étienne ? Que nenni, Eustache se sentait prêt à l'affrontement pour le protéger. Dieu du ciel, l'infinie douceur d'Adèle et son amour sans borne avaient réalisé des prodiges. Eustache avait toujours redouté les humeurs d'Agnès, encore plus que celles de Béatrice. Existaient en son épouse une telle inflexibilité et une telle détermination qu'on en avait parfois froid dans le dos. Et pourtant, jamais elle ne haussait le ton, ni ne tapait du pied, au point qu'il avait fallu du temps à Eustache avant de comprendre qu'il avait face à lui un bloc de granit que rien n'émouvait ni ne parviendrait à émousser. Et ne voilà-t-il pas qu'il était prêt à se défendre d'elle avec fougue !

— Ma mère… je me doute que Martine vous a conté notre… rencontre d'hier. Aussi, ce jour d'hui, épargnons-nous les reproches et les cris…

— Vous parais-je affectée d'une nervosité de femme ? l'interrompit, glaciale, la baronne. De fait, discutons de… la suite puisque j'ai cru comprendre que l'adultère dans lequel vous vous complaisez n'était ni accidentel, ni temporaire.

— De juste. Cependant, je n'ai nulle intention d'engager une procédure en annulation et…

Béatrice de Vigonrin se dressa telle une furie et siffla :

— Il ferait beau voir, monsieur ! Et à quels motifs, je vous prie ? Au motif d'avoir épousé une femme admirable, qui jamais ne vous trompa, qui vous donna un fils, peut en produire d'autres ? Au motif que vous vous vautrez dans la couche d'une puterelle, que vous avez installée au vu et su de tous ? Au motif que vous détournez les biens d'une union devant Dieu à son profit ? Ah, quelle est plaisante, celle-là ! Mais brisons là avec les intarissables reproches que je vous pourrais adresser. Venons-en à… l'essentiel.

— L'argent ! murmura Eustache.

— Quoi d'autre ? asséna Béatrice, mauvaise. Vous n'espériez tout de même pas avoir été épousé pour votre avantageuse silhouette ou votre viril maintien, ou encore pour un esprit étincelant. Votre beau sang, peut-être ?

— Oh, fichtre, madame, je ne vous savais pas méchante ! Impérieuse, sans doute, mais point perfide à ce point, remarqua Eustache, redevenu calme après cette détestable salve. Puisque les atténuations ne seront pas de mise, foin[1] des simagrées[2]. Passons sitôt à ce que je connais le mieux, ainsi que vous, semble-t-il : le commerce ! Discutons en honorables, mais pressés négociants. À combien évaluez-vous votre fille ?

Béatrice serra les lèvres sous l'insulte. En son for intérieur, elle reconnut qu'elle ne l'avait pas volée.

— Une rente annuelle pour laquelle j'attends votre… généreuse proposition, adaptée au préjudice considérable que subit ma fille ne pouvant se remarier, un engagement non modifiable au sujet de l'héritage d'Étienne, le tout devant notaire.

Un mince sourire étira les lèvres d'Eustache et, pour la première fois, Béatrice lui trouva l'air moins benêt.

— Remarier ? Agnès ? Et pourquoi diantre ? Elle se suffit merveilleusement à elle-même. Surtout avec une belle rente. Peu importe. À mon tour de poser des conditions avant d'accepter les vôtres. J'exige de voir souvent mon fils. Toute tentative pour l'écarter de moi rendrait notre accord caduc. Je vous conseille aussi, avec la plus grande fermeté, de vous tenir à l'écart – de toute manière – d'Adèle, de son fils et de nos enfants à venir. Votre confort étant à ce prix, je ne doute pas, madame, que nous sous-

---

1. Interjection marquant le dédain.
2. Sans doute la contraction de la locution « ainsi cela m'agrée ».

entendions tels larrons en foire. Quant au reste, notamment l'avenir de madame Mahaut, peu m'en chaut. Au demeurant, elle ne m'a jamais montré amitié.

— Que vient faire Mahaut ici ?

— Peu importe, vous dis-je, si ce n'est qu'Agnès semble bien prompte à l'expédier au chafaud. Rivalité de femmes, peut-être ? Mahaut est fort belle et terriblement séduisante.

Béatrice, peu désireuse de s'étendre sur sa fille d'alliance incarcérée, lui tendit la main, annonçant :

— Topons-la et scellons notre accord. Je préviendrai notre notaire. Concernant vos effets céans…

— J'enverrai au plus preste deux hommes de peine les réunir afin de me les apporter. À Dieu, madame.

Il jeta un regard circulaire à la vaste pièce, plus guère occupée depuis le décès de François père, et s'étonna d'un ton doux :

— Étrange… J'ai l'impression d'être entré et sorti de cette demeure sans rien y laisser, pas même un souvenir, hormis mon fils. Fichtre, que de temps perdu à rattraper. À Dieu et portez-vous bien, madame.

XXIV

Alentours de Saint-Jean-Pierre-Fixte[1],
décembre 1305, au même moment

Ils ralentirent, parvenus devant la place sur laquelle s'élevait l'église Saint-Jean. Une gamine d'à peine six ou sept ans, traînant derrière elle un petit frère braillard, les renseigna, impressionnée par ces deux cavaliers bien mis, portant épée.

— L'seigneur Louis gîte dans son manoir du Plessis, messires. D'l'aut' côté du village, à une jetée d'pierre d'la sortie. L'est point trop affable mais pas d'mauvaise âme, à c'qu'on cause. Bon, y sort point l'nez du gobelet, mais l'est pas méchant homme.

Ils remercièrent la fillette et avancèrent dans la direction indiquée.

— Et qu'a commis celui-ci ? s'enquit le sous-bailli.

Hardouin étouffa un rire et expliqua :

— D'après les informations portées par Blandine Creusot sur la liste, notre bon Louis aurait pissé au beau milieu de la nef Saint-Jean, ivre mort et incapable de se

1. De *petra fixa*, « pierre fichée », une pierre druidique qui atteste que ce village était un endroit de culte pour les Gaulois. La fontaine de l'église, christianisée sous le nom de fontaine Saint-Jean, était le lieu d'un très ancien « culte des eaux. »

souvenir qu'il se trouvait en lieu saint. Lorsque le prêtre s'est rué sur lui afin de le pousser au dehors, il aurait rugi, en titubant : « Oh là, vil coquin, me touche pas les aiguillettes[1] où je te navre ! »

— Pourquoi ai-je le sentiment que les blasphèmes vous distraient, Hardouin ? demanda Tisans, un peu pincé.

— Uniquement les menus blasphèmes. D'autant que, selon moi, on ne blasphème qu'envers Dieu. Pas Ses représentants bien de ce monde[2]. Mauvais esprit que le mien, je vous le concède : j'imagine la scène, ce hobereau manquant s'affaler d'ivrognerie en pleine église, vidant sa vessie dans son caleçon et bataillant contre un pauvre prêtre affolé qu'il prend pour un malandrin.

— J'avoue que la drôlerie de la situation m'échappe, bougonna Arnaud de Tisans.

— Eh quoi ? L'église se paiera de beaux cierges avec son aumône de repentance, sans compter celle destinée aux Clairets. Il a payé sa faute.

— Tout se rembourserait-il ? eut le peu d'adresse de contrer le seigneur bailli.

Le regard gris amusé d'Hardouin l'épingla. Tisans se souvint de sa fâcheuse remarque en l'auberge de la Hase Guindée et se le tint pour dit. Un peu gêné, il biaisa :

— Et le dernier aumôneur, qu'en savons-nous ?

— Peccadille ! Une vieille femme du nom de Sylvine Brochet, une paysanne de faibles biens. Elle aurait égorgé une oie durant le Carême.

— Et ?

1. Au sens propre à l'époque : cordon, en général terminé de ferrets aux deux bouts, qui servait à attacher le haut-de-chausses au pourpoint, empêchant le premier de glisser sur les jambes. Au figuré, dans l'expression « nouer l'aiguillette » : jeter un sort à de nouveaux mariés.

2. Rappelons que si la foi était presque générale, il existait cependant à l'époque pas mal de textes ou de chansons, pour certaines obscènes, vilipendant l'Église et les moines.

— Lorsqu'on égorge une oie, c'est en général pour la manger ! Elle a donc été accusée de rupture de maigre, bien que protestant de son innocence. Selon elle, le méchant animal piquait ses œufs, bref, une pondeuse dénaturée. Elle a juré ne pas l'avoir mangée. Nul n'y a cru, à juste titre. Petite amende étant entendu le maigre argent qu'elle possède.

— Je doute que nous trouvions chez elle des informations d'intérêt.

— De juste, seigneur bailli. Je mise bien davantage sur le seigneur Louis.

— Hum…

✣

Quelques toises plus loin, ils parvinrent en haut du chemin qui menait au manoir du Plessis. La nervosité avec laquelle Tisans talonna sa monture alerta le bourreau.

— Seigneur… rien ne nous dit que messire Louis d'Ayon ait à voir avec la malemort d'Henriette.

Tisans lui jeta un regard, fronçant des sourcils et marmonnant :

— Ayon, dites-vous ? Ayon… pourquoi ce nom m'évoque-t-il quelque chose ? Pas vraiment, d'ailleurs. Bah, tous les noms s'emmêlent dans mon esprit. Tant de gens, tant de visages, quel embrouillement.

Le manoir[1] apparut au détour du chemin. De piètre allure, il évoquait davantage une ferme mal tenue qu'une

1. Rappelons que le manoir à l'époque était simplement la demeure d'un noble, donc, en général, plus vaste et mieux construite. Le terme ne prit sa signification de « petit château » que bien plus tard. Les manoirs n'avaient pas vocation militaire. Le droit d'armement, de donjon ou de tours de défense leur était refusé.

demeure seigneuriale avec sa maçonnerie en piteux état, un versant de son toit de tuiles menaçant de s'effondrer, l'une de ses gargouilles piquant du mufle vers le sol, sa cour d'honneur pavée disparaissant sous des herbes folles et des broussailles. Quelques poules s'affolèrent à leur approche, filant en tous sens. Ils démontèrent, perplexes. Tisans cria :

— Holà, au service !

En vain. Ils patientèrent quelques instants, tendant l'oreille.

— Tudieu, y a-t-il âme qui vive, céans ? s'époumona le sous-bailli, son haleine filant en buée dans le froid glacial de cette mi-journée.

Apercevant le battant entrouvert d'une grange ou d'une écurie située dans une dépendance délabrée qui s'élevait à leur droite, Hardouin cadet-Venelle s'approcha. Une forte odeur de fumier et d'urine le renseigna. Il pénétra, clignant des yeux dans la pénombre. Un cheval de Perche gris pommelé mâchait tristement son foin, enfoncé à hauteur de paturons dans une litière d'excréments.

L'avertissant de son approche par de petits claquements amicaux de langue, il flatta la croupe de l'animal, placide à l'instar des chevaux dits à « sang-froid » de sa sorte. Étonné, il ôta son gant et caressa le flanc puissant de l'animal.

— Mon tout beau, depuis combien de temps n'as-tu point vu le bouchon [1] ?

L'exécuteur des hautes œuvres rejoignit ensuite le sous-bailli, annonçant d'une voix sourde :

— Je crois bien que nous tenons notre escorte discrète de tout à l'heure. En tout cas, le cheval est couvert d'une pellicule de givre. Sa sueur d'effort.

1. Tresse de paille avec laquelle on nettoyait les cheveux. A donné « bouchonner ».

Tisans fit mine de foncer vers la porte principale qui menait à l'intérieur du manoir mais M. Justice de Mortagne le retint par le pan de son mantel, précisant :

— Cavalier suiveur. Pas assassin, jusqu'à plus ample connaissance !

La précision calma messire de Tisans qui grogna :

— Mais pourquoi nous suivre s'il savait que nous nous rendions chez lui ?

— Remarque judicieuse, approuva Hardouin en réfléchissant.

La solution s'imposa soudain à lui et il tira la liste de Blandine Creusot glissée dans son gipon.

— Sapristi [1] !

— Quoi, quoi ? s'énerva Tisans.

— Ah, par la sambleu ! Nous retournions en Nogent, notre tâche accomplie. Aussi ai-je interverti, par aisance, l'ordre de visite annoncé par la damoiselle Henriette, puisque cette Sylvine Brochet demeure non loin de la ville, à Champrond-en-Perchet. Nous avons commencé par les Lecoq, tout comme votre défunte fille. Ensuite, elle alla récupérer l'amende chez cette Sylvine Brochet demeurant juste à côté de Nogent-le-Rotrou donc, et termina par le seigneur Louis d'Ayon, à Saint-Jean-Pierre-Fixte, ce qui la rapprochait des Clairets pour le retour. Elle n'a point nuité chez les fermiers indélicats, nous le savons, se contentant d'une légère collation d'après-midi. Mais, qu'en fut-il chez cette femme Brochet, d'autant que la damoiselle Henriette a dû y arriver fort tard, sans doute à la nuit échue, preuve d'un beau courage pour une dame non escortée ? Étant entendu la bonne lieue et demie qui séparait ses deux derniers aumôneurs, je parierais qu'elle a requis hospitalité de la femme Brochet.

1. Altération jugée correcte du juron « sacris » blasphématoire.

— Si votre théorie est exacte et que voici notre suiveur, il aura donc été surpris, se demandant où nous nous rendions après avoir quitté la ferme Lecoq.

— Hum… cependant, votre remarque tient toujours. Pourquoi nous suivre ? Que craignait-il, s'il s'agit bien de lui ? observa Hardouin.

— Ah ça ! Mais nous l'allons apprendre bien vite, s'écria Tisans en repoussant sur son épaule un pan de son mantel doublé de renard, dégageant ainsi le fourreau de son épée.

✠

Il fonça sans plus d'explications vers la haute porte en arrondi du manoir et heurta des deux poings ses lourds panneaux de bois sombre, renforcés de traverses cloutées et rouillées. Il hurla :

— Au service, à l'instant ! Ouvrez sitôt, par ordre de monseigneur Charles de Valois, justice du roi ! Félonie [1] et commise [2] pour qui s'y refuse !

Rien, le silence seulement troublé par le souffle d'exaspération de Tisans et les caquètements lointains des poules.

Hardouin cadet-Venelle s'éloigna de quelques pas et s'arrêta devant une étroite fenêtre occultée d'un volet. Il tira sa dague et la faufila dans l'interstice ménagé entre le mur et le panneau de bois. Sa lame souleva sans difficulté la clenche. Une odeur pestilentielle le fouetta au visage

1. Rébellion ou dérobade d'un vassal, acte considéré comme un crime.

2. La félonie étant attestée, le suzerain avait le droit de confisquer le fief du vassal, il s'agissait de la commise. Dès après le XIIIe siècle, cette commise devint moins « physique » la rétorsion étant alors financière et évitant un affrontement militaire.

lorsqu'il ouvrit le volet. Il recula de trois pas, prêt à dégorger, haletant :

— Divin Agneau… de la charogne bien avancée ! J'en connais l'odeur aussi bien que ma vie. J'entre et vous ouvre.

XXV

Alentours de Saint-Jean-Pierre-Fixte,
décembre 1305, peu après

La scène qui se matérialisa peu à peu dans la semi-pénombre les sidéra. Louis d'Ayon, à l'évidence, s'était pendu à la poutre maîtresse d'une salle d'assez modestes dimensions, d'une saleté repoussante. Ses deux pieds, flottant un peu au-dessus du sol, avaient été partiellement dévorés. Les auteurs de ce sacrilège furent vite démasqués, lorsque le regard d'Hardouin tomba sur un énorme rat qui filait au bord de la table recouverte d'immondices : reliefs de repas, miche de pain grignotée que le gris-vert de la moisissure commençait d'envahir, bandes crasseuses de mollets en chanvre. Des boutilles [1] vides en terre cuite s'amoncelaient dans tous les coins de la pièce, sous la fenêtre et la table. Hardouin s'approcha du pendu, regardant où il posait les pieds. L'écho de furtives cavalcades le renseigna : ils dérangeaient nombre de charognards dans leur festin. Heureusement, le froid et la saison avaient épargné au défunt l'outrage des mouches et des asticots. Il détailla le visage d'un bleu violacé, les longs cheveux gris et sales, la langue protruse,

1. Bouteilles, rarement en verre à l'époque.

les chevilles velues, le bas du ventre découvert, verdâtre et gonflé de décomposition. Une escame[1] gisait non loin, renversée sur le flanc. Celle sur laquelle avait dû grimper le seigneur d'Ayon pour mettre fin à ses jours.

— Depuis quand est-il mort ? s'enquit Tisans.

— Je ne sais au juste. Quatre ou cinq jours pour puer autant. Le décrochons-nous ?

— Ses chairs sont visqueuses d'humeurs nauséabondes et risquent de souiller nos vêtements. Je n'ai guère envie d'emporter cette puanteur sur moi, argumenta Tisans. Nous aviserons plus tard. Son... état ne s'aggravera guère... Après tout, il s'agit d'un suicidé, et il ne mérite ni honneurs ni respect[2]. Il sera pendu au gibet pour l'édification de tous et ses restes ensevelis quelque part, peu importe.

Hardouin contra :

— Pas s'il souffrait d'une maladie de folie ou d'idiotie. Or l'abus d'alcool peut engendrer la première. Il convient de s'en assurer afin qu'il jouisse alors d'un enterrement chrétien, épargnant aux siens la confiscation de ses biens et l'affreux spectacle de sa dépouille traînée par les rues avant d'être jetée dans une fosse non consacrée.

---

1. Sorte de tabouret assez bas, en général de forme triangulaire.

2. Le suicide était considéré comme un crime, puni d'excommunication, le corps du suicidé étant pendu au gibet, ou traîné dénudé, et ses biens saisis, sa maison étant éventuellement brûlée. La pénalisation civile fut décidée par Charlemagne. Cependant, l'Église reconnut dès le début du XIIIe siècle une exception qui méritait le pardon intégral : lorsque le suicidé était malade mental ou d'esprit faible. Il fallut attendre la Révolution pour que le suicide soit « dépénalisé » civilement, puis la loi de 1881 pour que cessent les distinctions entre les défunts « quelles que soient leurs croyances ou les circonstances entourant leur mort ». En 1965, l'Église autorisa les enterrements religieux pour tous les suicidés sans exiger de certificat médical attestant d'une maladie mentale ou de souffrances affreuses ayant justifié ce geste. Tout ceci explique les innombrables dissimulations tentées par les proches.

Tout en parlant, il scrutait la table, le sol, le manteau de la cheminée, le coffre en vilain bois poussé contre un mur, à la recherche d'un ultime message laissé par le pendu, expliquant son geste. Tisans reprit :

— Mais alors… qui montait ce cheval dont la robe est couverte d'un givre de sueur ?

— Ah, fichtre… je n'y avais point pensé, admit le Maître de Haute Justice.

— Sortons, voulez-vous ? Cette pestilence me fait monter la bile dans la gorge.

— Bien volontiers, seigneur bailli.

✣

Ils s'aérèrent quelques instants en silence. Tisans, peu affecté par leur découverte morbide, s'enquit :

— Que faisons-nous ?

— Nous y retournons, bien sûr, et fouillons la demeure.

— Vous pensez que…

— Je ne pense rien, mais m'en assure. Notre première… rencontre avec le sieur d'Ayon nous épargnera de supporter à nouveau ses remugles. En revanche, bien que de taille modeste, ce manoir possède d'autres pièces où on a pu détenir votre fille.

Réprimant leurs haut-le-cœur, ils longèrent le mince couloir où s'ouvrait la salle dans laquelle ils avaient découvert le pendu. Ils parcoururent au pas de charge les trois pièces de l'étage. Partout se lisaient l'abandon, la défaite, le désespoir d'un homme que la vie avait fui bien avant sa mort. L'épaisse couche de poussière, les toiles d'araignée conquérantes, les petits amas de crottes de souris, les meubles cassés, renversés, les murs envahis de langues verdâtres d'humidité ou crépis de salpêtre, l'odeur de renfermé, de mal-être, tout attestait de la pathétique déroute du seigneur Louis d'Ayon. Quelques livres chus sur le plancher avaient été presque entièrement dévorés par les rongeurs.

— Nul n'est monté céans depuis des lustres, observa Hardouin. La cave !

— Il en existe rarement dans les demeures de Perche. Le sol est trop humide et argileux.

— J'en possède une, creusée dans l'argile et voûtée ensuite de pierres renforcées de madriers.

Par acquit de conscience, ils visitèrent la pièce située en face de la « salle au pendu ». Le même état de sinistre et misérable abandon y régnait, à ceci près qu'une paillasse crasseuse était poussée contre un mur, une couverture roulée en boule à un coin.

Hardouin s'en approcha. Sans qu'il sache pourquoi, une vague tristesse l'effleura. Louis d'Ayon avait déserté sa propre vie des années auparavant. Bah, pourquoi s'apitoyer sur lui : Ayon avait eu la naissance, le nom, le titre, le rang et les biens. S'il avait été incapable d'en faire digne et bon us, la faute lui en revenait.

Ils découvrirent vite la cave, située en bout de couloir, à droite d'une cuisine dont provenaient des relents de pourriture et de viande trop faisandée, guère plus supportables que ceux qu'exhalait feu Louis d'Ayon.

✠

Se baissant, ils descendirent un escalier tournant. Hardouin se fit la remarque que les marches tranchaient sur la saleté et le désordre qui régnaient ailleurs. Elles avaient été balayées peu avant. Ils débouchèrent dans une petite salle souterraine. Il souffla :

— Quelqu'un a trépassé céans, il y a peu.

— Que… ? bafouilla Tisans, clignant des yeux afin de s'accoutumer à la pénombre, seulement trouée par la lueur incertaine qui filtrait de deux étroits soupiraux.

— La mort, cette vieille connaissance. Je la renifle. Son odeur colle à mes talons depuis si longtemps, murmura le bourreau, si bas que son compagnon de route ne l'entendit pas.

— Je ne vous ouïs point.

— Aucune importance. S'y mêle celle des déjections, assez récentes.

Hardouin s'approcha du mur qui lui faisait face, le détaillant, sans rien constater. Il se recula et sa botte s'enfonça dans un objet mou, évoquant une étoffe. Il se pencha, parvenant difficilement à distinguer le petit amas qui gisait sur la terre battue, et souleva ce qui s'avéra être un bas de laine fine, puis un second. Il s'approcha d'un des soupiraux et les détailla. En haut, à l'endroit où un lien de chanvre maintenait le bas gris à mi-cuisse ou sous le genou, deux initiales, brodées d'un sobre fil rouge : H.T. Le marquage des changes de linge attribués à chaque moniale. Elles devaient en prendre grand soin et ne les remplacer qu'après longue usure. Il les tendit à Tisans sans un mot.

Le sous-bailli les considéra un instant, sans paraître comprendre. Soudain, l'exécuteur des hautes œuvres vit l'homme enfouir son visage dans les bas de sa fille. Ses épaules s'affaissèrent et une quinte de sanglots l'étouffa. Par décence et par respect, Hardouin poursuivit l'inspection du lieu.

Dans le coin opposé gisait une discipline, non loin d'un bol. À quelques pas, cinq bouteilles de terre cuite. Il les renversa. Quelques gouttes de vin s'écoulèrent de deux d'entre elles, preuve qu'elles n'avaient été vidées que peu avant. Des formes indistinctes et plus ou moins sèches ponctuaient le sol, là où Henriette de Tisans avait été contrainte de se soulager.

— Il l'a frappée. Sans doute était-elle entravée d'une pièce de tissu, pas une corde puisqu'elle ne portait pas de trace aux poignets, ni aux chevilles. Il a dû rester assez longtemps en sa compagnie, si j'en juge par le vin qu'il a bu récemment céans.

D'une voix heurtée, Tisans vérifia :

— Elle a été assassinée dans cette cave ?

— Je le crois.

— Pourquoi ?

— Je ne sais. Quelqu'un qui lui en voulait assez pour la détenir au moins trois jours, en l'abreuvant… le bol, mais, peut-être sans la nourrir. En la frappant d'une discipline. Lui épargnant les outrages de femme, sans la torturer de démente façon ainsi qu'il l'aurait pu puisqu'elle était à sa merci… puis en l'étranglant. Il s'est servi de la haquenée pour la ramener à l'abbaye, voulant qu'on la trouve. Afin que ceux qui savaient comprennent ? Il eût été bien plus expéditif, commode et moins risqué de l'abandonner au plein de la forêt. Non, il souhaitait que l'on sache qu'elle avait été assassinée. Raison pour laquelle il a enroulé la cordelette autour de son cou après l'avoir rhabillée. En omettant les bas. Peut-être ne les a-t-il pas trouvés ? Peut-être les enfiler à une morte devenait-il trop ardu ? Peut-être les a-t-il simplement oubliés ?

— Mais pourquoi ? Ceux qui savaient quoi ? cria Tisans que la colère faisait trembler.

— Comment pourrais-je vous répondre ? Sortons, voulez-vous ?

— Maudit, vil serpent, damné ! Rôtis en enfer pour l'éternité. Tu m'as ôté le plaisir, le délice de t'étriper ! Je te hais. Tu as privé Dieu d'une de Ses plus belles, plus magnifiques créatures… rugit Arnaud de Tisans.

— Rejoignez-moi, à votre aise, ajouta doucement Hardouin et se dirigeant vers l'escalier de pierre.

De longues minutes s'écoulèrent. Lorsque Arnaud de Tisans, livide, les paupières irritées de larmes, avança vers lui, M. Justice de Mortagne eût été incapable de préciser où ses pensées l'avaient entraîné. Marie et encore Marie s'était mêlée à Mahaut, deux visages si similaires qu'il en avait le vertige.

— Le merci à vous, monsieur. Que faisons-nous maintenant ?

— Nous prévenons le prêtre. Qu'une maladie d'esprit ait ou non poussé le seigneur d'Ayon à attenter à sa vie, tout porte à croire qu'il a occis votre fille. Quant au cheval de Perche, il mérite des soins. Puis, nous nous rendrons chez cette Sylvine Brochet, courte visite, m'est avis. Ensuite, avec votre permission, nous filons à Nogent-le-Rotrou. Il me tarde tant d'intervenir dans l'arrestation de madame Mahaut, arrestation et, surtout, accusation abusives.

— Le seigneur Guy de Trais aura reçu ma missive.

— Messire de Tisans, soyez assuré que je comprends votre souhait, besoin, de demeurer seul avec vos pensées, vos souvenirs. Si le bailli de Nogent-le-Rotrou me reçoit grâce à votre entremise, je poursuivrai seul ma route pour cette fois. Cette affaire exige un esprit froid, lucide et peut-être retors. Je me détesterais de l'exiger de vous en pareilles circonstances.

En réalité, cadet-Venelle n'avait nulle envie de la collaboration de Tisans. D'une étrange et floue manière, il sentait qu'il ne pourrait mener sa tâche à bien que seul. Or, la vie de Mahaut de Vigonrin tenait à un fil.

Tout à son chagrin, à sa rage, l'autre crut à une réelle faveur inspirée par l'amitié. D'une voix faible, rugueuse des pleurs versés dans la cave, il déclara :

— Monsieur… Qui de nous deux a prononcé cette phrase d'une belle sagesse : pourquoi faut-il attendre les pires heures de notre vie pour déceler nos véritables amis ?

— J'ai oublié. Cependant, vous ou moi avions alors grand raison.

XXVI

Champrond-en-Perchet[1], *décembre 1305,*
un peu plus tard

Le minuscule village paraissait avoir été frappé par un sortilège lorsqu'ils y parvinrent, tant un silence presque surnaturel y régnait. Pas âme qui vive dans les quelques ruelles, pas de chien errant, pas de poule téméraire évadée d'un enclos ou d'une courette.

Champrond-en-Perchet avait connu une certaine animation lors de la splendeur des Rotrou, qui se réunissaient non loin, au lieu-dit Des Salles, où s'élevait la résidence de chasse des comtes du Perche. L'extinction de la lignée directe, et donc de ses fiers mâles, avait emporté avec elle les cuirées[2], les fêtes auxquelles se joignaient de belles dames, et les folles beuveries jusqu'à point d'heure entre représentants de la forte gent. L'entourage de monseigneur de Valois, bien plus friand de capitale et de chasses royales où il fallait être vu, ignorait même sans doute l'existence de ce lieu.

1. Possession directe des comtes du Perche, durant le règne des Rotrou. Attachée à l'époque à la seigneurie de Nogent-le-Rotrou.
2. De « cuir », a donné « curée ».

Ils contournèrent la petite église, construite trois siècles plus tôt[1], désespérant de rencontrer un villageois qui puisse leur indiquer la maison de la femme Sylvine Brochet.

✣

Le cœur d'Hardouin s'emballa lorsque se matérialisa devant eux la vieille mendiante au regard bleu glace. Un sourire narquois aux lèvres, elle lui lança :

— Tu me cherchais, mon tout beau ?

S'inclinant bas pour saluer en moquerie Tisans, elle annonça :

— Sylvine Brochet, pour vous servir. Démontez que je vous offre le gobelet de bienvenue.

Le sous-bailli jeta un regard surpris à l'exécuteur, s'enquérant à voix basse :

— Qui est-ce ?

— Une mendiante de Nogent-le-Rotrou qui s'est attachée à mes pas. Une sorte de devineresse ou de bonimenteuse à qui j'ai offert la pièce. Dieu du ciel… quelle charade, quel embrouillement ! Je n'y comprends goutte.

— Bonimenteuse ? N'est-ce point le terme choisi lorsque la prédiction ne sied pas à qui la reçoit ? Eh bien, viens que j'éclaire ta lanterne. Votre lanterne, proposa la fausse quémandeuse.

Il sembla à Hardouin qu'une peine vivace se tapissait sous sa goguenardise, sous ses railleries de façade.

Ils démontèrent et la suivirent sans un mot, interloqués, menant leurs montures par la bride.

✣

1. En ruine aujourd'hui.

Ils sortirent bien vite du village, qui se résumait à quelques maisons entourant l'église.

— Attachez vos chevaux à la barrière. Ça ne craint rien, ici. Tout le monde me connaît. J'ai forte gueule et bons battoirs, précisa-t-elle en levant ses mains qui évoquaient bien davantage menues serres de moineau qu'armes redoutables.

Ils pénétrèrent dans le jardinet d'une chaumière bien tenue. Un corneau [1] de taille moyenne, noir et feu, vint à leur rencontre, remuant son moignon de queue. Hardouin lui caressa la tête. Sylvine Brochet précisa :

— Pas de mine, mais bonne chienne. Sa queue… un renard la lui a tranchée. Bah, il est plus là pour s'en vanter !

La pièce principale, dallée de pavés jaunes de Perche, faisait office de cuisine et de salle commune. L'agréable tiédeur dispensée par la cheminée et l'odeur plaisante et douçâtre des bouquets de simples sèches [2] pendus aux poutres les environnèrent. Hardouin s'étonna de l'extrême tenue du lieu, en dépit de sa modestie. Les deux coffres qui se faisaient face luisaient d'une chaude patine de cire. Des coutes rembourraient les deux bancs qui flanquaient la table sur laquelle s'alignaient quatre esconces. Surtout, il remarqua les trois verres encerclant un cruchon.

Elle parut lire ses pensées et déclara d'une voix presque douce :

— Bien sûr, je vous attendais. Et depuis si longtemps. Assoyez-vous, j'ai tant à vous conter. Une très

1. Corniaud, de l'ancien français *corne*, « coin » : né aux coins des rues.

2. À l'origine féminin, en référence à « simple-médecine », le terme est maintenant le plus souvent masculin en référence à « médicament ».

ancienne et très vilaine histoire. Ange gracieux. Elle repose enfin.

Son regard d'oiseau de proie se fixa sur le sous-bailli. D'une voix redevenue sarcastique, quoiqu'impérieuse, elle se gaussa :

— Messire de Tisans, belle réputation, belle noblesse. Vous n'êtes donc point homme à navrer une pauvresse, j'en gagerais, car ce qui va suivre ne sera guère de votre goût. Quelle importance, au fond, puisque j'arrive au terme de ma longue pénitence ?

Arnaud de Tisans ouvrit la bouche, sans doute pour exiger des explications, mais elle l'interrompit d'un geste en intimant :

— Assoyez-vous, j'insiste. J'attends depuis tant et tant d'années. Vous pouvez bien patienter quelques instants !

✠

En pleine incompréhension, ils prirent place. Elle alla récupérer un rouleau de missive sur le manteau de la cheminée et le poussa vers Hardouin. Trois feuillets glissèrent sur la table.

— À toi l'honneur, beau seigneur, annonça-t-elle. Un gamin vient de me la remettre à l'heure prévue par Louis il y a cinq jours. Lis à haute voix, de grâce.

Après un regard pour Tisans, Hardouin se pencha vers l'écriture un peu irrégulière, aux lettres parfois diluées dans des gouttes d'eau étoilées, des larmes. Il commença :

À qui de parentèle.

Je soussigné, Louis, Lucien, Marie d'Ayon, seigneur de Saint-Jean-Pierre-Fixte, m'accuse d'avoir étranglé, jusqu'à ce que mort s'ensuive, la vipère Henriette de Tisans. J'affirme ne pas avoir prévu ou véritablement souhaité cette fin. Cependant, mon âme n'en est point souillée. La mort n'était que juste rétribution puisque la maudite aura occis trois êtres, dont bientôt moi. Il me faut…

Tisans s'était dressé d'un mouvement, manquant renverser le gobelet de vin que venait de lui servir Sylvine. Il tonna :

— Il suffit ! Que sont ces abominations, ces délires d'ivrogne ?

La voix calme et plate de la fausse mendiante s'éleva :

— Vous cherchiez la vérité, seigneur bailli. Allons, courage. Entendez là maintenant. Je jure sur mon âme que ce qui fut tracé dans cette lettre est vérité. Reprends ta lecture.

Il me faut repartir vers un passé haï afin que ceux qui me liront entendent[1]*, peu me chalant leur pardon.*

Maudit à jamais si je mens : je jure devant Dieu qu'Henriette de Tisans noya sa jeune sœur Hermione alors âgée de seize ans…

— Quoi ! Cessez à l'instant ! Que ne l'ai-je étranglé de mes mains, cet immonde mécréant, menteur, impie ! tempêta le sous-bailli.

— Silence ! hurla Sylvine d'une voix si forte qu'Hardouin sursauta. Qui êtes-vous pour vous arroger le droit de décider quelle vérité verra le jour, quelle autre sera ensevelie ? N'extirpez-vous pas celles que vous exigez de connaître à force de tenailles, de brodequins[2],

1. Dans le sens de « comprendre ».
2. Torture durant laquelle on serrait les jambes de l'accusé entre des planches dans lesquelles on enfonçait des coins jusqu'à lui briser les os.

et d'estrapade[1] ? Allons, messire, virez-vous soudain mauviette[2] lorsque votre sang est accusé ?

— Venelle, quittons sitôt cet antre démoniaque ! Je n'écouterai plus un mot, déclara Tisans d'une voix tremblante de rage.

Mais Sylvine semblait hors d'atteinte. Elle cria à nouveau :

— Assoyez-vous, ai-je ordonné ! Je ne redoute plus rien, ayant déjà subi le pire. Vous écouterez ce testament d'une autre victime de votre fille. Puis, vous écouterez le discours que je ressasse depuis des années afin de vous le livrer. À défaut, et sur ma foi, je les rendrai publics. Devant la populace assemblée, m'entendez-vous ? Ainsi en ai-je décidé, ainsi en sera-t-il ! Assoyez-vous et tenez-vous coi !

Se radoucissant aussitôt, elle indiqua à cadet-Venelle que l'encombre rendait muet :

— Poursuis, mon beau seigneur. Après tout, qui mieux que toi connaît la pourriture de certaines créatures ?

Le temps me presse, mon ultime interlocutrice s'impatiente. La mort est assise en face de moi depuis si longtemps. Ce soir, elle piaffe, me sachant enfin sien.

Avait-on jamais vu plus aimables tourtereaux en mamours ? Ils étaient gracieux, doux et si bellement assortis, qu'à l'évidence, Dieu avait de tout temps prévu qu'ils se rencontreraient. Nicol, mon jeune cadet, connut Hermione de Tisans lors d'une foire au drap en Nogent-le-Rotrou. Il en tomba aussitôt en fol amour, amour partagé. Quel bonheur, quelle absolue récompense à les voir tous deux, main dans la

---

1. Torture durant laquelle on liait les pieds et les mains d'un accusé dans le dos pour le laisser tomber de tout son poids, la tête en bas suspendu au bout d'une corde.

2. Autre nom de l'alouette.

main, se dévorant du regard, se chuchotant de gentilles folies, riant pour un rien. Il lui volait parfois un petit baiser de cou ou de joue et tous deux rosissant tels des...

— Votre pardon, murmura l'exécuteur des hautes œuvres, le mot est presque indéchiffrable, son encre diluée dans un pleur... Je pense qu'il convient de lire « d'angelots ».

... rosissant tels des angelots, en dépit du fait que Nicol avait cédé son pucelage depuis belle heurette. Hermione de Tisans évoquait une fée. Enchantement de chaque instant, elle parvenait à transformer la plus maussade journée en éclat de joie et de lumière. Elle craignait cependant d'informer son père que son cœur lui avait été ravi par Nicol. Si nous n'avons certes pas à rougir de notre nom et de notre sang, notre faste n'est plus qu'un lointain souvenir. Mais, adorable mie, submergée de félicité, impatiente de pouvoir enfin parler de Nicol, elle s'était confiée à sa mère qu'elle adorait et à son aînée qu'elle croyait bienveillante. Henriette exigea de rencontrer mon frère, quoi de plus normal...

Tisans, blême jusqu'aux lèvres, avait baissé la tête et serrait si fort le gobelet entre ses mains que M. Justice de Mortagne craignit qu'il le brisât.

... Que se passa-t-il alors dans son vil esprit troublé ? Henriette tomba à son tour en amour avec Nicol, qui captivait les filles, telles abeilles affolées par un miel de printemps. Une jalousie de femme, aussi ignoble que meurtrière, lui empoisonna le cœur, à moins qu'il eût déjà été rongé de mauvaiseté. Quelques jours s'écoulèrent. Hermione si joyeuse, si amoureuse de vie, s'assombrit. Sylvine Brochet, qui servait notre famille...

Hardouin interrompit sa lecture et dévisagea celle qu'il avait prise pour une mendiante de rues. Le regard bleu glace le fixa en retour. Pourtant, il fut certain qu'elle ne le voyait pas, qu'elle visitait pour la millième fois le même douloureux passé.

... Sylvine Brochet, qui servait notre famille depuis des lustres, parvint à lui en arracher la cause. Henriette s'acharnait à dissuader sa puînée d'épousailles, alors même qu'elle trouvait tous prétextes pour venir visiter mon frère et l'assommer de mines coquettes et de pouffements de fille éprise. Il la tenait à distance, avec la courtoisie due à son genre.

L'innommable se noua. À l'automne, Hermione se rendit à l'étang de Basse-Roche, à la pressante requête de Nicol. Comme à chaque fois, celui-ci désireux de garantir la réputation de sa mie tant aimée, requit la présence alentour de Sylvine, qui s'improvisait alors chaperon...

— Ma faute, ma très grande et très impardonnable faute, murmura l'intéressée en joignant les mains. Mes sens, que je ne parvenais à brider, m'ont punie au centuple. Jolie oiselle peu farouche, je profitais du bon temps lors qu'il se présentait. Mais je vieillissais. Le regard des hommes se faisait moins pesant, leurs sourires moins engageants, leurs compliments bien plus rares. Nombre ne se retournaient plus sur mon passage.

Elle sourit, ailleurs, avant de poursuivre :

— À la demande de leur père, Dieu berce son âme, j'ai déniaisé[1] Louis puis Nicol. Toujours est-il que ce manœuvrier, magnifique spécimen plus jeune que moi, m'avait fait comprendre que je ne le laissais pas indifférent. Sachant que jamais Nicol ne tenterait de trousser sa future

1. Dans ce sens, « dépuceler ».

épouse, pas même dans un accès de passion, j'avais donné rendez-vous au bel inconnu à l'étang de Basse-Roche. Bel et fougueux, au point que j'en oubliai les heures.

Un sanglot sec lui coupa la parole. Elle plaqua les mains sur sa bouche et gémit :

— N'est-il pas ahurissant, épouvantable que je ne me souvienne ni du visage, ni du nom de cet amant d'un jour, alors que nos ébats déchaînés ont coûté la vie de trois belles personnes, sans compter la mienne ?

— Poursuivez, Sylvine, demanda Hardouin d'un ton affligé.

— Oh, je l'entends ainsi puisque j'attends ce moment depuis quatorze ans. Je me souviens. Je me suis rajustée et ai remonté la colline en hâte. De son sommet, je l'ai vue. Henriette. Poings sur les hanches, elle fixait quelque chose dans l'eau, non loin d'un rocher. Soudain, une terreur comme je n'en avais jamais ressenti m'a envahie. Je... vois, certaines choses, un don de femme qui me vient d'une aïeule, un don bien abîmé. J'ai couru telle une folle en criant. Échevelée par une lutte, les joues en feu, Henriette souriait, absente. Un peu plus loin, le cadavre d'Hermione, alourdi par ses vêtements d'automne, flottait entre deux eaux. Les manches d'Henriette, le devant et le bas de sa cotte étaient trempés. Si elle ne l'a pas poussée, profitant du départ de Nicol, elle lui a, du moins, maintenu la tête sous l'eau. La profondeur n'était guère excessive et Hermione aurait pu se redresser.

— Mais enfin... elle a... affirmé s'être démenée... Avoir bagarré... afin de tirer sa sœur sur la berge, bafouilla messire de Tisans. Hermione aurait glissé lors d'une promenade, s'assommant sur une grosse pierre.

Sylvine ne parut pas l'entendre. Elle continua :

— J'ai voulu me jeter à l'eau, espérant qu'Hermione avait juste perdu conscience. Henriette m'a ceinturée avec une force sidérante. Elle a déclaré d'un ton très calme : « Enfin crevée. Point trop tôt ! » Je me suis tournée, prête à la frapper, la menaçant de tout révéler. Elle a pouffé, me mettant en garde : « Oublies-tu que je suis la fille adorée du seigneur bailli. Il gobera tout ce que je lui servirai et tu finiras au chafaud, pauvre vieille folle qui court le cul des gueux ! As-tu du moins savouré celui-là ? » Voilà mon histoire. Achève ta lecture, bourreau.

Je m'accuse de sécheresse de cœur, de stupidité. Après un deuil épouvantable, Nicol ayant perdu le goût du boire, du manger et du rire, revisitant les endroits qu'il avait partagés avec Hermione, j'ai jugé qu'il était temps pour lui de revenir à la vie. Je n'ai pas compris qu'Hermione, l'ange adorable, avait emporté jusqu'à son envie de respirer. J'ai tancé mon frère, le rabrouant, le traitant de mazette, de faible donzelle. Pour avoir la paix, il m'a donné belle réplique, mimant le Nicol d'avant, celui qui avait déjà trépassé sans que je m'en aperçusse. J'ai cru retrouver mon cadet, m'en réjouissant, alors qu'il n'était qu'un pauvre fantôme en fin d'agonie. Deux ans jour pour jour après le meurtre, j'insiste le meurtre…

— Le… mot terrible est souligné d'un trait de plume, précisa Hardouin avant de reprendre.

… le meurtre d'Hermione de Tisans par son immonde sœur Henriette, j'ai retrouvé Nicol pendu dans sa chambre. Il avait abandonné un court message sur sa table de toilette : « Ma mie, mon immense amour, mon épouse, mon ange charmant, j'arrive. De grâce, accueillez-moi, bras larges ouverts. Votre Nicol, pour l'éternité. Enfin. » Le message fut par moi confié à Sylvine.

— Je le détiens toujours. Il vous revient, messire de Tisans, implacable rappel.

J'erre depuis. Le vin, ce faux ami, me trahit de plus en plus. Je ne parviens plus à oublier, à sombrer dans un bienvenu sommeil d'inconscience. Au fond, je dois toutes ces années de douloureuse survie à Henriette de Tisans, puisque je fis le serment, en allongeant mon frère sur sa couche, qu'elle paierait pour ses impardonnables forfaits.

Elle a eu terriblement peur, elle a souffert et je m'en réjouis, pendant que j'abattais la discipline sur son dos. Il ne s'agissait plus des coups mollets qu'elle se destinait pour laver sa conscience à peu de frais, à moindre douleur. Croyait-elle vraiment que prononcer ses vœux effacerait son ardoise à mes yeux ? Femme-vipère et moniale impie, elle me cracha soudain, dans cette cave dont je l'allais libérer, après avoir obtenu d'elle amende sincère et honorable : « Elle ne l'aura pas eu ! Elle n'aura pas joui de Nicol ! Pensait-elle pouvoir me le voler, toujours obtenir ce qu'elle désirait ? Je la détestais. Je la déteste, je l'exècre ! Il eût été injuste qu'elle continuât de vivre. L'ineffable soulagement lorsque son corps immergé a faibli sous mes mains. Si Dieu l'a permis, c'est que je n'en suis pas coupable. »

J'ai ramené le cadavre de la monstresse à l'abbaye afin que tous sachent qu'elle avait trépassé, et que certains comprennent pour quelle raison. Lorsque je l'ai jetée à bas de sa haquenée, je suis tombé à genoux, ressentant à mon tour un ineffable soulagement.

Je m'accuse d'avoir tué Henriette de Tisans et je n'en éprouve aucun remords. Je n'ai requis l'aide d'aucun complice. Je crois, sans certitude, que madame de Tisans, qui adorait Hermione, dénoua peu à peu l'écheveau de cette effroyable affaire et que le chagrin qu'elle en conçut hâta sa fin.

Je ne regrette rien. Je vais rejoindre, enfin apaisé, ceux que j'ai tant aimés.

✠

Inspirant avec peine, Tisans se leva lentement, en s'aidant du rebord de la table. Redoutant un accès de fureur meurtrière envers Sylvine, Hardouin cadet-Venelle se prépara à intervenir. Au lieu de cela, le sous-bailli fixa la fausse mendiante et déclara d'une voix d'outre-tombe :

— Pourquoi faut-il, madame, que je sois certain d'avoir entendu la vérité, si assassine se révèle-t-elle ? Je ne sais… je ne peux… Je suis égaré. Venelle, je sors m'aérer, la tête me tourne et mes jambes faiblissent. Mon cœur me blesse. Peut-être à Dieu, madame.

Un silence suivit son départ. Hardouin avala son gobelet d'un trait et se resservit sans attendre permission. Sylvine l'imita et s'essuya les lèvres d'un revers de manche avant d'expliquer, en ravalant ses larmes :

— J'ai frappé à la porte du manoir. Louis ne répondait pas. J'ai emprunté son cheval, ainsi qu'il m'arrivait parfois, afin de vous suivre. Pas un instant, pas une seconde je n'ai pensé qu'il avait mis terme à sa vie, avant de prendre connaissance de sa missive.

L'écho d'un galop surprit M. Justice de Mortagne. Tisans était parti comme on fuit.

— Contez-moi la venue d'Henriette, durant la tournée d'aumônes. Vous aviez égorgé une oie durant le Carême.

— Savoureuse, et quel bouillon gras ! Vois-tu, beau seigneur, je doute que Dieu s'inquiète que j'aie rompu le maigre quand je suis coupable devant Lui d'une si vile action. Henriette ne m'a point reconnue. Après tout, je n'étais qu'une servante de leste cuisse à ses yeux, de bien commun prénom, et cette affaire remonte à plus de quatorze ans. D'autant que mon récent rôle de vieillarde pauvresse me va tel un gant de belle facture. Elle s'est imposée pour la nuit, m'avisant qu'elle se rendait chez un seigneur Louis d'Ayon au demain, et que je devais l'éveiller tôt. Dès qu'elle s'est assoupie, j'ai foncé [1], au plein de la nuit, prévenir Louis.

---

1. Rappelons que, contrairement à ce que l'on croit souvent, un homme en bonne forme parcourt la même distance par jour qu'un

— Supputiez-vous qu'il…

— Je me contre-moquais de ce qui pouvait advenir à cette démone en enveloppe de religieuse. Cependant, j'ai tant espéré qu'elle serait un jour contrainte de s'acquitter de sa terrible dette. Je suis satisfaite du mauvais heur [1] qui lui échut.

— Mais… l'encombre ne l'étouffait-il pas ? Enfin, elle devait visiter le frère de Nicol ? s'étonna Hardouin.

— Elle ? L'encombre ? ironisa d'un ton mauvais Sylvine. Vous ne la connaissiez pas. Sa morgue, son incroyable sentiment d'impunité, sa certitude qu'elle se trouvait au-dessus de tous, qu'elle avait juste raison… Au contraire, du peu qu'elle me conta, elle semblait satisfaite de revoir Louis d'Ayon. Songeait-elle à le narguer, lui démontrer qu'elle avait gagné malgré le rejet amoureux essuyé avec son frère ? C'était mal connaître Louis, certes homme d'honneur et de cœur mais rude et encore plus déterminé qu'elle.

— Homme d'honneur ? contra Hardouin. Et l'argent des aumônes, ne l'a-t-il pas dérobé, même pour faire accroire à un crime de vaurien ?

— Louis, voler ? Tu te fourvoies ! On ne mange pas de ce vil pain chez les Ayon, même lorsqu'on va le ventre vide !

Hardouin se le tint pour dit.

— Ce moineau aux serres plus redoutables qu'un aigle, était-ce elle, Henriette ? lui demanda-t-il, se souvenant de sa prophétie.

— Non pas. Le don que j'ai reçu est si atténué, si flou, lointain. Mon aïeule, elle, parvenait à prédire la pluie à cinq

---

cheval, et ne va pas beaucoup moins vite sur une longue distance, surtout en cette époque où les chevaux étaient plus lourds.

1. Sort.

jours ou une grossesse à deux ans. Des images se forment dans mon esprit, que je ne parviens pas à ordonner, à faire parler. Bah, cela me vaut quand même quelques belles pièces ! Des images le plus souvent inquiétantes, terrorisantes. J'ai vu… j'ai vu un frêle moineau se poser sur un œuf plus gros que lui et enserrer la coquille au point de la faire éclater. Je n'en sais pas davantage, mais il ne s'agissait pas d'Henriette.

Parce que Marie se mêlait à Mahaut et ne lui quittait pas l'esprit, il insista :

— Ai-je trouvé ce que je ne cherchais pas ?

Le grand regard bleu glace se ficha au sien. Elle sourit :

— Pas encore, seigneur de mort, pas encore. Je t'aime bien, tu sais. Tu me fais penser à une châtaigne. Hérissée de piquants, puis dure et pourtant si suave et tendre audedans. Préserve tes piquants, tu en auras besoin. Je suis si fatiguée, mon tout beau.

Hardouin se leva. Elle le retint, les larmes dévalant de ses paupières sans qu'elle les sente :

— Sache… Tu es l'artisan d'un miracle. Deux anges reposent ce jour côte à côte, en grande sérénité et en immense amour. Peu d'êtres peuvent se targuer d'une telle réussite. Sans toi, la vérité n'aurait pas été connue. Sans toi, elle eût été étouffée. Justice est rendue.

— N'est-ce pas plutôt Louis d'Ayon qui la rendit ?

— Aussi. Mais tu permis à Hermione de trouver la place qu'elle mérita toujours dans le cœur de son père, place que lui vola aussi Henriette. Tu imposas la vérité au grand jour. Je suis en paix. Enfin. Nos routes se séparent, beau seigneur, à Dieu. Qu'Il te garde toujours.

XXVII

Nogent-le-Rotrou, décembre 1305

Hardouin était sorti de la maisonnette, résistant à une sensation de vertige.

Fringant, couvert d'une pellicule de neige, avait donné de la crinière en marque de plaisir.

— Rentrons, compagnon.

Soudain épuisé, comme s'il avait couru des heures, l'exécuteur s'était hissé avec peine sur la selle. Percevant la tempête d'émotions qui faisait rage en son maître, l'étalon noir s'était mis au pas, réglant son allure et sa foulée afin de ne pas le désarçonner.

Un moineau… Un frêle, charmant et infatigable oiseau. Qui avait déjà utilisé cette métaphore à propos d'un être ? Et qui ? Luttant contre un étrange et brutal assoupissement, il murmura à l'oreille du grand étalon noir :

— Je compte sur toi, valeureux ami. Tout droit. En Nogent-le-Rotrou.

Qui était ce moineau aux serres redoutables ? En dépit de son étourdissement, Hardouin sentait l'extrême importance d'une réponse à cette question. Luttant contre la pâmoison d'épuisement qui lui faisait papilloter des paupières, il se redressa sur la selle, inspirant goulûment l'air glacial. De maigres flocons de neige fondaient sur ses joues et son front enfiévrés.

Lorsqu'il parvint à l'entrée de Nogent-le-Rotrou, sa vie en eût-elle dépendu qu'il eût été incapable de se souvenir de son périple.

Après une brève caresse, et quelques mots de remerciements pour l'avoir mené sain et sauf, il abandonna Fringant au valet du loueur de chevaux et d'attelage qui s'inquiéta :

— Ah ça, messire ? Couvez-vous une fièvre ? Un bon lait de poule [1], au lit, et ce sera souvenir au demain.

— De juste, l'ami.

✣

Il se retrouva, sans trop savoir comment, devant l'auberge de la Hase Guindée.

Lorsqu'il pénétra d'un pas mal assuré, maîtresse Hase se rua vers lui, s'écriant :

— Ah, Dieu du ciel, on croirait un revenant ! Assoyez-vous, mais assoyez-vous. Je vous porte à manger et à boire.

— Non… je… maîtresse Hase, permettez que je m'allonge une heure. Une passagère fatigue.

Soudain grave, tendue, l'aubergiste demanda :

— Avez-vous entendu Sylvine ? Est-elle enfin en paix ? Sylvine, ma sœur aînée.

Hardouin la considéra un instant et déclara d'une voix éteinte :

— Ah… tout se rejoint donc. Elle est apaisée, je crois. Messire de Tisans se trouve-t-il céans ?

— Non pas, je ne l'ai point vu depuis votre départ.

---

1. Lait chaud, additionné de miel, d'un œuf très frais et rehaussé d'une généreuse rasade d'alcool fort pour les adultes. Un très vieux reconstituant.

✢

Hardouin s'écroula et plongea dans un sommeil sans rêves. Lorsqu'il s'éveilla, le soir était tombé et un courant d'air glacial s'engouffrait par la fenêtre de sa chambre dont il n'avait pas rabattu la peau huilée, ni refermé le volet. Il se sentait régénéré, quoiqu'alourdi d'un déplaisant secret qu'il aurait préféré ne pas partager. Surtout, Il s'inquiétait de l'accueil que lui réserverait Tisans. Difficile de croiser le regard d'un homme qui sait que votre fille, moniale, tua sa sœur par jalousie de femme. Quelle suite souhaiterait donner le sous-bailli de Mortagne à ces affreuses révélations ?

✢

Lorsqu'il le rejoignit à sa table, Tisans buvait en solitude. Il s'était écarté des autres habitués qui soupaient dans un joyeux brouhaha. Un peu soulagé, Hardouin songea que maîtresse Hase était trop occupée pour venir bavarder avec eux.

— Puis-je me joindre à vous, seigneur bailli ?

— De grâce. Je n'ose vous demander de me donner de mon nom simple ou de mon prénom. Vous partagez maintenant avec moi une terrible familiarité. Votre pardon pour cela. Je m'en veux de vous avoir, bien involontairement, imposé les confidences de cette femme.

— Par estime et respect, je m'en veux d'avoir été, bien involontairement, leur témoin.

— Que feriez-vous à ma place ?

— N'étant point père, ma réponse resterait théorique et donc inadéquate.

— L'honneur commanderait que je révèle tout et que je fasse amende sincère pour mon stupide et acharné aveuglement.

— À qui et pour quel objet ? Suffit, selon moi, de s'en remettre à Dieu. Je sais que, par honneur justement, vous n'exigerez de moi aucune parole de silence. Aussi, je vous l'offre, sur mon âme. Rien de ce que nous vîmes ou entendîmes ne passera mes lèvres. Henriette de Tisans périt étranglée par Louis d'Ayon. Là, se limite ce que j'en connais.

Tisans lui tendit la main que l'exécuteur serra.

— Le merci, Hardouin, du fond du cœur. J'ignore encore ce que je déciderai. Henriette… quelle dévastation… mais comment… comment ai-je pu me leurrer à ce point, toutes ces années ? La nausée ne me quitte plus depuis mon départ de Champrond-en-Perchet. Elle m'a berné tel un benêt. Je l'aimais tant. Au point que j'en ai négligé Hermione. Dieu comme je m'en veux. Dieu comme je me déteste. Ma douce épouse s'est-elle laissée dépérir parce qu'elle ne supportait plus cet affreux secret qu'elle refusait de partager avec moi ?

— Certaines questions ne possèdent plus de réponse. Je ne puis rien pour alléger votre peine et le déplore. Toutefois, avec votre permission, Henriette a détruit trois vies, sans compter le cauchemar de Sylvine et peut-être le trépas de votre épouse. Quel carnage, quel insupportable gâchis. Ne permettez pas qu'elle vous ajoute à la dévastation dont elle fut coupable. Redoutable menteuse, manigancière en plus du reste, elle dupa également l'abbesse et ses sœurs d'ordre.

Au moment où il prononçait ces mots, une scène lui revint en mémoire. Le mire Antoine Méchaud.

Madame de Gausbert possède une splendide réputation de piété, de courage et d'honneur… elle est inflexible.

Amusant puisqu'elle ressemble à un frêle moineau des roches. Pourtant, la détermination est inscrite dans chacun de ses traits[1].

Mme Constance de Gausbert possédait-elle des serres aussi redoutables que celles d'une aigle ?

Hardouin revint à la salle de l'auberge, à cet homme courbé de chagrin, livide, qui tentait malhabilement de refouler ses larmes en reniflant.

✠

Il remarqua alors qu'un des gens d'armes du seigneur Guy de Trais venait de pénétrer. Maîtresse Hase se porta à son devant et s'entretint quelques secondes avec lui, désignant leur table d'un geste.

— De la visite, jeta Hardouin afin que le sous-bailli se recompose.

Le gens d'armes s'approcha et les salua cérémonieusement, s'enquérant :

— Une missive de mon maître pour messire Arnaud de Tisans.

Celui-ci décacheta le rouleau et annonça à M. Justice de Mortagne :

— Guy de Trais me recevra à ma convenance, en son hôtel particulier, en compagnie de l'ami dont je lui ai parlé. S'adressant au gens d'armes qui attendait la réponse : Merci, mon bon. Préviens ton maître que nous ne l'importunerons que de bref. Pars devant. Je passe mon mantel et nous te suivons.

1. *Les Enquêtes de M. de Mortagne, bourreau*, tome 1, *Le Brasier de Justice*, Flammarion, 2011.

Lorsque l'homme fut parti, Tisans ajouta :

— Peut-être ai-je réagi en hâte ? Peut-être eussiez-vous préféré rencontrer le bailli au demain ? Néanmoins, j'ai cru comprendre à quel point cette histoire vous importait. J'ai senti, à l'égal, que vous souhaitiez la mener à bien seul. Tolérez que je vous serve d'introduction auprès de de Trais, qui ne se croit certes pas né de la ruelle [1]. Je m'éclipserai ensuite.

— Ma reconnaissance, monsieur.

---

1. Dans le sens d'espace ménagé entre un lit et un mur. Au figuré quelqu'un d'assez fat et très conscient de son rang.

XXVIII

Nogent-le-Rotrou, décembre 1305,
un peu plus tard

Guy de Trais en personne les avait accueillis dans l'ouvroir de son hôtel particulier pour les précéder jusqu'au somptueux bureau qu'il préférait à ses quartiers officiels nichés au cœur du château Saint-Jean. Il leur avait fait servir un vin d'épices accompagné d'un plateau de pâtes de fruits secs et de coings, marque d'estime destinée au sous-bailli de Mortagne.

Assis autour d'un guéridon en bois de rose poussé devant une vaste cheminée en pierre, ils dégustèrent une gorgée en silence. Guy de Trais s'éclaircit la gorge et commença dans un sourire contraint :

— Messire de Tisans… votre ami céans présent, sauf son respect…

— Connaît fort bien mes affaires de justice et même familiales, l'aida le sous-bailli.

— Ah, éclaircissement bienvenu ! Bien… Croyez, messire, en mon absolue gratitude puisque j'ai eu vent de votre… efficace implication dans l'odieuse série de meurtres d'enfants qui nous éprouva auparavant. L'infâme Maurice Desprès, à ma barbe, alors qu'il me montrait si belle fidélité… qu'il rôtisse en enfer !

Hardouin, qui n'avait pipé mot, se demanda ce qui l'offusquait le plus : avoir été trahi ou apprendre que son premier lieutenant avait occis d'horrible façon treize petits miséreux ?

— Bah, si nous ne nous assistions pas, entre gens de même charge, le poids sur nos épaules deviendrait insoutenable... D'ailleurs, voyez : je viens aujourd'hui requérir votre aide. Aide que, selon moi, vous ne regretterez point, l'appâta habilement Tisans.

— Quand bien même... vous servir à mon tour me comble d'aise, biaisa de Trais dont la curiosité était piquée. Je suis tout ouïe.

— Mon ami Venelle s'intéresse à la jeune baronne Mahaut de Vigonrin, née Leu de Cérainville, craignant, sur la foi de fiables informations, qu'elle ait été accusée à tort.

À la soudaine tension qui se lut sur le visage encore juvénile du bailli de Nogent-le-Rotrou, Hardouin sentit qu'il avait lui-même formé des réserves.

— Ah ça, que me dites ? Je vous avoue, monsieur, que cette affaire m'est une épine au flanc. Cette dame, d'admirables piété et maintien... Certes, me rétorquerez-vous, nous connaissons tous deux d'ignobles assassins de belle prestance et de noble sang.

— Si fait. Cependant, madame Mahaut est de très haut, nièce de madame de Gausbert, bref pas de la roupie, si j'ose cette expression en référence à une dame.

Les mises en garde de son épouse Énora défilèrent à toute vitesse dans l'esprit de Guy de Trais. Dieu qu'il était las de cet endroit, de ces gens, de ces incessants embrouillements ! Toutefois, s'il voulait rentrer en duché de Bretagne tête haute et auréolé d'une réputation d'efficacité, il avait intérêt à séparer le bon grain de l'ivraie ! S'adressant à l'exécuteur, il s'enquit :

— Monsieur, pardonnez ma brusquerie, mais vous comprendrez que cette fâcheuse affaire me préoccupe au plus haut point. Quoi, qui vous fit accroire l'innocence de madame Mahaut ?

— Sauf votre respect, messire, « accroire » n'est guère le terme approprié. J'ai d'excellentes raisons de penser que l'on tente de vous mener en accusant faussement cette dame, et le mire Méchaud vous le confirmera.

— Le mire Méchaud ? Il s'est pourtant montré bien vague.

Arnaud de Tisans, à sa promesse, intervint :

— Messire de Trais, verriez-vous outrecuidance et insolence à ce que je vous laisse, maintenant faites les introductions. Mon ami Venelle préfère poursuivre sa mission de vérité avec vous, par délicatesse envers la jeune baronne de Vigonrin. Je ne puis que l'approuver.

— De grâce. Les dames méritent notre discrétion et notre galanterie.

— À votre honneur que cette courtoisie. À vous revoir bientôt, en circonstances de simple cordialité, je l'espère, s'inclina Tisans avant de quitter la pièce.

✣

Guy de Trais tripota d'un air pincé une pâte de noix, dénudant le cerneau en déposant dans le plat l'excès de miel figé, et reprit :

— Le mire Méchaud, disiez-vous, monsieur ?

— Je vous conjure de ne lui pas tenir rigueur et de ne voir qu'hésitation de savant dans son manque de loquacité. Madame Mahaut fut donc accusée d'avoir enherbé son beau-père, son époux, en plus d'une tentative sur son fils Guillaume, à l'aide d'une poudre grisâtre que vous identifiâtes comme étant du plomb, poudre serrée[1] dans un psautier moqué de démoniaque façon ?

1. Au sens de rangé, enfermé.

— Si fait.

— Alors que je me trouvais en sa demeure, le mire Méchaud se souvint soudain d'un symptôme habituel lors d'enherbements violents au plomb. Une diminution, voire un arrêt de l'émission des urines que ne manifesta aucun des mâles Vigonrin, bien au contraire, puisque François le jeune pissa dans son lit d'avoir trop bu de bouillon et de tisanes.

— Ah, morbleu ! jura de Trais en écarquillant les yeux. Mais… mais enfin… pourquoi Méchaud ne m'a-t-il point prévenu sitôt ! A-t-il bien perdu le sens ?

— Non pas… sans doute est-il impressionné par vous, le flatta cadet-Venelle. Il souhaitait que je me fasse son messager. Malheureusement, d'autres affaires très pressantes m'ont retenu.

La flagornerie porta et de Trais, radouci, commenta :

— Quand même… Ah ça, monsieur… vous m'ôtez un affreux poids de la poitrine. Le merci. Je me suis longuement entretenu avec madame la baronne Mahaut. Une telle douceur, une telle crainte au sujet de son fils… une femme ainsi constituée ne peut être sorcière et enherbeuse. Ne doutez pas que ma charge me fait côtoyer tant de faux pleurs, tant de mensongères défenses. Aussi, ardu de me prendre au piège des jolies mines et protestations d'innocence.

Guy de Trais remplit leurs verres de cristal taillé avant de poursuivre :

— Mais alors, qui, quoi ? Méchaud n'ajoute plus foi en cette hypothèse de fièvre de ventre qui n'aurait décimé que les mâles de la lignée directe ?

— Je ne sais, un complot, peut-être. Cependant, avec votre permission, j'entends le découvrir. Madame Mahaut a pu former intuition de femme à ce sujet ? Mère affolée fait redoutable limier.

— Impitoyable, voulez-vous dire ! Il me faudrait ôter des griffes d'Énora, mon épouse, quiconque manifesterait vils instincts envers notre fils, avant qu'elle ne le réduise en charpie, ronronna-t-il d'admiration.

— Avec mon respect, on dit votre épouse fort belle, d'admirable nature et bien pieuse.

— Et on a belle raison ! Elle est également très distrayante. Cependant, le guerrier sang celte coule dans ses veines.

— Bah, qui souhaite épousailles avec une capone ?

— De juste ! Monsieur... Venelle, c'est cela ?

— Hardouin Venelle, pour vous servir.

Guy de Trais émit un long soupir désolé, puis :

— Monsieur, détestable affaire en vérité, où des gens de haut s'affrontent, expliquant que je ne puisse commettre de bévue.

— Bévue fort dommageable, renchérit l'exécuteur des hautes œuvres.

— En effet. Toutefois, je n'ai pas le sentiment que vous soyez familier de madame Mahaut.

— Seul cet injuste soupçon me l'a fait connaître, de réputation.

— Le mieux ne serait-il pas que vous la rencontriez afin de vous forger une opinion à son sujet ? Je m'écarterai, ne souhaitant pas que ma favorable présomption à son sujet vous influence, suggéra le bailli de Nogent.

Hardouin retint son souffle. Enfin, la voir, lui parler, l'assurer qu'il veillait sur elle. Enfin, rencontrer cette autre Marie de Salvin. Il aurait donné sa fortune pour un tel privilège, et ne voilà-t-il pas que le sort le lui offrait ? Le destin, encore et toujours, le portait vers elle. S'efforçant au calme, redoutant que sa voix ne trahisse son impatience, il déclara :

— Ma foi, messire, une entrevue peut éclairer.

— Bien. Êtes-vous prêt à m'accompagner jusqu'au château Saint-Jean ?

— Maintenant ? s'affola Hardouin, songeant stupidement qu'il n'avait pas changé son vêtement de course en forêt.

— Si fait. Battons le fer tant qu'il est rouge, lança Guy de Trais en se levant et en fonçant vers la porte de son bureau. Un gens d'armes nous précédera afin de prévenir madame Mahaut… qu'elle se vête, le cas échéant.

XXIX

Nogent-le-Rotrou, décembre 1305,
un peu plus tard

Ah, Dieu du ciel, un miracle. Marie. Marie se tenait devant lui, l'air embarrassé, baissant les yeux, crispant ses longs doigts pâles sur le crucifix d'améthyste qui pendait à son cou, voilé d'une seyante gorgerette [1]. Hardouin en avait le cœur serré au point que sa poitrine le blessait. La suffocante émotion qu'il ressentait lui troublait le jugement. Il s'admonesta. Il devait la sauver, et ses effarouchements de donzelle ne l'aideraient guère. Après avoir présenté Hardouin, Guy de Trais venait de quitter la geôle, ou plus exactement le confortable appartement qu'il avait attribué à la jeune baronne.

— Madame, je... je suis confus d'une si tardive venue et...

— Non, monsieur... Votre pardon... vous me voyez en cheveux [2], je... n'ai point eu le temps de les natter. J'ai passé à la hâte une cotte et... Quel encombre, qu'allez-vous penser... ?

---

1. Pièce de soie ou de laine que les femmes portaient par pudeur à l'extérieur ou lors de visites afin de dissimuler le décolleté de leur robe.

2. Libres, sans coiffe ou voile, ou remontés en coiffure.

Cette voix, la même que celle de Marie. Grave, chaude, une voix qu'on aurait davantage prêtée à une brune. Une voix qui donnait à Hardouin une folle envie de s'agenouiller devant elle, de lui baiser la main. Quant à la soie vivante de ses cheveux de blé mûr qui lui tombaient à mi-cuisses, il aurait donné sa vie pour dormir dedans. Assez ! Elle se trouvait en grave péril.

— L'encombre est mien, madame, je vous l'assure. À ma décharge, le temps n'est guère notre allié. Aussi, pardonnez-moi, je vous en conjure, la brusquerie de mes propos. Je dois procéder au plus preste afin de vous sauver de cette ignominie. Je vous sais innocente.

Les larmes dévalèrent des magnifiques yeux bleu marine étirés en amande. Elle leva le visage vers le plafond et murmura d'une voix hachée :

— Ah, Divin Agneau. Sainte Mère… mes prières sont exaucées grâce à Votre entremise auprès du Père ! Enfin, un être de foi et de valeur a vu clair.

D'un geste malhabile et enfantin, qui bouleversa le cœur d'Hardouin, elle s'essuya les paupières et la base du nez.

— Monsieur, c'est Dieu qui vous envoie. Je suis innocente, m'entendez. Jamais je n'ai porté préjudice à quiconque ! Je le jure sur mon âme et sur mon fils, encore plus précieux. Ils vont faire du mal à Guillaume. Ils vont lui faire du mal ! Je dois sortir afin de le protéger. En vérité, que m'importe ma propre vie. Soudain féroce, elle cria : Mais nul n'approchera mon fils tant que je pourrai veiller sur lui. Ils ont déjà essayé… Il a failli trépasser. Ah, quelle terreur… je n'en dors plus.

— Qui ?

Se calmant aussi vite qu'elle s'était emportée, elle lui tendit la main, invitant :

— De grâce, assoyons-nous, messire. Il me faut vous conter mon alarme. Je sens en vous la force que j'espère depuis mon incarcération céans, en dépit de l'affabilité constante du seigneur bailli. Sachez… sachez avant tout que si la peur, la folle inquiétude me pousse à formuler d'horribles soupçons, je n'ai aucune preuve et pas même de certitude de ce que j'avance. Je me méfie de moi-même. Je ne souhaite en aucun cas blesser, ou ternir la réputation de ma famille d'alliance. Il ne s'agit que de déductions de ma part, dictées par un esprit fiévreux et affolé, soumis à une solitude peu propice à la modération.

— À votre honneur, madame, que ces mises en garde contre vous-même.

— Je n'ai jamais, m'entendez-vous, jamais, attenté d'aucune manière à la vie de qui que ce fût. Moi ? Enherber mon fils ? Faut-il être privé de sens ou bien méchant pour oser évoquer une telle abomination ! J'ai cru, comme tous, à une étrange et terrible fièvre de ventre dont les soins experts du mire Méchaud et mes prières l'avaient sauvé. Quelle n'a pas été ma stupéfaction lorsque des gens d'armes sont arrivés, m'arrêtant par ordre du seigneur de Trais. J'ai alors appris, atterrée, que ma mère et ma sœur d'alliance m'accusaient de deux enherbements, en plus d'une tentative sur mon fils. Ami, votre temps est compté et je vais m'efforcer à la concision, en dépit de mon épouvantable état de nerfs. Admettons par simple raisonnement, que la perversité de mon âme m'ait encouragée à commettre l'innommable sur mon beau-père et mon époux. Mais pourquoi diantre aurais-je tenté d'occire mon amour d'enfant, qui me garantit le confort ?

— Selon les dames de Vigonrin, afin de détourner les soupçons. Un faux enherbement dont le but n'était pas le trépas de votre fils.

— Faut-il être d'esprit tordu pour imaginer tel stratagème ! souffla Mahaut.

— Mon avis également, renchérit Hardouin. D'autant que vos prétendues victimes n'ont pas été enherbées avec le plomb découvert dans votre psautier perdu et fort obligeamment retrouvé par la baronne mère. Vos doutes, madame ? Je garde en tête vos réserves.

— De grâce, ne les oubliez pas. Béatrice est autoritaire, parfois hautaine et désagréable, mais je ne la crois point mauvaise. Eustache… comment le décrire en peu de mots, sans vous paraître arrogante ? Ma foi, Eustache est plutôt benoît, au fond très indifférent, et on ne peut lui en tenir rigueur étant entendu la froideur de son épouse et de sa mère d'alliance. Ainsi que disent les paysans, il n'a guère inventé le fil à couper la motte[1], hormis pour les affaires d'argent. Au demeurant, ce que lui demandent les femmes Vigonrin. En revanche… En revanche, Agnès de Malegneux est retorse sous des dehors affables et tendres. J'ai mis… longtemps à m'en apercevoir. Surtout, surtout, je n'affirme pas qu'elle soit capable… coupable d'une telle abjection.

— Vos honnêtes et courageuses réserves me restent en mémoire, madame, la rassura à nouveau Hardouin.

L'heure était tragique, dangereuse, et pourtant, il avait le soudain et bouleversant sentiment d'être enfin arrivé à bon port, après une longue et tumultueuse traversée d'océan. Un océan hostile et sans pitié. Deux femmes, presque jumelles, avaient éclairé son aventureux périple. L'une était morte de sa main et la vie de l'autre ne tenait qu'à lui.

— Agnès serait, selon moi, la seule à posséder la détermination nécessaire… comment expliquer… Elle… La lignée, le nom et le sang des Vigonrin sont l'unique chose qui compte à ses yeux. D'ailleurs, il s'agit de mon seul apaisement depuis mon arrestation. Je doute qu'elle s'en prenne véritablement à Guillaume. Il est de leur sang. Ami… car vous êtes mon ami, n'est-ce pas… Selon vous, la poudre de plomb retrouvée dans ce beau psautier, dont je vous jure que je le croyais perdu, n'est pas à l'origine des décès ?

1. De beurre. Inventer l'eau tiède.

— Le mire Méchaud, qui me fut, ou plutôt vous fut de grande aide, est formel.

— Mais quoi, alors ?

— Il ne sait. Un autre poison. Et je le découvrirai, ma parole.

— Ah, ami… c'est la très sainte et très bonne Vierge qui vous envoie, j'en suis certaine. Elle a toujours veillé sur mon fils et sur moi. Prions, voulez-vous ?

D'un mouvement fluide, elle se laissa glisser de sa chaise et s'agenouilla à son côté, leurs épaules se frôlant.

Ils joignirent les mains et prièrent en silence. Du moins pria-t-elle car Hardouin, trop conscient de la proximité pudique de la femme rêvée, tant espérée, ne parvint pas à en détacher son esprit. Enivré, craignant de se laisser aller à une parole ou un regard déplacé, il se leva. Elle l'imita, un sourire attendrissant étirant ses lèvres. D'un geste impulsif, elle lui serra les mains, murmurant :

— Serez-vous mon preux sauveur, monsieur ?

— J'en fais le serment, madame, puisque je vous sais innocente. Je ne trouverai point le repos tant que vous ne serez lavée de tout opprobre, de toute ombre.

— Dieu vous garde toujours, ami.

✠

Cadet-Venelle prit congé à regret tant il aurait aimé rester chaque seconde de sa vie à ses côtés. Cependant, il avait tant à faire afin de la secourir. Il repensa à cet aesculapius, ce Jehan Fauvel, d'immense science. Peut-être Antoine Méchaud saurait-il où le trouver ? Peut-être Fauvel connaissait-il la nature de ce sournois poison ?

Restée seule, Mahaut de Vigonrin soupira de lassitude en soulevant la masse de ses cheveux. Elle s'installa devant la table d'atours que lui avait concédée Guy de Trais et se contempla dans le miroir. Mutine, elle s'adressa un sourire. Joli jet de dés [1] ! Décidément, elle n'avait pas perdu son pouvoir sur les hommes. Celui-ci semblait amoureux. Elle ignorait l'origine du sentiment qu'il éprouvait pour elle. Peu importait pourvu que cet élan de cœur la serve.

Tu vas le regretter, Agnès. Nul ne s'oppose à moi sans verser des larmes de sang ! François, ton père, te le confirmera lorsque tu le rejoindras.

Aussitôt, une pensée attristante modifia son humeur haineuse. Attristante mais si tendre.

Marie, ma douce mie, ma sœur aimée. Ne me regarde pas, je t'en supplie. Marie, détourne tes yeux d'ange. Repose, ma belle, ma parfaite. Repose en très grande paix. Je ne puis faire autre. Mais tu ne le comprendras jamais. Sans doute est-ce aussi pour cela que je t'aime tant ?

---

1. Un jeu, le plus souvent d'argent, très en vogue à l'époque.

XXX

Citadelle du Louvre, décembre 1305

Guillaume de Nogaret termina à regret le quart de poulet rôti, permis par la tolérance réservée aux dimanches de l'Avent. Cette entorse à sa coutumière frugalité ne lui avait procuré aucun plaisir. Bien au contraire, il s'interrogeait sur la nécessité d'une telle libéralité de ventre. Cependant, ce matin au lever, après une courte nuit, une soudaine faiblesse lui avait fait tourner la tête et s'accrocher aux montants de son lit. Contemplant les os nettoyés de toute chair qu'il avait alignés avec soin sur le plateau, il s'en voulait de cette concession à lui-même. Nogaret se délectait des brimades de confort qu'il s'imposait, y voyant une splendide démonstration de sa force d'âme et de volonté, bref de sa supériorité sur les autres, ceux qui ripaillaient, s'enivraient, hantaient les bordels, ronflant ensuite bouche grande ouverte. Bref, des déclinaisons d'un Charles de Valois, déclinaisons fréquentes à la cour. Un frisson d'agacement le parcourut à la seule évocation du frère du roi.

D'un autre côté, les menus travers ou les grands vices des autres, leur complaisance envers eux-mêmes, pouvaient se révéler de puissants outils de contrainte ou de négociation, outils que ne dédaignait pas le conseiller.

Les courtisans et les petits barons s'agitaient tels des têtards dans leur coin de mare vaseuse, dépensant sans compter afin de paraître et de mener beau train. Du coup, ils ne rechignaient guère à s'improviser informateurs, voire traîtres, lorsque leur bourse s'aplatissait d'inquiétante manière.

Au fond, Nogaret préférait infiniment les véreux aux vertueux. La peste fût des purs ! Rien n'était plus ardu à contraindre ou à convaincre qu'un pur. Cette certitude, maintes fois réitérée, amplement vérifiée, le ramena à la visite qu'il attendait ce jour, en discrétion. Hugues de Plisans [1], chevalier templier. Il se remémora leur première rencontre, quelques semaines auparavant. Le magnifique spécimen de la gent forte d'à peine vingt-cinq ans, grand, d'une belle minceur musclée, au regard très bleu, l'avait stupéfait. Sa franchise brutale, mais également son élégance virile et son aplomb n'étaient guère choses habituelles pour messire de Nogaret, et encore moins venant d'un templier. En effet, l'ordre veillait jalousement sur ses secrets et ne requérait jamais faveur d'un laïc, ou même d'un religieux appartenant à un autre ordre.

Hugues de Plisans avait fait fi des tergiversations ou des prudences de langue. Jacques de Molay, leur grand-maître allait s'obstiner, refusant allégeance à messire Philippe de Poitiers, fils du roi, comptant à tort sur le soutien du souverain pontife. Afin de sauver ses frères d'ordre Plisans avait offert son aide à Nogaret. L'argument du templier avait convaincu le conseiller de sa sincérité. De fait, si trahison il y avait, la faute en revenait à Molay, courageux mais buté et arrogant, prêt à

1. Voir la série *Les Mystères de Druon de Brévaux, Aesculapius, Lacrimae, Templa mentis*, Flammarion, 2010-2011.

l'affrontement avec Philippe le Bel afin de garder la haute main sur son ordre[1].

Il attendait donc le chevalier qui semblait désireux de l'avertir d'une « préoccupation » nouvellement surgie.

À l'ordre donné ce tôt matin, un huissier fit pénétrer Plisans dès son arrivée.

Le chevalier templier s'inclina, attendant que la haute porte se referme sur l'huissier avant de déclarer :

— Messire de Nogaret, je vous espère en belle forme et vous remercie de m'avoir reçu sans tarder.

— Le merci à vous d'avoir sollicité cette entrevue, rétorqua Nogaret en espérant que l'autre entrerait sitôt dans le vif du sujet, tant sa curiosité avait été piquée par le terme vague de « préoccupation ».

— Messire, il m'a semblé… urgent de vous venir narrer ce que j'ai découvert dans un courrier adressé par Jacques de Molay à certains des commandeurs[2].

— De grâce !

— Une ancienne histoire qui resurgit soudain. Celle d'une pierre rouge qui fut volée au Temple, il y a longtemps.

— Une pierre rouge ?

— Malheureusement, mon grade dans la hiérarchie du Temple ne me permet pas d'en connaître plus sur sa nature ou sa signification, admit le chevalier. En revanche, je suis convaincu de son extrême importance, puisque Molay la convoite plus que tout, ainsi que… Rome.

Cette seule mention fit se redresser Nogaret.

— Rome ?

---

1. Rappelons que l'ordre de l'Hôpital, tout aussi riche que celui du Temple, n'a pas été inquiété par le roi.

2. Templier à la tête d'une commanderie, c'est-à-dire une circonscription, et non pas seulement un couvent ou un domaine bâti.

— En effet. Il semble qu'ordre ait été donné à l'Inquisition de retrouver la pierre coûte que coûte.

— Oh, fichtre, fichtre, souffla Guillaume de Nogaret. Ah ça, mais si Rome et Molay la désirent, il me la faut, et quoi qu'elle vaille en réalité. Un moyen de pression, d'échange avec notre bon Clément V ? Plisans, n'en savez-vous pas davantage ?

— Peu. À ce que j'ai lu, à la hâte, de cette missive qui ne m'était certes pas destinée, la piste remonterait, sans certitude, vers un mire exerçant l'art médical à Brévaux.

XXXI

Abbaye de femmes des Clairets,
décembre 1305, le lendemain

Lorsque M. Justice de Mortagne était rentré à la Hase Guindée, la tête chamboulée, pleine de Mahaut, ou de Marie, les muscles bandés d'impatience, prêt à parcourir le monde s'il le fallait pour que soit reconnue l'innocence de sa belle dame, il aurait parié qu'il ne fermerait pas l'œil de la nuit. Au lieu de cela, il s'était écroulé dans un profond sommeil, dont l'avait tiré, à l'aube, un rêve pesant. Hardouin répugnait à attribuer le terme de cauchemar à des rêves, terme excessif à ses yeux, puisque lui dispensait les pires : ceux des éveillés que l'on allongeait sur sa table de Question.

Deux pattes grêles d'oisillon s'étaient posées sur un gros œuf blanc. Les pattes avaient grossi, et encore grossi. D'impressionnantes serres les terminaient. Les griffes s'étaient repliées sur la coquille, lent et régulier mouvement. Brusquement, celle-ci avait cédé. Une gerbe de jaune d'œuf avait plu. Hardouin s'était redressé en sursaut.

La vision de Sylvine. Le moineau des roches. L'abbesse ?

Il s'était habillé à la hâte, certain que l'histoire d'Henriette de Tisans n'avait pas encore trouvé sa conclusion définitive. Il avait dévalé l'escalier, attrapant au passage le morceau de pain qu'une maîtresse Hase sidérée lui tendait, tout en lui jetant :

— Mille pardons, maîtresse, je n'ai point le temps ! De grâce, prévenez messire de Tisans que je serai de retour au soir échu.

— Un message pour vous, arrivé par cavalier… de votre servante… Ce tôt matin… je…

— Plus tard !

✣

Un pâle soleil d'hiver l'escorta. Le ciel d'un bleu délavé laissait présager d'une journée sans neige. M. Justice de Mortagne ne savait trop ce qu'il allait chercher en l'abbaye. De plus, on lui en refuserait peut-être l'entrée. Sa course solitaire l'apaisa. Solide sur le puissant et rapide Fringant, il se sentait de taille pour toutes les batailles.

Quel extraordinaire retournement du sort ! Il tourmentait et tuait, détruisait des vies sur ordre de justice, sans regret, sans remords mais sans satisfaction. Surtout, sans aucun sentiment, sans même de mémoire. Et ne voilà-t-il pas que, grâce à Marie de Salvin, une passion pour la vraie justice, la vie – la sienne, celle des autres – s'était immiscée en lui, jusqu'à faire rage, à la manière d'une tempête balayant tout sur son passage ? Quel époustouflant bouleversement !

Il repensa au message de Bernadine qu'il n'avait pas eu envie de lire, se doutant de ce qu'il renfermait : demain ou après-demain, il tuerait. Quelle importance ? Aucune. Dans une semaine, deux tout au plus, Mahaut de Vigonrin serait sauvée, libre, en vie, grâce à lui.

Une ombre détestable, toujours la même, gâcha son humeur conquérante. Comment réagirait la belle dame lorsqu'elle apprendrait son office, d'où lui venait sa fortune ? Par le dédain, la consternation, le dégoût. Il ne pourrait lui en vouloir. Aucune femme, même pauvresse des rues, n'aurait accepté de lier sa vie à celle d'un Jean-Cadavre. Pour la première fois de son existence d'exclu, l'idée qu'il partirait, changerait de nom, s'installerait où nul ne le connaissait s'imposa à lui telle une évidence.

✠

Il démonta devant la porterie principale de l'abbaye et cogna au lourd panneau. Quelques secondes plus tard, le tour pivota et une voix très jeune s'enquit :

— Qui va là ?

— Hardouin Venelle, pour madame Constance de Gausbert. J'ai déjà eu le privilège de m'entretenir avec elle, il y a peu.

— Vous attend-elle ce jour d'hui ?

— Pas véritablement, mais…

Le tour pivota en sens inverse. Il cria :

— De grâce ! Il s'agit d'une raison d'importance. Le meurtre de votre sœur Henriette de Tisans. Je gagerais que l'argent des aumônes ne lui fut pas dérobé et crois savoir où on le cache. Ici !

Un court silence, puis :

— Patientez.

Il sembla à M. Justice de Mortagne qu'une éternité s'écoulait jusqu'à ce que les traverses basculées raclent le bois, qu'une grosse clef tourne en grinçant dans la serrure.

Il se retrouva face à une très jeune moniale, à la mine fermée, qui annonça :

— Je suis la semainière de tour. Notre bien-aimée mère vous attend au parloir. Ordre de brièveté vous est donné.

Menez par la bride votre monture au valet d'écuries. Nul ne pénètre ici en selle, hormis notre mère.

Hardouin ne l'ignorait pas, mais la remercia d'un hochement de tête.

✣

Mme Constance de Gausbert était assise très droite dans sa chaire réservée, en bout de longue table. Hardouin s'inclina et commença :

— Croyez, madame ma mère, que je m'en veux de...

— Trêve de civilités, mon fils. Assoyez-vous et expliquez ce qui vous amène.

Il eût fallu être bien fol pour traiter avec légèreté une telle autorité. Hardouin se fit la réflexion qu'il n'avait jamais rencontré un être aussi impressionnant que cette femme menue, d'aspect si fragile. Sans doute parce qu'elle ne craignait personne hormis Dieu. Comme lui.

— Tout d'abord, peut-être serez-vous soulagée d'apprendre que madame Mahaut de Vigonrin, votre nièce, n'a point enherbé, ni ne s'est livré à aucun sacrilège. Je le prouverai, et elle recouvrira la liberté et sa réputation sans tache.

Elle le considéra un instant, puis :

— Voici nouvelle de nature à réjouir le cœur d'une tante.

Le visage impavide, elle se laissa aller contre le haut dossier sculpté de sa chaire et déclara d'une voix distante :

— Dieu, dans Son infinie sagesse, a prévu d'étranges créatures. En êtes-vous une, bourreau ?

— Que... enfin... s'embrouilla l'exécuteur des hautes œuvres.

— Comment suis-je informée ? Mais je sais tout. Il le faut. Ce qui n'évite pas toujours les viles surprises et les cruelles désillusions, pour preuve !

Elle parut réfléchir et après une pause, continua :

— J'ai peu de temps à vous consacrer. Au-delà de la consternation et de… l'épouvante que j'ai ressenties, inutile de vous dire que le message que j'ai reçu ce matin de messire de Tisans, me narrant sans atténuation la vérité sur le trépas d'Henriette, me plonge dans une épineuse délicatesse. Après tout, j'avais un jour proposé le nom d'Henriette comme future abbesse. La duplicité, l'insondable noirceur de certaines âmes me stupéfient toujours. Vaste et inépuisable sujet, je vous l'accorde. Vous me vouliez entretenir des aumônes dont vous affirmez qu'elles sont dissimulées céans. Superflu, puisqu'elles nous ont été remises.

— Remises ?

— Si fait, un don anonyme, déposé en l'hostellerie, enveloppé d'une touaille qui portait une étiquette à mon nom.

Soudain, Mme de Gausbert pouffa. Hardouin la considéra, l'œil rond.

— Aimable et bien peu habile voleuse.

— Votre pardon, madame ma mère ? murmura Hardouin, en pleine incompréhension.

— Anonyme donc. Pourtant, mon nom était tracé d'une jolie main bien reconnaissable.

— Muriette Letoine, la sœur copiste et archiviste.

La mère abbesse se leva et déclara d'une voix plate :

— Puisque vous voici rassuré sur le sort de nos aumônes, ma fille semainière de tour vous va raccompagner. À Dieu, mon fils.

— Avec votre respect, madame ma mère, je…

— À Dieu, mon fils.

Hardouin débita d'un ton d'urgence :

— Il me faut éclairer le trouble qui m'habite. Pourquoi vos filles ont-elles manifesté si peu d'émotions au trépas d'Henriette ? Pourquoi n'avoir pas mentionné cette novice,

Marguerite Fouquet ? Cette distance que j'ai sentie en vous, en dépit de l'éloge que vous fîtes d'Henriette.

Elle le dévisagea, stupéfaite, et à l'évidence mécontente. Glaciale, elle rétorqua :

— Ah ça ! Savez-vous bien à qui vous parlez ? Nul ne m'assomme ainsi de questions ! La fatigue du voyage vous a-t-elle ôté le sens ? Qu'ai-je à faire de votre trouble !

En dessous de tous, donc au-dessus de tous. Hardouin déplia sa haute taille et son regard gris acier se riva à celui de l'abbesse. Il songea vaguement qu'il risquait de regretter une impertinence. Trop tard.

— Et qu'en est-il de votre sens ? Pensez-vous que votre lointain cousin, le pape, ajoutera à son encombre avec le roi de France afin de voler à votre secours si le scandale éclate ? Une moniale, meurtrière de sa sœur par jalousie de femme, d'une rare sécheresse de cœur, aussi menteuse et manigancière qu'une impie et dont vous vantâtes les magnifiques qualités de future abbesse !

— Me menacez-vous, monsieur ? contra-t-elle, furieuse.

— J'ai déjà commis bien pis, madame ma mère. Je veux savoir. J'exige de savoir si nous pouvons lui trouver des atténuations, un baume sur le chagrin de son père.

Elle le détailla et il sentit sa colère s'éteindre. Elle lui tendit le grand crucifix de bois sombre qui pendait à son cou et exigea :

— Jurez, votre main droite touchant la Croix. Jurez sur votre âme et votre salut que ce qui suit restera à jamais entre nous.

L'exécuteur posa la main sur le crucifix et martela :

— Je le jure. Maudit sois-je si je m'en dédis.

Mme de Gausbert prit une longue inspiration et commença :

— Aucune. Aucune atténuation. Aucun baume, et j'en suis désolée pour messire de Tisans. Cependant, je vous ai fait jurer afin de ne pas répandre de sel sur ses plaies.

En effet, dans la panique qui suivit la découverte du cadavre d'Henriette, notre bonne Muriette Letoine, aidée de la novice Fouquet, a subtilisé les aumônes qui se trouvaient sous le corps.

— Pour faire accroire à un meurtre de vil détrousseur de chemin.

— Hum…

— Elles ne connaissaient pourtant pas Louis d'Ayon et ne cherchaient point à le protéger.

— Non. En revanche, elles connaissaient la mauvaiseté d'Henriette. Je m'en veux tant de mon aveuglement. Muriette et Marguerite ont aussitôt songé à une vengeance, méritée selon elles. Elles ont soupçonné certaines de leurs sœurs. Aussi ont-elles brouillé les cartes afin d'aider les vengeresses.

— De quoi se nourrissaient leurs suspicions ?

Une autre pénible inspiration, puis :

— Henriette tenait un carnet très spécial qu'elle noircissait chaque soir dans le scriptorium. À force de ruse, tant elle semblait veiller sur lui, le cachant en un lieu sûr dès sa rédaction terminée, Marguerite a fini par le parcourir.

— Qu'était-ce ? la poussa Hardouin, sentant que la suite serait odieuse.

— Un… procès général de toutes et chacune, un tissu d'exagérations et de menteries puisque seule Henriette trouvait grâce aux yeux d'Henriette. Elle y énumérait des péchés, des manquements, des vices d'âme, le plus souvent de sa fabrication. Pis, la page de garde désignait le futur destinataire du carnet.

— Qui ?

Elle leva le regard vers lui et il y déchiffra un terrible chagrin. Elle avoua enfin :

— Au respecté, loué et bienveillant seigneur inquisiteur d'Alençon.

— Oh, fichtre ! souffla l'exécuteur. Elle allait dénoncer ses sœurs, les livrer à la Question ?

— Hum… pour des peccadilles travesties en blasphèmes ou en déviances de foi, en débordements de sens, en vilenies, que sais-je ? Inutile de vous préciser que sa mort, si affreuse fut-elle, ne causa aucun chagrin, bien au contraire. Je n'ai commencé à flairer affaire louche que lorsque l'affluence de mes filles à la chapelle Saint-Éloi m'a alertée. Je n'ignorais pas qu'Henriette n'était guère appréciée, ce que je mettais au compte de l'intransigeance de sa foi. Aussi ce soudain recueillement, dans sa chapelle préférée, m'a-t-il intriguée.

— Elle y cachait l'odieux carnet, déduisit Hardouin.

— De juste. Il y fut découvert par Marguerite Fouquet, glissé derrière le bénitier, quelques heures avant votre venue en compagnie de messire de Tisans. Confiante, Marguerite me le remit, m'expliquant ce qu'il renfermait et à qui il était destiné. J'ai cru dégorger.

— En avez-vous pris connaissance, si je puis ?

— Bien sûr, à mon devoir, pour vérification. Les ravages d'un venin commencent dès qu'il s'insinue en vous. J'ai brûlé le carnet et fait jurer silence à Muriette et Marguerite. Elles emporteront le secret dans la tombe, même si d'autres connaissaient l'existence du carnet et le redoutaient. Cependant, dans quelques semaines lorsque la paix nous reviendra, Henriette de Tisans sera exhumée en grande discrétion et son corps abandonné au creux de la forêt. Je ne pouvais interrompre la cérémonie par moi prévue, par respect pour M. de Tisans. Toutefois, elle ne mérite pas de reposer au milieu des Sourires de la Terre. Ainsi ai-je décidé. À Dieu, mon fils. Qu'Il vous garde toujours, vous, Son étrange créature.

Ému par la force de cette petite femme qui tenait à bout de bras un des plus importants monastères de femmes du royaume, par sa capacité à distinguer le juste de l'injuste, quitte à bafouer l'autorité placée au-dessus d'elle, il s'inclina bas, murmurant :

— Le merci, madame ma mère. Pas seulement pour vos révélations, la confiance que vous avez placée en moi et dont je me montrerai digne, sur mon honneur. Toutefois... peu d'êtres éblouissent de leur lumière.

Un léger sourire flotta sur les lèvres de Mme de Gausbert. Elle murmura à son tour :

— Savez-vous, bourreau, que Dieu semble tout particulièrement aimer les étranges créatures qu'Il a placécs sur Terre ?

Hardouin cadet-Venelle reprit la route de Nogent-le-Rotrou. Il se défendit contre l'espèce de mélancolie qu'il ressentait depuis sa conversation avec Mme Constance de Gausbert. Déroutant et désagréable sentiment de songer qu'il allait devoir garder un affreux secret afin de ne pas ajouter à la peine immense de Tisans. Une ignoble délatrice en plus d'une impardonnable meurtrière. Henriette conspirait, seule avec sa vile âme, sachant le sort que réserverait l'Inquisition à certaines de ses sœurs par elle désignées comme impies, parjures à leurs vœux.

Marie, Mahaut, les deux visages parfaits, si similaires, se confondirent dans son esprit, le soulageant d'une détestable pesanteur. La pureté comme unique remède à la hideur de certains êtres. Il allait se battre afin de sauver la pureté.

Il lui fallait rejoindre cet aesculapius, ce Jehan Fauvel.

Brève annexe historique

Abbaye de femmes des Clairets, Orne : Située en bordure de forêt des Clairets, sur le territoire de la paroisse de Masle, sa construction, décidée par charte en juillet 1204 par Geoffroy III, comte du Perche et son épouse Mathilde de Brunswick, sœur de l'empereur Othon IV, dura sept ans, pour se terminer en 1212. Sa dédicace fut cosignée par un commandeur templier, Guillaume d'Arville, dont on ne sait pas grand-chose. L'abbaye était réservée aux moniales de l'ordre de Cîteaux, les Bernardines, qui avaient droit de Haute, Moyenne et Basse Justices.

Arthur II de Bretagne (1261-1312) : Duc de Bretagne et comte de Richmond, fils de Jean II et de Béatrice d'Angleterre. Il succéda à son père en novembre 1305, après la mort accidentelle de celui-ci, écrasé par un mur à Lyon, alors qu'il menait la mule du pape Clément V. Il fut d'abord marié à Marie de Limoges, puis à Yolande de Dreux, reine douairière d'Écosse, deux unions dont naquirent neuf enfants. Ces alliances permirent à la couronne ducale de récupérer la vicomté de Limoges ainsi que le comté de Montfort-l'Amaury. Le règne d'Arthur II fut assez bref et paisible. Entre autres choses, la Bretagne lui dut de mettre un terme à l'interminable querelle dite du tierçage. Le clergé paroissial breton exigeait que lui soit remis un tiers des biens meubles de chaque paroissien à son décès. Après d'âpres négociations avec les émissaires de Clément V, Arthur II parvint à faire diminuer ce prélèvement à un neuvième, d'où son nom de neume, dont furent exemptés les plus pauvres.

BONIFACE VIII (Benedetto Caetani) (vers 1235-1303). Cardinal et légat en France, il devint pape sous le nom de Boniface VIII. Il fut le virulent défenseur de la théocratie pontificale, laquelle s'opposait au droit moderne de l'État. Il fut également l'auteur de lois anti-femme et fut soupçonné, sans qu'il existe de preuve, de pratiquer la sorcellerie et l'alchimie afin de préserver son pouvoir. L'hostilité ouverte qui l'opposa à Philippe le Bel commença dès 1296. L'escalade ne faiblit pas, même après sa mort, la France tentant de faire ouvrir un procès contre sa mémoire.

BOURREAU : Contrairement à ce que l'on pourrait croire, les bourreaux de métier n'ont pas toujours existé. On « s'arrangeait » auparavant en désignant un individu qui devait exécuter les sentences (le seigneur, le juge, ou, parfois même le dernier marié ou le dernier arrivé en ville, etc). Puisque chacun pouvait être mis à contribution, qu'il s'agissait d'une tâche occasionnelle, ceux qui en étaient chargés n'étaient pas frappés d'ostracisme comme ce fut le cas plus tard. C'est au XIIIe, et peut-être même au XIIe siècle, qu'une seule personne fut chargée de l'application de toutes les sentences.

Le moins que l'on puisse dire est qu'il règne un flou certain sur l'encadrement de ce métier, et ceci jusqu'à la Révolution, à peu près. D'ailleurs, ce flou règne également quant à l'origine du terme « bourreau ». Certains prétendent qu'il dérive du seigneur Richard Borel qui avait obtenu son fief en 1261, à charge pour lui de pendre les voleurs du coin. Une autre étymologie fait remonter le terme à la profession de bourrelier qu'exerçaient conjointement de nombreux bourreaux, ainsi que celle de boucher.

Sans doute faut-il voir, en partie, dans ce manque de netteté, le fait que cette profession était si honnie de tous que personne ne voulait en entendre parler. Ce qui, en revanche est certain, c'est leur condition de parias, détestés par la société, alors même qu'ils étaient indispensables, notamment en raison du nombre considérable d'exécutions et de tortures insoutenables, mais aussi parce qu'ils évitaient aux bons chrétiens de souiller leurs mains de sang. On comprend donc difficilement pourquoi ils ont pu être traités avec cette dureté, ce mépris, au point qu'ils étaient exclus des villes jusqu'au XVIIIe siècle – hormis lorsqu'ils logeaient sur la place du pilori. Ils étaient interdits de spectacles, leurs enfants ne pouvaient côtoyer les autres, pas même à l'école, on refusait de les servir dans les auberges et ils durent le plus souvent porter une pièce de tissu sur leur vêtement, marque infamante destinée à les signaler aux autres. Non-citoyens, il fallut attendre 1789 et l'intervention de M. le comte de Clermont-Tonnerre pour qu'on commence à les considérer comme partie prenante de la société. Cette intervention avait pour objet l'éligibilité des juifs, des protestants et des comédiens. M. de Clermont-Tonnerre souhaitait qu'on y ajoute les exécuteurs.

Au Moyen Âge, il s'agit de la seule charge non-honorifique. En dépit du fait qu'il n'existait pas de véritable encadrement de leur profession, et les candidats étant très rares, les bourreaux bénéficiaient de passe-droits qui permirent à certains d'entre eux de considérablement s'enrichir alors que leurs « interventions » étaient maigrement rémunérées. C'est également en raison de leur rareté que l'on recruta souvent des condamnés à mort, en échange de leur grâce. Puisqu'ils ne pouvaient se marier qu'entre eux, leur charge, de fait, devint héréditaire, aucun membre de la famille ne pouvant sortir du cercle vicieux. On devint donc bourreau de père en fils. Se créèrent de véritables dynasties d'exécuteurs, comme les Jouënne en Normandie. Il est intéressant de noter qu'alors qu'ils étaient exclus de partout, la plupart d'entre eux savaient parfaitement lire et écrire, fait peu courant dans la population générale.

De vraies bourrelles ont existé, ainsi que l'atteste une ordonnance de saint Louis, même si le nom était également attribué à la femme du bourreau. Elles avaient pour tâche de battre et fustiger les femmes condamnées. Au milieu du XVIIIe siècle, il y eut un M. Henri, bourreau de Lyon, qui se révéla être une femme – Marguerite le Pestour. Elle fut emprisonnée après avoir exercé plus de deux ans dans la ville. Libérée assez rapidement, elle se maria. Elle confia « qu'elle exécutait avec plaisir les personnes de son sexe mais avec beaucoup de peine celles qui ne l'étaient pas ».

CHARLES DE VALOIS (1270-1325) : Seul frère germain de Philippe le Bel*. Le roi lui montra toute sa vie une affection un peu aveugle et lui confia des missions au-dessus des possibilités politiques et diplomatiques de cet excellent chef de guerre. Charles de Valois, père, fils, frère, beau-frère, oncle et gendre de rois et de reines, rêva toute sa vie d'une couronne qu'il n'obtint jamais. En 1303, il reçut de son frère les comtés d'Alençon et du Perche en apanage et devint donc Charles Ier d'Alençon. Bien que recevant énormément d'argent de seigneurs, du roi, de ses terres et s'endettant auprès de l'ordre du Temple, Charles de Valois courut toujours après l'argent, dépensant sans compter, jusqu'à se tailler une réputation de pilleur en Sicile. Lorsque l'ordre du Temple fut supprimé, il semble qu'il ait affirmé que ce dernier lui devait de l'argent et que Philippe le Bel lui ait concédé un neuvième des biens des templiers, une somme colossale. Cependant, Charles de Valois fut sans doute celui qui parvint à convaincre le roi son frère d'abandonner son désir de procès posthume contre la mémoire du pape Boniface VIII.

Il semble que Charles Ier de Valois ne se soit pas du tout impliqué dans les affaires de ses terres du Perche, laissant œuvrer le grand bailli entouré de ses lieutenants et de hauts fonctionnaires de justice ou de finance, par l'intermédiaire d'une assemblée où siégeaient également le vicomte du Perche, représentant la châtellenie de Mortagne, et le vicomte de Bellême représentant celles de Bellême, de La Perrière et de Ceton – qui n'avaient que des fonctions de faible importance – sans oublier des dignitaires ecclésiastiques. La châtellenie de Nogent-le-Rotrou ne faisait pas partie de cet apanage, ayant été donnée en dédommagement à un des descendants du comte de Rotrou lorsque la lignée directe fut éteinte.

CLÉMENT V (Bernard de Got) (vers 1270-1314) : Il fut d'abord chanoine et conseiller du roi d'Angleterre. Ses réelles qualités de diplomate lui permirent de ne pas se fâcher avec Philippe le Bel* durant la guerre franco-anglaise. Il devint archevêque de Bordeaux en 1299 puis succéda à Benoît XI* en 1305 en prenant le nom de Clément V. Il semble acquis que Philippe le Bel ait beaucoup œuvré pour l'élection de Clément au Saint-Siège. Redoutant d'être confronté à la situation italienne qu'il connaissait mal, Clément V s'installa en Avignon en 1309. Il temporisa avec Philippe le Bel dans les deux grandes affaires qui les opposaient : le procès contre la mémoire de Boniface VIII et la suppression de l'ordre du Temple. Il parvint à apaiser la hargne du souverain dans le premier cas et se débrouilla pour circonscrire le second. Clément V est connu pour sa prodigalité vis-à-vis de sa famille, même distante. Il dépensa sans compter les deniers de l'Église afin de faire construire en son lieu de naissance (Villandraut) un château somptueux qui fut achevé en six ans, un temps record à cette époque, preuve des moyens mis en œuvre.

GUILLAUME DE NOGARET (vers 1270-décédé en 1313) : Ce docteur en droit civil enseigna à Montpellier puis rejoignit le conseil de Philippe le Bel* en 1295. Ses responsabilités prirent vite en ampleur. Il participa, d'abord de façon plus ou moins occulte, aux grandes affaires religieuses qui agitaient la France. Nogaret sortit ensuite de l'ombre et joua un rôle déterminant dans l'affaire des templiers* et dans la lutte du roi contre Boniface VIII. Nogaret était un homme d'une vaste intelligence et d'une foi inébranlable. Son but était de sauver à la fois la France et l'Église. Il devint chancelier du roi pour être ensuite écarté au profit d'Enguerran de Marigny, avant de reprendre le sceau en 1311. Il semble que M. de Nogaret ait été un homme austère et probe, bien que ses fonctions lui aient permis d'amasser une jolie fortune.

ISABELLE DE VALOIS (1292-1309) : Fille issue du premier mariage de Charles de Valois avec Marguerite d'Anjou. Son père la maria à l'âge de cinq ans au petit-fils de Jean II de Bretagne afin de sceller la paix entre la France et le duché de Bretagne. Elle décéda douze ans plus tard, sans avoir eu d'enfant. Son époux, Jean III, qui devint duc de Bretagne en 1312, se remaria deux fois, sans avoir d'héritier.

JEAN II DE BRETAGNE ET LE DUCHÉ (1239-16 novembre 1305) : Fils de Jean Ier le Roux et de Blanche de Navarre, marié à Béatrice d'Angleterre et donc beau-frère d'Édouard Ier d'Angleterre, il devint duc de Bretagne en 1286. Son grand-père, Pierre Ier dit Mauclerc avait considérablement accru le nombre des territoires placés sous sa domination. Le fils de Mauclerc, Jean Ier, dit le Roux, et donc le père de Jean II, poursuivit cette expansion. Plus retors que son père, Jean Ier flatta aussi bien les Anglais que les Français afin de préserver son duché pour lequel il fit beaucoup sur le plan politique, administratif, financier et militaire. Son fils Jean II n'eut pas son envergure, ni celle de son grand-père et se trouva vite sous la coupe de Philippe le Bel. Prudent, pieux et économe, il laissa pourtant la Bretagne en bonne santé. Il mourut le 16 novembre 1305, écrasé par la chute d'un mur à Lyon, alors qu'il menait la mule du pape Clément V, après le sacre de celui-ci. Son fils Arthur lui succéda. Son petit-fils Jean (le futur Jean III) épousa Isabelle de Valois afin de sceller la paix entre la Bretagne et la France.

JEAN III DE BRETAGNE, dit Jean-le-Bon (1286-1341) : Fils aîné d'Arthur II et de Marie de Limoges, il devint duc de Bretagne en 1312 et comte de Richmond en 1333. Jean III eut trois épouses, Isabelle de Valois, Isabelle de Castille et Jeanne, fille d'Édouard comte de Savoie et de Blanche de Bourgogne. Il n'en eut aucun enfant, preuve que la stérilité venait très probablement de son côté. Toujours fidèle aux rois de France, pour le grand déplaisir d'Édouard III d'Angleterre, il participa à la campagne de Flandre aux côtés de Louis X dit le Hutin, fils de Philippe le Bel. Sans héritier, il tenta de léguer la Bretagne à la couronne de France. Rencontrant l'opposition de ses sujets et avant tout désireux d'enlever le duché des mains de son demi-frère Jean de Bretagne dit de Montfort, il maria sa nièce Jeanne de Penthièvre à Charles de Blois, neveu de Philippe VI. Cependant, son décès engendra la guerre de succession de Bretagne.

JUSTICES : Après avoir été surtout pénale jusqu'au XIIe siècle, la justice seigneuriale s'appliqua ensuite au civil quoique les justifiables aient longtemps eu le choix du juge dans ce dernier cas et aient le plus souvent préféré des juges royaux, plus au fait des subtilités du droit. Elle s'exerçait sur trois niveaux, étant entendu que les seigneurs ne pouvaient juger que des laïcs. Le droit de haute justice, qui remplaça au XIIIe siècle « la justice de sang », les autorisait à juger toute affaire et à prononcer toute peine, même capitale. Le droit de moyenne justice leur permettait de juger des délits importants mais non punis de mort, comme les rixes, les vols, les escroqueries graves, etc. Les condamnations prononcées dans ce deuxième cas allaient de peines de prison, au bannissement, à de fortes amendes ou à des châtiments corporels. Le droit de basse justice était réservé aux délits mineurs comme les conflits de voisinage, désordres causés par des ivrognes, ou les manquements aux droits du seigneur, etc. Les peines se limitaient alors à des amendes modestes.

Existait également une justice d'Église exercée dans les domaines relevant de la foi et de la morale ou visant à protéger l'Église et ses membres. L'Église jugeait ainsi les problèmes d'hérésie (tribunal inquisitoire) mais également tous les aspects découlant des sacrements comme la validité d'un mariage, donc des successions et des filiations.

La justice royale, quant à elle, s'intéressa bien sûr aux affaires relevant de la sphère politique même si certains souverains, dont saint Louis, s'attachèrent à juger des affaires de droit commun, plus pour rappeler aux seigneurs que le jugement du roi l'emportait sur le leur, que par réel intérêt. C'est du reste sous le règne de saint Louis que se développa la procédure d'appel à laquelle eurent de plus en plus recours des justiciables en désaccord avec la sentence rendue. Cette procédure eut un effet dissuasif qui permit d'assainir la justice puisque le juge de première instance était condamné si le tribunal royal donnait raison à l'appelant. Se mit également en place une condamnation sévère pour « fol appel », qui frappait les justiciables de mauvaise foi, de sorte à les dissuader de faire systématiquement appel d'un jugement.

Rappelons également que la justice médiévale était basée sur le principe de la « loi du talion » (Exode 21, 23-25), où la peine doit être proportionnée au crime, du moins symboliquement, dans le sens où les actes étaient punis par « où » ils avaient été commis. Ainsi, on coupait la main du voleur. Ceci peut sembler féroce à notre regard moderne mais, dans l'esprit de l'époque, il s'agissait au contraire de ne pas punir un acte de façon abusive, comme punir de mort un voleur, par exemple.

MOYEN ÂGE, UNE PÉRIODE « DOUCE » ? Bien que les estimations puissent varier, il s'étend approximativement du VIe au XVe siècle.

« L'historien » amateur est souvent troublé par une affirmation qui revient, portée parfois par des spécialistes de la période : le Moyen Âge ne serait pas l'époque dure[1] qu'on en a fait. Certes, tout est affaire d'appréciation et de point de comparaison, peut-être aussi de « sous-période » du Moyen Âge (haut ou bas Moyen Âge). Toutefois, à l'époque où se situe ce roman (XIVe siècle), les caractéristiques politiques et sociales de la France n'encouragent pas le contemporain à considérer cette époque comme « douce », même si nombre de ses « vertus » fascinent à juste titre.

S'ajoutait au servage (état de non-libre, une forme d'esclavage), aux multiples et lourds impôts qui pesaient

1. La remarquable historienne, grande spécialiste du Moyen Âge, Claude Gauvard (*Le Monde*, 7 mai 2010) évoque la « violence de la société médiévale ».

sur le peuple, aux conditions de confort presque inexistantes, aux épidémies, aux famines qui ravagaient le pays assez souvent, à la torture [1], à l'Inquisition, à la justice souvent très dure et expéditive, à l'état presque permanent de dénutrition, à la faible longévité [2], à la mortalité des enfants [3], aux balbutiements de la médecine, à l'extrême pauvreté de la plupart, à la condition des femmes [4] très délabrée, sauf pour certaines dames de noblesse, le fait que la France fut encore plus lourdement éprouvée par la Grande Peste (1347-1352) qui décima 20-25 % de la population, puis par la guerre de Cent Ans, que subirent cinq générations, par épisodes. D'autres épidémies de peste eurent aussi lieu.

ORDRE DU TEMPLE : Créé à Jérusalem, vers 1118, par un chevalier, Hugues de Payns, et quelques chevaliers de Champagne et de Bourgogne. Il fut définitivement organisé par le concile de Troyes en 1128, sa règle étant inspirée – voire rédigée – par saint Bernard. L'ordre était dirigé par le grand-maître dont l'autorité était encadrée par les dignitaires. Les possessions de l'ordre étaient considérables (3 450 châteaux, forteresses et maisons en 1257). Avec son système

---

1. Le métier d'exécuteur des supplices et peines de mort, donc de bourreau, ne vit le jour que vers le XIIIe, peut-être un peu plus tôt dans certaines grandes villes, preuve qu'il y avait du « travail » !

2. Au Moyen Âge, 10 % des adultes parvenaient à soixante ans, contre 96 % en 2000. Il est vrai que le premier pourcentage est abaissé par le nombre considérable de femmes qui décédaient en période périnatale.

3. Au Moyen Âge, la moitié des enfants n'atteignaient pas cinq ans et seul un quart parvenait à l'âge de quinze ans.

4. Après avoir quitté la tutelle de son père, la femme mariée était frappée d'incapacité juridique. Son statut était, bien sûr, meilleur lorsqu'elle était personnellement fortunée, même si les maris géraient les biens de leur épouse. Cependant, entre le Ve et Xe siècle, l'Église limita les cas d'annulation de mariage et interdit la simple répudiation (le mari étant le seul à avoir la capacité de rompre l'union), rendant un peu moins précaire la situation des femmes.

de transfert d'argent jusqu'en Terre sainte, l'ordre devint au XIIIe siècle l'un des principaux banquiers de la Chrétienté.

Après la chute d'Acre – qui, au fond, lui fut fatale –, le Temple se replia surtout en Occident. L'opinion publique finit par considérer ses membres comme des profiteurs et des paresseux. Diverses expressions de l'époque en témoignent. Ainsi, « on allait au Temple », lorsqu'on se rendait au bordel. Jacques de Molay, grand-maître, ayant refusé la fusion de son ordre avec celui de l'Hôpital, les templiers furent arrêtés le 13 octobre 1307. Suivirent des enquêtes, des aveux (dans le cas de Jacques de Molay, certains historiens pensent qu'ils n'ont pas été obtenus sous la torture), des rétractations. Les enquêteurs, versés dans l'art de la rhétorique, n'eurent guère de peine à obtenir des déclarations incriminantes de la part de templiers dont bon nombre étaient des paysans ou de petits seigneurs. Par exemple, certains ne perçurent pas la différence religieuse cruciale entre « idolâtrer » et « vénérer » et furent, bien sûr, accusés d'idolâtrie.

Clément V, qui craignait Philippe le Bel pour d'autres motifs, dont le procès posthume qu'exigeait le souverain contre la mémoire de Boniface VIII, décréta la suppression de l'ordre le 22 mars 1312. Jacques de Molay revint à nouveau sur ses aveux et fut envoyé au bûcher, avec d'autres, le 18 mars 1314. Certains templiers parvinrent à fuir à temps, notamment en Angleterre ou en Écosse.

Il semble acquis que les enquêtes sur les templiers, la saisie de leurs biens et leur redistribution aux hospitaliers coûtèrent davantage d'argent à Philippe le Bel qu'elles ne lui en rapportèrent, preuve que les mobiles du souverain étaient avant tout politiques, d'autant que l'ordre de l'Hôpital, aussi riche que celui du Temple, ne fut pas inquiété.

PHILIPPE IV LE BEL (1268-1314) : Fils de Philippe III le Hardi et d'Isabelle d'Aragon. Il eut trois fils de Jeanne de

Navarre, les futurs rois : Louis X le Hutin, Philippe V le Long et Charles IV le Bel, ainsi qu'une fille, Isabelle, mariée à Édouard II d'Angleterre. Philippe était courageux, excellent chef de guerre. Il était également connu pour être inflexible et dur, ne supportant pas la contradiction. Cela étant, il écoutait ses conseillers, parfois trop, notamment lorsqu'ils étaient recommandés par son épouse.

L'histoire retiendra surtout de lui son rôle majeur dans l'affaire des templiers*, mais Philippe le Bel était avant tout un roi réformateur dont l'un des objectifs était de se débarrasser de l'ingérence pontificale dans la politique du royaume.

PLOMB : La domestication du plomb par l'Homme est vieille de 3 500 ans. Il est indispensable à une bonne croissance mais à des doses infinitésimales. Il fut longtemps un des poisons préférés des assassins. On l'utilisait à de multiples fins : alliages, étanchéité, canalisations, couvertures, ustensiles de cuisine, soudure des boîtes de conserve. Il fut également un des premiers édulcorants de l'histoire puisque les Romains l'utilisaient déjà pour sucrer leurs vins fins.

L'intoxication au plomb, ou saturnienne, fut la première maladie professionnelle reconnue en France. Il existe toujours en France des cas de saturnisme dus à l'ingestion de copeaux de vieilles peintures par des enfants, ou à la consommation d'eau trop riche en ce métal (saturnisme hydrique).

Le tableau de symptômes varie en fonction de la dose ingérée et de la durée de l'intoxication. L'intoxication chronique (faibles doses sur une longue période) se manifeste par des difficultés d'apprentissage peu ou pas réversibles, neurotoxicité à laquelle le fœtus et l'enfant sont particulièrement sensibles. L'intoxication moyenne (doses plus importantes) se solde par un goût métallique dans la bouche, une anorexie, des violentes douleurs abdominales, des nausées, vomissements, diarrhées. L'intoxication aiguë (très fortes doses) se caractérise par une agitation ou au contraire une somnolence, l'hypotension, des convulsions, le coma.

Glossaire

Les offices liturgiques (il s'agit d'indications approximatives, l'heure des offices variant avec les saisons, donc le cycle jour/nuit) :

Outre la messe – et bien qu'elle n'en fasse pas partie au sens strict –, l'office divin, constitué au VIe siècle par la règle de saint Benoît, comprend plusieurs offices quotidiens. Ils réglaient le rythme de la journée. Ainsi les moines/moniales ne pouvaient-ils souper avant que la nuit ne soit tombée, c'est-à-dire après vêpres.

— Vigiles ou Matines : entre 2 h 30 et 3 heures.

— Laudes : avant l'aube, entre 5 et 6 heures.

— Prime : Vers 7 h 30, premier office de la journée, sitôt après le lever du soleil, juste avant la messe.

— Tierce : vers 9 heures.

— Sexte : vers midi.

— None : entre 14 et 15 heures.

— Vêpres : à la fin de l'après-midi, vers 16 h 30-17 heures, au couchant.

— Complies : après vêpres, dernier office du soir, entre 18 et 20 heures.

S'y ajoutait une prière de Nocturnes vers 22 heures.

Si l'office divin est largement célébré jusqu'au XIe siècle, il sera ensuite réduit afin de permettre aux moines/moniales de consacrer davantage de temps à la lecture et au travail manuel.

Les mesures de longueur :
La traduction en mesures actuelles est ardue. En effet, elles variaient avec les régions.

— Lieue : équivaut environ à 4 kilomètres.
— Toise : de longueur variable en fonction des régions, de 4,5 à 7 mètres.
— Aune : de longueur variable en fonction des régions, de 1,20 à Paris à 0,70 mètre à Arras.
— Pied : équivaut environ à 34-35 centimètres.
— Pouce : environ 2,5-2,7 centimètres.

Monnaies :
Un véritable casse-tête ! Elles différaient en fonction des règnes et des régions. De plus, elles ont été – ou non – évaluées par rapport à leur poids réel en or ou en argent et surévaluées ou dévaluées.

— Livre : unité de compte. Une livre valait 20 sous ou 240 deniers d'argent ou encore 2 petits royaux d'or (monnaie royale sous Philippe le Bel).
— Petit-royal : équivalent à 14 deniers tournois.
— Denier tournois (de Tours) : il devait progressivement remplacer le denier parisis de la capitale. Douze deniers tournois représentaient un sou.

Bibliographie des ouvrages le plus souvent consultés

BERTET Régis, *Petite Histoire de la médecine*, Paris, l'Harmattan, 2005.

BLOND Georges et Germaine, *Histoire pittoresque de notre alimentation*, Paris, Fayard, 1960.

BRUNAUX Jean-Louis, *Nos ancêtres les Gaulois*, Paris, Seuil, L'Univers historique, 2008.

BRUNETON JEAN, *Pharmacognosie, phytochimie et plantes médicinales*, Tec & Doc, Cachan, Lavoisier, 1993.

BURGUIÈRE André, KLAPISCH-ZUBER Christiane, SEGALEN Martine et ZONABEND Françoise, *Histoire de la famille*, tome 2, *Les Temps médiévaux, Orient et Occident*, Paris, Le Livre de Poche, 1994.

CAHEN Claude, *Orient et Occident au temps des croisades*, Paris, Aubier, 1983.

Cahiers Percherons, association des amis du vieux Nogent et du Perche, trimestriel n° 9, 1959, *Abbayes et prieurés du Perche*.

Cahiers Percherons, fédération des amis du Perche, trimestriel n° 2, 1957, *Le château Saint-Jean de Nogent-le-Rotrou*.

Cahiers Percherons, association des amis du Perche, trimestriel n° 42, 1974, *Chroniques du Perche, Bellavilliers*.

Cahiers Percherons, association des amis du vieux Nogent et du Perche, trimestriel n° 11, 1959, *Répertoire des principaux monuments et curiosités du Perche.*

DELARUE Jacques, *Le Métier de bourreau du Moyen Âge à aujourd'hui,* Paris, Fayard, 1979.

DELORT Robert, *La Vie au Moyen Âge*, Paris, Seuil, 1982.

DEMURGER Alain, *Vie et mort de l'ordre du Temple*, Paris, Seuil, 1989.

DEMURGER Alain, *Chevaliers du Christ, les ordres religieux au Moyen Âge, XIe-XVIe siècle*, Paris, Seuil, 2002.

DUBY Georges, *Le Moyen Âge*, Paris, Hachette Littératures.

ECO Umberto, *Art et beauté dans l'esthétique médiévale*, Paris, Grasset, 1997.

Équipe de la commanderie d'Arville, *Le Jardin médiéval de la commanderie templière d'Arville.*

EYMERICH Nicolau et PENA Francisco, *Le Manuel des inquisiteurs* (introduction et traduction de Louis Sala-Molins), Paris, Albin Michel, 2001.

FALQUE DE BEZAURE Rollande, *Cuisine et potions des templiers*, Turquant, Cheminements, 1997.

FAVIER Jean, *Dictionnaire de la France médiévale*, Paris, Fayard, 1993.

FAVIER Jean, *Histoire de France*, tome 2, *Le Temps des principautés*, Paris, le Livre de Poche, 1992.

FERRIS Paul, *Les Remèdes de santé d'Hildegarde de Bingen*, Paris, Marabout, 2002.

FLORI Jean, *Les Croisades*, Paris, Jean-Paul Gisserot, 2001.

FOURNIER Sylvie, *Brève Histoire du parchemin et de l'enluminure*, Gavaudin, Monsempron-Libos, Fragile, 1995.

GAUVARD Claude, LIBERA (de) Alain et ZINK Michel (sous la direction de), *Dictionnaire du Moyen Âge*, Paris, PUF, 2002.

GAUVARD Claude, *La France au Moyen Âge du Ve au XVe siècle*, Paris, PUF, 2004.

JERPHAGNON Lucien, *Histoire de la pensée ; antiquité et Moyen Âge*, Paris, Le Livre de Poche, 1993.

LHERMEY Claire, *Mon Potager médiéval*, Saint-Rémy-de-Provence, Équinoxe, 2007.

LIBERA (de) Alain, *Penser au Moyen Âge*, Paris, Seuil, 1991.

MELOT Michel, *Fontevraud*, Patrimoine Culturel, Paris, Jean-Paul Gisserot, 2005.

MELOT Michel, *L'Abbaye de Fontevraud*, Petites monographies des grands édifices de la France, CLT, 1978.

Musée du château Saint-Jean, catalogue de l'exposition « Le roman des Nogentais, des origines à la guerre de Cent Ans », 2004, Commissaire de l'exposition Françoise Lécuyer-Champagne.

PERNOUD Régine, *La Femme au temps des cathédrales*, Paris, Stock, 2001.

PERNOUD Régine, *Pour en finir avec le Moyen Âge*, Paris, Seuil, 1979.

PERNOUD Régine, GIMPEL Jean et DELATOUCHE Raymond, *Le Moyen Âge pour quoi faire ?*, Paris, Stock, 1986.

REDON Odile, SABBAN Françoise, SERVENTI Silvano, *La Gastronomie au Moyen Âge*, Paris, Stock, 1991.

RICHARD Jean, *Histoire des croisades*, Paris, Fayard, 1996.

COLLECTIF *Saint-Evroult Notre-dame-du-bois, une abbaye bénédictine en terre normande*, Condé-sur-Noireau, NEA éditions, 2001.

SIGURET Philippe, *Histoire du Perche*, Céton, Fédération des amis du Perche, 2000.

SOURNIA Jean-Charles, *Histoire de la médecine*, Paris, La découverte Poche, 1997.

VERDON Jean, *La Femme au Moyen Âge*, Paris, Jean-Paul Gisserot, 2006.

VINCENT Catherine, *Introduction à l'histoire de l'Occident médiéval*, Paris, Le Livre de Poche, 1995.

Table

DU MÊME AUTEUR (suite de la page 4)

Sang premier, Calmann-Lévy, 2005 ; Le Livre de poche, 2006.

La Dame sans terre, tome I, *Les Chemins de la bête*, Calmann-Lévy, 2006 ; Le Livre de poche, 2007.

La Dame sans terre, tome II, *Le Souffle de la rose*, Calmann-Lévy, 2006 ; Le Livre de poche, 2007.

La Dame sans terre, tome III, *Le Sang de grâce*, Calmann-Lévy, 2006 ; Le Livre de poche, 2007.

Monestarium, Calmann-Lévy, 2007 ; Le Livre de poche, 2009.

Un jour, je vous ai croisés, nouvelles, Calmann-Lévy, 2007.

La Dame sans terre, tome IV, *Le Combat des ombres*, Calmann-Lévy, 2008 ; Le Livre de poche, 2009.

La Croix de perdition, Calmann-Lévy, 2008.

Dans la tête, le venin, Calmann-Lévy, 2009.

Cinq Filles, Trois Cadavres, mais plus de volant, Marabout, 2009.

Une ombre plus pâle, Calmann-Lévy, 2009.

Les Mystères de Druon de Brévaux, tome I, *Aesculapius*, Flammarion, 2010 ; J'ai lu, 2011.

Les Mystères de Druon de Brévaux, tome II, *Lacrimae*, Flammarion, 2010 ; J'ai lu, 2012.

Les cadavres n'ont pas froid aux yeux, Marabout, 2011.

Les Mystères de Druon de Brévaux, tome III, *Templa Mentis*, Flammarion, 2011.

Les Enquêtes de M. de Mortagne, bourreau, tome I, *Le Brasier de Justice*, Flammarion, 2011.

Composition et mise en page

NORD COMPO
multimédia

CET OUVRAGE
A ÉTÉ ACHEVÉ D'IMPRIMER
SUR ROTO-PAGE
PAR L'IMPRIMERIE FLOCH
À MAYENNE EN AVRIL 2012

N° d'édition : L.01ELIN000231.N001. N° d'impression : 82174
Dépôt légal : mai 2012
(Imprimé en France)